「ほらほら、捕まえてみなさい」
「ほっ……あれ？」
アリーヤが彼女の体を掴もう
するが、立体映像のように手が
を切るだけだ。
高富士《たかふじ》 祈里《いのり》
17歳／男 身長:179cm
本作主人公。レギンでは飲んだくれの冒険者「キリ」として悪評が広まっている。
シルフ
3000(?)歳／女 身長:12cm
風の精霊。女神達の命令により祈里の精神を支配しようと企むが……！
アリーヤ
18歳／女 身長:161cm
吸血鬼となり、祈里の下僕として行動している。レギンでは「アリー」という偽名を使っている。
SHOKAN
めっちゃ召喚された件 2
SUMMONED TO A PARALLE FANTASY WORLD MANY TIMES
JN091468

ファナティーク・ラセホス
16歳/女 身長:158cm
リーン聖国の神官騎士。主に神官騎士用の魔動鎧を用いた戦闘に長けており、かなりの脳筋。
????
?歳/男 身長:175cm
祈里の飲み友。色々と謎に満ちているが、果たしてその正体は……？
「ほら、修行再開するよ！」
「嫌だ！　あれは修行じゃなくて、無慈悲な虐めだ！」
俺は喚くが、周りの冒険者達は俺を助けようとしない。

めっちゃ召喚された件 2

SHOKAN

SUMMONED TO A PARALLE FANTASY WORLD MANY TIMES

さいとうさ
saitousa

illust by
ツグトク
tsugutoku

めっちゃ召喚された件2　目次

Summoned to a parallel fantasy world many times

Side story・1

「あぁぁ……死にてぇ」

ライジングサン王国のパーティーの馬車の中、私の目の前にいる青年――伊達正義《だてまさよし》は、非常にネガティブなことを言いながらわかりやすく落ち込んでいた。馬車は狭いのだから、あまりネガティブ振り撒《ま》かないでほしい。もうライジングサン王国のパーティーと、その後のダンジョン対決から丸一日経《た》っている。なのにまだ、あの一件を引きずっているらしい。私は少しため息をついた後で、彼に言った。

「……そろそろ元気出しなさいよ」

彼は俯《うつむ》かせていた顔を、ゆっくりと上げて私に向ける。

「黙れペチャ子」

「………っはぁ⁉」

慰めようとしたというのにこの仕打ち。許せない。末代まで許してなるものか。しかし私は寛大だ。一青年のチャチな罵倒など受け止めるだけの包容力がある。

「……貧乳は……ステータスなのよ」

……言ってから、自傷行為に近いものであると気づいた。この台詞を自分で言うことの虚《むな》しさったらない。

伊達はそんな私の顔を見て、視線を少し下にやって……

「ふっ」

……あろうことか鼻で笑いよったぞ、この金髪。

よろしいならば戦争《クリーク》だ。ミチミチと音を立てていた私の堪忍袋の緒はキレた。いや、私自ら引きちぎった。小便は済ませたか？　神様にお祈りは？　部屋の隅でガタガタ震えて命乞いをする心の準備はＯＫ？

「あ……合田《あいだ》さん、どうどう」

少々口ごもりながら、横から田中《たなか》くんが私を押さえてくる。髪がボサッとしている、陰気な男子だ。というか、「どうどう」って何だ。私は畜生か何かか。

「伊達くんもさ、そろそろ元気になってもいいんじゃない？」

「ふん。お前たちに俺の悩みがわかるものか」

「いや『カッコ悪かった』なんて悩み、私はわかりたくもないけど」

思わず言ってしまったが、仕方のないことだと思う。何とこの男、あの決闘騒ぎのときの自分を思い返すとカッコ悪かったから、という理由で落ち込んでいるのだ。勇者だからなんて理由で無理を通したのが、最高にカッコ悪いとかなんとか。どれだけナルシーなんだ。

「確かに普段の二割増しで俺様発言かましてたけど、あんた大体いつもあんな感じじゃない」

「いや。いつもの俺はカッコ良い」

……その台詞を一切の躊躇《ちゆうちよ》なく、真顔で言えるのはもはや賞賛に値する。

勇者として私たちが召喚されてから一週間、私たちはこの三人で異世界の生活を過ごした。その中で、私は伊達正義がその名前に対極で、その名前に相応《ふさわ》しいと感じ取っていた。多分この人は、本人の言う正義の味方にはほど遠い存在なのだ。しかし私たち——合田光《ひかる》と田中雄一《ゆういち》は、かつてこの男に助けられたのである。

私たちが召喚されてから三日が過ぎていた。

召喚した国は、グランツ共和国という名前であった。グランツ共和国は勇者召喚は行ったものの、私たち勇者をあまり良い目で見ていなかった。グランツ共和国は元々、マッカード帝国に媚《こび》を売るために勇者召喚を行ったようなものであった。仕方なく勇者を召喚したものの、勇者自体にほとんど何の期待も持たず、むしろ邪魔な者たちとして見ていたのである。自分から召喚しておいて、勝手な話だ。まあ、共和国が勇者に何か危害を及ぼしたり、勇者の安全が確保されていなかったことが発覚するとマッカード帝国から良い目で見られないため、私たちは最低限の支援は受けていた。

伊達は『剣術』、私は『光魔法』、田中くんは『ノート』という加護——つまりチート能力を授かった。即戦力となる伊達は、共和国から厚くもてなされた。来《きた》る魔王討伐にて、大きな戦果をもたらした勇者の国は、さらにマッカード帝国から恩賞があるらしい。また単純に強力な武力を手に入れたということもあり、伊達が厚遇されるのは当然だった。

田中くんの加護は、『規格外』というものらしい。文献にも、勇者召喚でもたらされる加護に『規格外』があったという。『規格外』というのは前例がないというだけではない。普通、加護を持った勇者は、そのときに無意識に加護の使い方、性質を理解する。しかし『規格外』の加護持ちは、あるとき突然その性質を理解できるようになるという。そのタイミングは予測不可能で、過去には最後まで性質がわからなかった『規格外』の加護持ちである勇者もいたという。その上『規格外』の加護は必ずしも強力ではない。むしろ、戦闘には全く使い物にならなかったり、あるいはピーキーすぎて使いどころが難しかったりするらしい。確実な戦力になるかもわからず、即戦力にもならない田中くんは、まるで当然のように不遇な扱いを受けるようになった。

私の加護、『光魔法』は比較的ありがちな加護だ。名前そのまま、光魔法を自由に使えるようになる加護。だけど、私の魔法は回復特化のせいで、共和国から優遇されなかった。いや、別に『光魔法』そのものが回復魔法に特化してるってわけじゃない。光の矢を放ったりとか色々と攻撃魔法はあるし、私も使える。でも、私は使えない振りをしている。つまり加護の問題じゃなくて、私の問題ってわけよ。それがわかっているなら何とかしろと思うかもしれないが、これはもう私の性《さが》で、どうしようもないものだから。私が言うのも何だが回復魔法って結構需要があると思うんだ。戦争に私並みの回復魔法使いがいたら、それだけで戦況が変わると思う。だが共和国の人たちはそれもわからないらしい。何というか、ね？

まあそのせいで、勇者三人の中でも伊達と私たち二人で格差がついてしまったわけ。納得いかないけど、田中くんは陰気で弱気だし私も攻撃なんてできっこないから、騎士団の武力に抑えつけられ従うしかなかった。なお、このとき伊達は私たちを召喚した神官さんに夢中である。女神とやらはどこ行ったのか激しくつっ込みたい。

三日目となると私たちの扱いの酷《ひど》さは露骨になった。やたらと絡まれるし、馬鹿にされるし、食事も残飯みたいになってるし、ついには暴行まで加えられた。さすがにその頃になると伊達も異常に気づいたようで神官さんや共和国の幹部に訴えたようだが……

「勇者様、彼らに戦う力はございません。そんな彼らを戦場に立たせるなど、無駄死にもいいところ。そうなれば彼らはあまりにも不幸です。優遇すれば、彼らは戦う義務が出てきます。それを防ぐためにも、彼らの待遇を酷くする必要があるのです」

というようなことを、オブラートに包んで神官さんが言ったらしい。屁理屈《へりくつ》もいいところだ。神官さんも、全部ひっくるめてグルだったってわけ。特に神官さんは、私という異世界人が神の魔法である光魔法を使えることが気に入らなかったらしい。喚《よ》んどいて本当に勝手なことね。ついでにプロポーズ紛いのことを伊達に言うとは、リリーさんも何とも腹黒いものである。でもって、続く会話がこんな感じだった。あ、リリーってのは神官さんの名前ね。

「……リリー？　そのためには暴力もしょうがないと？　あんたは何とも思わないんすか？」

「彼女らに同情はします。しかし、この世界にはもっと不幸な人間がいる。そのためにマサヨシ様は、振り返ることなく前に進み、その正義で世界を救う……」

「上辺だけの言葉は飽きた。リリー、俺はテメェ自身に聞いてんだよ」

そのとき、私を含めたその場にいる全員が、伊達の空気が変わったのを感じた。

「……え、えぇ。何故ならマサヨシ様は……」

「そうか。それがあんたの答えか。……だったらもう迷わねえ」

伊達はぎらついた笑みを浮かべながら、帯剣していた訓練用の刃引きされた剣を抜いた。

「け、剣を……？　マサヨシ様⁉」

「多少待遇が違うくらいなら、俺も『気に入らねえ』としか思わねえよ。だがな、たとえどんな理由や屁理屈があろうと、無抵抗の少女に暴行加えるなんて真似は、正義じゃねえしカッコわりぃ」

驚く私たちを前に、伊達はズンズンとリリーに近づく。それを遮るように、間に鎧《よろい》を着込んだ騎士たちが並ぶ。

「勇者殿。いくらあなたであろうと、やって良いことと悪いことが……」

「どけよ。邪魔だ。『やって良いことと悪いことがある？』　……馬鹿言え。俺にはやって良いことしかねえ」

「マサヨシ様！　止まりなさい！　そこから一歩でも進めば……」

リリーの制止も無視して、伊達は前進する。いい加減無視できない距離になり、リリーの周りに控えていた騎士たちが剣を抜いて、彼を包囲する。

「ちょ、馬鹿！　やめなさいよ！」

私はようやく声を上げた。いくら伊達が『剣術』の加護を持っていようと、生身の騎士五人と渡り合える程度。それがあのときは、二〇を超える騎士に包囲されていた。しかも全員「魔動鎧」を着て魔剣を装備しているのだ。これらがあるのとないのとでは全く強さが違う。彼らに訓練用の剣で挑むなど、私から見ても無謀としか思えない状況だった。

「勇者殿は、強き力を得て増長しているようだ。慢心しておられる。まずは、自らの立場というものを認識することが必要ですぞ？　いくら『剣術』の加護を持っていようと、この数に勝てるはずがない」

包囲が完成すると同時に、騎士団長が笑みを浮かべながら伊達に忠告した。しかし伊達は立ち止まりはしたものの、一切の動揺も躊躇も見せることなく――むしろその獰猛《どうもう》な笑みを深くした。

「増長、ねぇ……人数で上回ったからといって、調子に乗っているのはどこの誰だ？　立場ってのをちゃんとわきまえさせる必要がありそうだ」

「貴様……！」

「ちょっと！」

煽《あお》るような伊達の発言に騎士団長は激昂《げっこう》し、私は狼狽《ろうばい》した。何だかんだ言って私は荒事に慣れていないし、性根はビビリなのだ。

「それに……」

今にも襲いかかりそうな騎士たちを前に、伊達はなおも言葉を繋《つな》ぐ。

「誰が今まで『加護を使ってる』って言ったんだよ」


――そこからはもう、彼の独壇場であった。

簡単な話だ。伊達はこの世界に来てから、加護なんか使っていなかったのだ。元々持っていた剣の技術を振るっていただけだった。つまり、素で騎士五人を相手できるほどの達人だったのである。そんな彼が、剣術に精通した彼が、『剣術』の加護を使用したらどうなるか。

繰り広げられるのは、蹂躙《じゅうりん》。その一言に尽きた。

袋叩《だた》きにしようとすれば、ことごとく剣を弾かれ、鎧の隙間部分に攻撃されて意識を失う。突撃すればいなされ転がされ、魔法を使えば躱《かわ》される。

素人目に見ても、伊達の剣は舞のように美しくは見えなかった。そんな華やかさはなく、愚直で、野蛮で、洗練されていて、鋭利だった。より効率的に敵を殺すことを突き詰めたような剣さばき。それは一つの極致としての美しさすら持っていた。そして同時に、目を奪われるどころか目を背けたくなるほど、残虐であった。

数分後にはもう、無傷の伊達の周りには、立っている騎士はいなかった。伊達は壁の隅でへたり込んでいる神官……リリーさんに近づき、その顔の真横に、ドカッと大きな音を立てるようにして壁を蹴った。

「ひっ」

リリーさんが小さく悲鳴を漏らす。勇者になってから私たちの身体能力は化け物並みに向上しており、そんな脚力で蹴ったためか、彼が蹴った壁にヒビが入る。

「いいか、リリー。俺たちは勇者だ。てめぇらの勝手で喚び出されて、てめぇらにお願いされて、てめぇらのために魔王を倒しに命を懸ける勇者だ」

伊達はまじまじとリリーさんを睨《にら》みながら言う。

「お願いした立場なら、それ相応の対応しろや。ガキでもわかる簡単な仁義くらい通せ。……わかったな?」

リリーさんは体を縮めて震えることしかできない。目の前に伊達がいるから逃げ場もない。その様子に伊達はまたリリーさんの顔の横、部屋の壁を思い切り蹴る。

「ひうっ」

リリーさんはまた悲鳴を上げた。彼女の声は震えており、顔色も悪く涙目にすらなっていた。彼女のスカートの辺りに濡《ぬ》れたような染みがあることから彼女が粗相をしたことはわかる。

「っ……」

ドカッという音と共に、再び壁が伊達に蹴られる。壁に入ったヒビは、ますます大きくなっていた。縮み上がってもう声すら出ないリリーさんに、伊達は顔を近づけて小さい声で言った。

「……聞かれたら返事くらいしろや。『わかったか?』」

リリーさんはコクコクとあかべこの如《ごと》く首を縦に振る。伊達はしばらく彼女を見下ろして、まあいい、とだけ言って踵《きびす》を返した。

「ん? 二人ともどうした?」

萎縮している私たちを見て伊達が言った。そんなこと尋ねられても田中くんは震えて動けていなかった。私も心底ビビっていて、かつ『無抵抗な女の子に精神的攻撃を加えるのはありなのか』とか『どう見てもカタギじゃない』とか内心でツッコミに忙しかったから、返事をすることができなかった。

ともかく、あのときに私たちが伊達に助けられたことは事実なのだ。

後日、伊達がガチで裏の世界の人間だったことを聞いて田中くんと二人して驚くどころか妙に納得してしまったのは、別の話。


キキィッ、と軋《きし》む音を立てて、私たちを乗せた馬車が急に止まった。結果として、数日前の回想に浸っていた私も現実に引き戻される。

「何かあったのか？」

同乗していた護衛の一人が御者に聞く。

「その、突然に子供が飛び出してきまして……」

「子供？」

こんな山道で？　とも思ったが、近くに村があったことを思い出し、そう不思議なことでもないと考え直す。とりあえず私たちは馬車の中から出て様子を見てみる。確かに一〇メートルほど先に、小さい人影があった。

「女の子？」

田中くんが小さく呟《つぶや》いた通りその一〇歳ほどの少女は、くすんだ銀髪に赤い目、ボロい服をまとっており、そしてその頭には小さな角が生えていた。私たちがその容姿に驚いていると、道の横の茂みから音を立てて二人の男が街道に出てきた。

「チッ、ようやく見つけたぜ。手間取らせやがって……」

「こんのコソ泥が」

「――――!」

男二人は、私たちに気づいた様子もなく少女に詰め寄る。二人とも肩に斧《おの》を担いでおり、剣呑《けんのん》な空気が漂っていた。

「おい、てめぇら何してる」

伊達が率先して彼らを止めに入る。男二人はようやく私たちに気づき、不機嫌そうに言った。

「誰だおめぇら……関係ない奴ぁすっこんでろ」

「そういうわけにもいかねぇよ。てめぇらコイツに何するつもりだ?」

「それがおめぇに関係あんのか?」

ぱっと見、チンピラ同士の諍《いさか》いである。

「大ありだ。もしコイツをいたぶろうとするんなら、ほっとけねぇよ」

「何だ? 知り合いか?」

「いや」

伊達がそう言ったのを聞くと、男は呆《あき》れたような表情を浮かべる。

「ハッ……何だおめぇ、正義の味方気取りか?」

「だから何だ」

「正義なんて言うがな、こっちにゃ正当な理由があるんだぜ? なぁ?」

伊達と話していた男が、もう一人の男に聞いた。

「あぁ……コイツが俺の店からくすねやがってな。落とし前を付けさせるところだ」

確かによく見てみると彼女の腕の中にリンゴが一つ抱えられている。

「落とし前？」

「あぁ。本当は殺してやりてぇところだが、腕二本で勘弁してやる」

「……………!?」

少女が言葉にならない声を上げて、自分の腕を抱く。

「……たったリンゴ一つで、大人げねぇな」

「ハン……良いとこ坊ちゃんにはわかんねえだろうが、この辺じゃリンゴは採れんから、たった一つでもかなり高価なんだよ。その上コイツは今回だけじゃねぇ。何度も俺の店から盗んでやがる。到底無傷で許しちゃおけねぇな」

「それに人間じゃねえ。魔族だ。魔族に慈悲なんてやる必要はねぇだろ」

その男の言葉通りだった。少女の頭に生えている角、それは彼女が魔族である何よりの証拠であった。何か言い返そうとしている伊達に向けて私は言う。

「ねぇ、伊達。今回はあっちが正しいわ。それにこの子が魔族なら、わざわざ助ける必要もないでしょ？」

「は？　お前ら何を……」

「そ、そうだと思うよ？　盗んだこ、この子が悪いんだし……」

私の言葉に伊達が言い返す前に田中が便乗する。確かにこの少女が人間だったら私も助けようと思ったかもしれないが、この子は敵対している魔族だ。頭に角があるっていうのが心底気持ち悪い。本当はこの場で殺してもおかしくないくらいなのに、両腕だけで済ませようというのは男たちの優しさだと思う。強面《こわもて》のくせに優しいとは、ギャップ萌えでも狙っているのか。私たちの言葉に男は二人して頷《うなず》く。

「つーわけだ。わかったらさっさと帰んな」

「――――！　――――！」

「チッ、うるせえなコイツ。さっさと黙らすか」

「ほら、伊達。さっさと馬車に乗りましょう」

私が伊達に言っても彼は帰ろうとはしなかった。私たちに何か言いたそうにしていたが、言葉を飲み込むようにして少女の方を向き――

――少女と男の間に立ち塞がった。

「だ、伊達⁉」

「あぁん？　ふざけてんのかおめぇ」

「ふざけてねぇよ。こっちは正義を貫くだけだ」

「正義だぁ？　俺たちゃなんも間違ってねぇよ。この場にいる誰も、おめぇのやってることが正義なんて思ってねぇ」

もう一人の男が頷き、御者が頷き、護衛が頷き、私たち二人も頷いた。この男たちは態度こそ悪いし強面で野蛮で粗野だが、間違ったことはしていない。むしろ魔族の少女を庇《かば》おうとする伊達が異常なのだ。

「こちとら続く不作でひもじい生活してんだよ。リンゴ一個でさえ、盗みを許す余裕はねぇんだ。おめぇが正義の味方だってなら、俺たちを救ってみろよ」

「ハッ……うるせぇよ」

しかしこの状況下で、伊達は不敵に笑う。そうだ。こいつはこういう奴《やつ》なのだ。周りがどう思おうが、本当の正義が何なのかとか、関係ない。

「いいからコイツに危害を加えるのはやめろって言ってんだ。てめぇらがどうとか、関係ねぇ。たとえどんな理由や屁理屈があろうと、無抵抗の少女に暴行加えようなんて真似は、正義じゃねぇしカッコ悪ぃ」

彼にとって、周りが何を正義とするかなんて、一切興味がないのだから。我々外野が何と言おうと、彼は行動をやめない。

「オイコラ、いい加減にしろよおめぇ。痛い目見ねぇとわからねえか、偽善者め」

「言ってろ」

伊達はゆっくりと、腰に携えた鞘《さや》から、自身の剣を抜く。

「こちとら伊達に正義やってんだ。文句ある奴からかかってこい。全部たたっ斬ってやる」

伊達はカッコいいからという単純な理由で正義を貫く。

伊達に《ファッションで》正義を振りかざす、それが伊達正義という男なのだ。

「で、どうするの？　この魔族の子」

男二人は案の定、伊達にボコボコにされた。さすがに伊達も殺すまではやらなかったようだ。そして今私たちの馬車の中には、例の魔族の少女がいる。

「魔族ってのはこの国にはいないことになってんだろ？　だったら角を隠して俺が引き取る」

「ゆ、勇者殿⁉」

護衛の一人が思わず声を上げた。無理もない。伊達が魔族を引き取るということはすなわち、共和国の中枢に魔族が入り込むことを意味するからだ。

「大丈夫だ。こいつの監視は俺がやる。下手な真似はさせん」

「し、しかし……」

「何だ？　まだ文句があるのか？　俺は勇者だぞ？」

「ひっ」
・・・
あのときの光景は、伊達に倒された騎士や、近くで見ていた護衛、貴族たちの記憶に深く刻み込まれたらしい。特に伊達の「俺は勇者だ」という言葉に過敏に反応するほどトラウマになっているのだ。さっきの男二人との騒動のときも、伊達は護衛をその言葉で黙らせていた。とりあえず私は気になっていた疑問を口に出す。

「あんたに少女の世話とかデリケートなことできんの？　周りも関わるの嫌だろうし、そもそもこの子、あんた以外に懐いていないし」

魔族の少女は先ほどからずっと伊達にしがみついて離れない。伊達以外の人物が近づくと、ビクッとした後で伊達の後ろに回り込むのだ。

「……できるだけやってみるが、アドバイスくれ」

「はぁ……」

あぁ、また面倒なことになってしまった。まあ人に頼まれたらいい顔はしないものの結局引き受けてしまうのが私なのだが。

「じゃあコイツを………いつまでも『コイツ』って言うのもな……。なあ、お前の名前は何だ？」

伊達は少女の顔を覗《のぞ》き込みながら聞く。というか出会ったときから喋《しゃべ》っていないが、言葉は通じるのだろうか。いや、そもそも喋れるのだろうか。

「……リチウ」

要らぬ危惧だったようだ。

「リチウ、か。短くて覚えやすい。良い名前だ」

伊達はそう言いながら、少女の髪を撫《な》でる。……というかそれは褒めているのだろうか？　少女は気持ち良さそうに目を細めた後、伊達に向かって少し笑いながら言った。

「……あり、がと」

「ん、おぉ？」

「……まだ、お礼、いってなかった」

その微笑《ほほえ》みは私から見ても愛らしく見えて、それを間近で見た伊達は驚いた表情で頬を染めて……

「…………か、可愛い……」

あ、コイツ惚《ほ》れたな。

本当に伊達は惚れっぽい。女神とやらに惚れている中、神官リリーにも惚れ、そして今リチウにも惚れた。典型的な浮気性の類だ。絶対に女の子はこういうのに引っかかってはいけません。いくら外面が良くてもね。

とりあえず伊達の名前は私のブラックリストに入れておこう。

たまにこっちがビビるほど怖いが、馬鹿だし単純だし惚れっぽいしと、どうも怖い人間だとは思えない。

私は、こいつにそう感じたのだった。

後日共和国首都に帰ると、神官さんことリリーが被虐趣味《ヘンタイ》に目覚めていたというのも、また別の話である。

別の話ったら別の話だ。

Side story・2

「起きてくださいイノリ」

――早朝、涼やかな声と共に、俺は目を覚ます。俺が目を開いたのを見ると、側《そば》にいた彼女は、にこやかに笑いかけてきた。何度も聞いた台詞だ。どこか懐かしいようにも思える。何だかおかしく思えてきて、俺はクスッと笑ってしまった。そうだ。あの頃は刺激のない毎日だったが、平穏で幸せだったかもしれない。今となっては思い出の一ページだ。しかし、日常が崩れ去った後でも、彼女が側にいてくれるなら、十分幸せだと言えるのかな。何てことない日常の一コマ。だが俺は、その一瞬に幸せの片鱗《へんりん》を垣間見た。またこのときを思い出して、あの頃は幸せだったと思い返す日があるかもしれない。そのときも彼女は、俺の側にいてくれるだろうか。たとえこの日常が再び崩れ去ろうと、彼女だけは守ってみせよう。俺はその決意を胸にしまって、再びまぶたを閉じた」

「……」

「………」

「………イノリ?」

「………」

「下手なモノローグを言って、いい感じにまとめないでもらえませんか?」

「……zzz」

「寝ないでください!!」

うるさいな。

「何だ？　下僕の分際で俺の二度寝の邪魔をしようというのかあばずれめ」

「落差が酷いです！」

耳元で甲高い声を出されると、頭が痛くなってくる。《探知》で聴覚が常人より鋭くなっている俺には酷である。あ、ちなみに断じて朝チュンなどではない。

「もう朝ですよ！　しかも早朝じゃなくて、昼近いです。いい加減起きてください」

「といってもな、俺はさっき寝始めたばかりなんだ。つか吸血鬼なのに夜行性じゃないお前がおかしい」

アリーヤは吸血鬼化したのだが、どうも俺の吸血鬼の性質とは少し違うようだ。アリーヤは昼でもステータスが一〇分の一にならない。デイウォーカーというやつだろうか。羨ましい限りである。しかも、そのステータスはそれぞれ吸血鬼になる前の一〇倍になっているらしい。ずいぶん強くなったなふざけんな。

「早々に寝たお前と違って、俺は夜間ずっと勉強してたんだ。だからこれからお前は一人で訓練したまえ」

「勉強って、本読んでただけじゃないですか……。確かにスキルなどの知識は幾らかもらいましたが、やはり実体験がある方に説明してもらった方が良いんです。側にいてくれるだけでいいので」

「え――」

うーむ。しかし昨日は本ばかり読んでいて、大量に取得したスキルの確認をしないままだったな。別に今する必要はないのだが、会話しているうちにある程度目が覚めてしまったので、今から寝るのもどうか、という思いがある。

「じゃあ、貸し一つな」

そう言って、俺はアリーヤと共に小屋から出た。ちなみにこの小屋は、俺が《武器錬成》で作り出したものである。そこそこでかいだけあって結構なＭＰを消費した。え？　小屋は武器じゃないって？　実はこの小屋、あばら屋に見えて小規模な要塞なのだ。それゆえにあらゆる物騒な機能が付属している。要塞を武器としていいのかは疑問だが、《武器錬成》で作れたという結果があれば、それでいい。それでいいのだ。


「く、この、空を飛ぶのは慣れませんねっ」

アリーヤは現在、空を飛ぶのを練習中である。人間のときにはなかった翼という器官を使いこなすには、かなりの時間を要するだろう。スキルを手に入れられないアリーヤにとっては、なおさらだ。アリーヤはどうやら、吸血鬼としての力は幾つか手に入れたが、レベルアップやスキル習得はできないらしい。この世界の住人である以上、仕方ないのだろう。

また、俺の下僕になったせいなのか、闇魔法の適性が強くなったらしい。本で得た知識だが、この世界の魔法使いは、通常二属性を併せ持つという。大抵は一つの属性への適性が多く、それと対になる属性の適性が現れるとか。例えば、火属性魔法使いは、同時に水の属性も持っているのだ。これは体内で魔力が中和されているとか、そういうのらしい。何やそれ。火の魔法を使うとき、水の魔力で体を覆うことで、術者に影響が及ぶのを防ぐのだとか。この世界の魔法が使えない俺は実感が湧かないな。それで、アリーヤの元々持っていた属性は、光、闇、風、土の四属性。その中で、光と風が比較的強かった。元々闇属性は気休め程度のものだったが、それが光属性と同じくらい強化されたのだとか。これは俺の《闇魔法・真》の影響なのだろうか？　しかしこの世界の闇魔法と俺の闇魔法は全く異なったものなので、可能性は薄いか。この世界の闇魔法は、呪ったり相手の視界を奪ったり、生命力を直接減らしたりと、生物相手に特化した魔法だ。対して俺の魔法は非生物特化と言えるので、全く別物だろう。ちなみに俺は、アリーヤが元々光属性を持っていたのが、デイウォーカーになった原因だと考えている。

さて、アリーヤが飛行練習している間に、俺はツッコミ……もとい、スキルの検証に入ろう。とりあえず、もう一度ステータスを確認してみる。

高富士祈里 takafuji inori　魔族　吸血鬼（男爵級）　Lv.14
HP 3782/3782　MP 22037/22037　STR 4133
VIT 3661　DEX 3417　AGI 4325　INT 5975

固有スキル

《成長度向上》《獲得経験値5倍》《必要経験値半減》《視の魔眼》《陣の魔眼》《太陽神の嫌悪》《吸血》《男爵級権限》《スキル強奪》《闇魔法・真》《武器錬成》《探知》《レベルアップ》《スキル習得》《王たる器》《武術・極》

一般スキル

《剣術 Lv.7》《隠密術 Lv.7》《投擲《とうてき》術 Lv.8》《短剣術 Lv.6》《飛び蹴り Lv.10》《詐術 Lv.7》《罠《わな》解除 Lv.4》《飛行 Lv.5》《罠設置 Lv.4》《噛《か》みつき Lv.10》《跳躍 Lv.10》《回避 Lv.8》《姿勢制御 Lv.7》《糸術 Lv.6》《弓術 Lv.3》《杖《つえ》術 Lv.1》《拳術 Lv.2》《棍《こん》術 Lv.1》《盾術 Lv.4》《刀術 Lv.1》《槍《やり》術 Lv.4》《射撃 Lv.1》《火魔法 Lv.1》《水魔法 Lv.1》《風魔法 Lv.1》《土魔法 Lv.1》《光魔法 Lv.1》《闇魔法 Lv.1》《魔力操作 Lv.1》《鎧術 Lv.1》《歩法 Lv.1》《暗殺術 Lv.4》《暗器術 Lv.1》《料理 Lv.3》《掃除 Lv.3》《洗濯 Lv.2》《運搬 Lv.2》《裁縫 Lv.3》《奉仕 Lv.2》《商売 Lv.3》《暗算 Lv.2》《暗記 Lv.3》《介抱 Lv.2》《策謀 Lv.2》《達筆 Lv.2》《速筆 Lv.1》《農耕 Lv.1》《並列思考 Lv.2》《速読 Lv.1》《手品 Lv.1》《酒乱 Lv.1》《性技 Lv.1》《思考加速 Lv.2》《空間把握 Lv.1》《宴会芸 Lv.1》《ペン回し Lv.1》《ボードゲーム Lv.1》《賭事 Lv.1》《強運 Lv.1》《凶運 Lv.1》《女難の相 Lv.1》《絵画 Lv.1》《演奏 Lv.2》《建築

Lv.3》《歌唱 Lv.2》《ダンス Lv.4》《宮廷儀礼 Lv.2》《ポーカーフェイス Lv.3》《反復横飛び Lv.1》《縮地 Lv.1》《早撃ち Lv.1》《二刀流 Lv.1》《緊縛 Lv.1》《ナンパ Lv.1》《ウィンク Lv.1》《作り笑い Lv.1》《我慢 Lv.1》《恐怖耐性 Lv.1》《痛覚遮断 Lv.1》《毒耐性 Lv.2》《魅了耐性 Lv.1》《熱耐性 Lv.1》《物理耐性 Lv.1》《寒耐性 Lv.1》

称号

魂強者　巻き込まれた者　大根役者　ジャイアントキリング　クズの中のクズ　スキルホルダー　殺戮《さつりく》者　殲滅《せんめつ》者
無慈悲

うん。改めて見ると、これは酷い。スキル強奪は生前に最も得意としていた物を奪う、ということを考慮しつつ確認していこう。

《剣術 Lv.7》《隠密術 Lv.7》《投擲術 Lv.8》《短剣術 Lv.6》《飛び蹴り Lv.10》《詐術 Lv.7》《罠解除 Lv.4》《飛行 Lv.5》《罠設置 Lv.4》《噛みつき Lv.10》《跳躍 Lv.10》《回避 Lv.8》《姿勢制御 Lv.7》《糸術 Lv.6》

この辺までは元々あったスキルだ。それぞれ少しずつレベルが上がっている。

《弓術 Lv.3》《杖術 Lv.1》《拳術 Lv.2》《棍術 Lv.1》《盾術 Lv.4》《刀術 Lv.1》《槍術 Lv.4》《射撃 Lv.1》

おそらく兵士たちから奪ったであろうスキル。さすがに盾と槍は伸びるな。

《火魔法 Lv.1》《水魔法 Lv.1》《風魔法 Lv.1》《土魔法 Lv.1》《光魔法 Lv.1》《闇魔法 Lv.1》

騎士の中の、魔法使いから奪ったのだろうか。もう少し上がっても良いと思うが、レベルは一律で1だ。

不思議なものである。

《魔力操作　Ｌｖ.１》

魔動具にでも使えるのだろうか。

《鎧術　Ｌｖ.１》

鎧に術があるのかはなはだ疑問だが、動きやすくなるとかそんなんだろう。きっと。

《歩法　Ｌｖ.１》

アバウトすぎてわからん。

《暗殺術　Ｌｖ.４》《暗器術　Ｌｖ.１》

城内に暗殺者が忍び込んでますが、大丈夫ですか？

《料理　Ｌｖ.３》《掃除　Ｌｖ.３》《洗濯　Ｌｖ.２》《運搬　Ｌｖ.２》

この辺は使用人からのスキルかな？

《裁縫　Ｌｖ.３》《奉仕　Ｌｖ.２》《商売　Ｌｖ.３》《暗算　Ｌｖ.２》《暗記　Ｌｖ.３》《介抱　Ｌｖ.２》《策謀　Ｌｖ.２》《達筆　Ｌｖ.２》《速筆　Ｌｖ.１》

この辺は貴族からだろうか。策謀してる奴いますけど。レベルを見ると、複数人いるようですけど。策謀が一番得意って何だよ。

《農耕　Ｌｖ.１》

何故農民が紛れ込んでる。

《並列思考　Ｌｖ.２》《速読　Ｌｖ.１》

突然の有用そうなスキルにビックリ。貴族からかな？　ありがとうございます。

《手品　Ｌｖ.１》

一発芸じゃねえか。

《酒乱 Ｌｖ.1》

乱れてどうする。

《性技 Ｌｖ.1》

娼婦《しょうふ》でもいたんですかね？　なんかこのスキル、嬉《うれ》しいような要らないような……

《思考加速 Ｌｖ.2》《空間把握 Ｌｖ.1》

またも有用なスキルだ。きっと騎士の誰かだろう。ありがとう誰か。まあ《空間把握》は《視の魔眼》があるから要らないだろうが。

《宴会芸 Ｌｖ.1》《ペン回し Ｌｖ.1》

それが一番得意って。

《ボードゲーム Ｌｖ.1》

ボードゲームか、暇があったら作ってみるか。

《賭事 Ｌｖ.1》

賭事はあまりするつもりがないが、戦闘や戦略においての賭けまで有効だったら嬉しいスキルだ。

《強運 Ｌｖ.1》

嬉しいスキルである。レベルの上げ方がわからないが。

《凶運 Ｌｖ.1》

超絶要らないスキルである。レベルが上がらないことを祈るばかりだ。

《女難の相 Ｌｖ.1》

そういう主人公にだけはなりたくないです。
《絵画 Lv.1》《演奏 Lv.2》
貴族の嗜《たしな》みというやつか。比較的マシなスキルだ。
《建築 Lv.3》
《武器錬成》と組み合わせることができたら、有用そうである。
《歌唱 Lv.2》《ダンス Lv.4》《宮廷儀礼 Lv.2》
またも貴族の嗜み。貴族になったら有用そうだが、あいにく貴族になる予定はない。
《ポーカーフェイス Lv.3》
ありがたいスキルだ。まあアリーヤ曰《いわ》く、俺は鉄面皮らしいのだが。
《反復横飛び Lv.1》
レピティションサイドステップ!! これが一番得意だった奴の人生を知りたい。
《縮地 Lv.1》《早撃ち Lv.1》《二刀流 Lv.1》
定番の有用スキル。きっと騎士の中に達人がいたのだろう。
《緊縛 Lv.1》
俺にそんな趣味はねぇ! しかし《糸術》と組み合わせれば有用そうなのがムカつくな。
《ナンパ Lv.1》《ウィンク Lv.1》
貴族の中にチャラ男がいます。気をつけてください。
《作り笑い Lv.1》
それが一番得意って。(二回目)

《我慢 Lv.1》

この人には何があったんだろう……。しかし何だかんだ言って有用そうではある。

《恐怖耐性 Lv.1》《痛覚遮断 Lv.1》《毒耐性 Lv.2》《魅了耐性 Lv.1》《熱耐性 Lv.1》《物理耐性 Lv.1》《寒耐性 Lv.1》

耐性系スキルは素直に嬉しいな。しかしこの吸血鬼の体に、毒などが効くかは不明である。検証したくないが、後々するべきだろう。

こんな感じか。なんか死にスキルが大量に出る予感がする。スキルも結局レベル1ではあまり役に立たない。常用するスキルは勝手に伸びていくから良いが、役に立たんスキルは最悪レベル1のまま。いざというときに使えない可能性もある。幸い寿命は長く、時間は人生単位で考えればあり余るほどある。役に立たなそうなスキルも、ちょっとずつで良いから成長させていこう。《凶運》はご退場ください。

そういや成長という言葉で思い出したが、アリーヤにも言わなければならないことがあった。

「ヘイ！　カモン、アリーヤ」

飛行練習中のアリーヤに振り向いて呼びかける。……もう結構飛べるようになってる。これが『天才』か。凄《すご》いな。

「あ、はい。……っと、何ですか？」

アリーヤは着地するとコウモリのような翼をしまい、こちらに駆け寄ってくる。……何か素直だな。

「ちょっと成長の方針についてだな」

アリーヤの吸血は、俺と同じようにステータスを上げる効果があるらしい。それと、俺と同じように再生もできる。何かこう、能力が中途半端だよな。

「成長？」

「ああ。ステータスを上昇させる方針についてだ」

　これは少し前から考えていたことだ。血を吸う対象を絞ることで、特定のステータスの成長を優先させることができる。

「これからは足の速そうな魔物を狙って、ＡＧＩ、つまり敏捷《びんしょう》性を重視しよう」

　単純に筋力を上げるのに比べて、敏捷性を上げるのは難しい。筋肉をつけつつ、体重も軽くしなければならないためだ。これは人外レベルだと、非常に難題になる。しかし、俺たちには直接ステータスを上昇させる方法がある。俺の経験から考えると、ＳＴＲやＶＩＴを上げたからといって、体重が増えるわけではなかった。ステータス上昇のアドバンテージを生かすには、他にもＶＩＴを上げるというのもあるが、俺たちには吸血鬼の再生があるため、優先度は低めだ。よって優先順位は、ＡＧＩ＞ＩＮＴ＞ＤＥＸ＞ＳＴＲ＞ＶＩＴであると考えた。特にアリーヤは魔法主体であるから、こうすべきだろう。

　という説明を、アリーヤに行う。

「ステータスが直接上昇する、というのが、自分ではまだ実感できていないというか、よくわからないので、従おうと思います」

　しかし、とアリーヤは続ける。

「近接戦闘になった場合はどうしましょう。私が後衛をやるにしても、イノリは前で戦わないといけなくなります」

「まあ、俺はレベルアップでＳＴＲも上がるから、あまり心配しなくていいのだが」

と言いながら、俺は影空間から一本の黒光りする刀を取り出した。

「それは……」

「ん。かっぱらった」

絶斬黒太刀（作者　高富士祈里）
品質　SSS　値段　一〇億デル　能力　絶対斬　闇硬化　再生　成長
改造古代兵器アーティファクト。太古の遺跡から発見され、後に改造された。ロストテクノロジーで作られている。魔力を注ぐことで、あらゆる物を斬る刀となる。魔力を注いでいる間、振るわれた力に関係なく、刃に触れた物を斬り、砕く。刀身自体も強化されており、血を吸うことで再生し、成長する。

イージアナの使っていた絶斬之太刀、《武器錬成》できました。古代兵器もあっさり《武器錬成》できるとは、やはりチートスキルは恐ろしい。イージアナの焼死体のところには、俺が《武器錬成》で絶斬之太刀に限りなく近づけた偽物を折って転がしておいた。多分熱で溶けてよくわからない状態になっているはずだ。元々絶斬之太刀は魔力を流していないとただの刀だったので、折れていても不思議ではない。すぐにバレるということはなかろう。

しかし……

「……やっぱだめか」

昨晩《武器錬成》したときもそうだったのだが、俺は絶斬黒太刀を使えないらしい。いや、それどころか魔動具全てを使うことができない可能性すらある。魔法のスキルも全てレベル1であったし、俺はこの世界の魔法とは縁がないのかもしれない。

「使えないのですか？　イノリは魔法は使えなくても魔力はあるはずですが」

「どうもしっくりこないんだよな」

何というか、感覚的な話なのだが、この世界の魔力や魔法は歪《いびつ》なのだ。まるで誰かが手を加えているかのように。俺はその魔法形態に沿った魔力を操ることが苦手なようで、スキルを手に入れても魔法や魔動具が使えないようだ。

「折角強力な武器を手に入れたのに使えないとは、難儀なものですね」

「ん。ってことで、これやる」

そう言いながら、俺はアリーヤに絶断黒太刀を渡した。

「へ？」

「ま、『天才』ならいずれ使いこなせるようになるだろう」

とりあえずこれでアリーヤの近接戦闘能力の補塡《ほてん》は十分かな。一通り用件が済んだからか、また眠気が襲ってきた。

「へ？　え？　これ……」

「どうした？」

受け取ったアリーヤが未《いま》だに困惑している。さっさと呑《の》み込んでくれないかね。そろそろ本格的に眠いのだ。

「私がこんな武器を持っていてもいいんですか？」

「そういう話の流れだろ。……もう眠いから、寝ても良いか？」

と言いつつも返事を聞くつもりもなく小屋へと向かおうとするが、アリーヤに止められた。

「私は、あなたに反逆しようとしているのですよ?」

「でもその前に、お前は俺の下僕だろう」

だから強くしなきゃいけないわけで、……いかん、眠くて頭が働かなくなってきた。

「もういいから、やる。そして俺は眠いから寝る」

「ちょ、ちょっと……」

後ろで俺を呼び止める声が聞こえたが、俺は適当に無視して小屋に入り、硬いベッドに倒れ込んだ。


物音が隣から聞こえ、目覚める。小屋は壁で仕切って小さな部屋を二つ作っている。もちろん隣の部屋にはアリーヤがいる。男女が同室で寝るというのはまずいという道徳的な観点と、寝室まで一緒にするなどプライバシーの侵害も甚だしいという個人的な理由がある。まあ後者の方が比重が大きいが。外を見てみると、薄暗いし空が赤い。恐らく夕方といったところだろう。まだステータスは元に戻っていないので、太陽は沈みきっていないようだ。俺からすれば、早朝という感覚である。物音は断続的で、寝返りなどではないだろう。つまり、アリーヤが起きて、動いている。一体何を、とも思うが、彼女にとっては昼夜など関係ないから、今何か活動していても不思議ではない。

もしや、俺の暗殺計画でも考えているのか、などと考えていたときにちょうど、アリーヤが俺の部屋に入ってきた。直前まで考えていたことがあれだったので、俺は少々警戒したのだが、彼女は部屋に入ってから沈黙した。

しばらくして、ようやく口を開く。

「イノリ。その、一緒に寝ませんか……？」

「何だ？　夜が怖いのか？　ならば絵本を読み聞かせてやろう」

「違います！」

「違うのか？　だったら目的をハッキリ言え。……というか」

「………」

彼女は頬を染めて俯き、身じろぎながら再び沈黙した。まあ、当然だろう。俺の目には、彼女の下着姿が映っていた。

「……あー、その、何だ」

「………」

「夜這《ば》いでも、さすがに寝間着くらいは身につけるべきだと思うぞ？」

「んな……、ないからでしょうが!!」

何か怒られた。ああ、確かに寝間着を作ってなかったな。気が利かなかったようだ。さっさと用意しなければならない。

「ということで取り出したるは王城からくすねてきた布。これをはい、ドーン」

《武器錬成》

「寝間着型鎧完成である。さあこれを着たまえ」

「は、はい……？　ありがとうございます？」

「んじゃ、部屋の入り口にスタンバイ」

「はい……これで良いですか？」

「そう。じゃあ入室からTakе2で」

「イノリ。その、一緒に寝ませんか……じゃなくて！」

アリーヤの頬は、最初に入ってきたときとは比べものにならないほど赤くなっていた。涙目になっている。

少しからかいすぎたか。

「……で、何故こんな真似を？」

「イノリは、言ってましたよね。私を吸血鬼にするときに、奴隷になる覚悟はあるか、と」

ああ、言ったかもな。実際奴隷のようなものだし。

「しかし、イノリは昨夜私に何もしてこなかったので……いっそ心を決めて自分から、と」

ん？　なんか論理が飛躍している気がする。……ああ、なるほど。

「俺がアリーヤを性奴隷にすると思っているのか？　そんなこと言ったつもりはないが」

「え？　し、しかし、『どう解釈しても構わない』って」

「覚悟を聞いていたときだからな。そっちで勝手に拡大解釈してくれた方が都合が良かった。……というか、俺がお前を性奴隷にするような人間に見えるのか？」

「……え？」

アリーヤは、心底不思議な顔で俺を見てくる。……『そう見えますが』って言いたそうだな。

全く失礼な。俺をどこからどう見たらそうなるんだ。日頃から女体をジロジロ見て、自分の欲望に忠実な俺のどこが？　……うん。そうとしか見えないな。むしろ『何でこいつ一つ屋根の下の美少女に手を出さないんだ』って俺も思うわ。

「ま、まあ、それは良いとして、とりあえず俺は今のところお前を抱くつもりはない」

「で、でも」

……ここですっぱり戻りゃいいのに、何故自分の部屋に戻らない？　俺に抱かれたい願望でもあるのか？　いや、あり得ないな。こいつの場合。そもそも身重になる可能性すらあるのに、何故わざわざ自分から来たんだ？　自由を渇望しているこいつが、何故自分を束縛するような行動を取るのか？　……むしろ肉体関係を作ることで、自分の身の安全を図りたい、とか？　んで媚を売りに来たと。

「ああ、お前。俺が怖いのか」

「……っ⁉　そ、そんなこと……！」

「まあ自覚していないのかもしれないが、『そこに確かにあるはずの未知』ってのは、大体誰でも怖いものだ」

「………………」

そういやアリーヤは、俺が刀を渡したときから変だった。いや、その前から少し従順にすぎたかもしれない。ま、主《あるじ》を傷つける可能性があるというか、そう宣言している奴隷に自分よりも良い武器を渡す主ってのは、奴隷からしたらわけがわからんだろうな。

「俺が刀を渡した理由は簡単だ。まず、お前が死んで、死体を解析でもされたら、俺の弱点がバレる可能性もある。転じて俺の危険になり得るんだ」

よって、早急にアリーヤを強くしなければならない。

「それと、俺はお前が敵対するのは大歓迎なんだ。と、似たようなことを俺はあの日に言ったはずだが？」

むしろ敵意満々で、俺を殺しに来てくれると嬉しい。曲がりなりにも、アリーヤは俺が気に入っている存在なのだから。

「……そうでしたね」

「理解したか？」

「ええ。何でイノリに体を差し出すなんて、バカな真似をしてるんでしょう私」

「そろそろ寒くなってきただろ、早く布団にくるまれ」

「はいは……い？」

俺は自分のベッドにスペースを開け、そこを手で軽く叩くジェスチャーをする。それを見たアリーヤは、わけがわからないといった様子で、俺に聞いてくる。

「……私の記憶が確かなら、イノリは私を抱くつもりがない、と言っていたはずですけど？」

「ああ。抱くつもりはない。ちょっとスキルアップに付き合ってもらうだけだ」

「はあ？」

実はアリーヤと話している間に日が落ちたのだ。これからスキル上げができる。

「《スキル強奪》で、《性技》というスキルを手に入れてな。一応例外を除いてどのスキルも強化するつもりだから、付き合え」

「お、お断りします!!」

「いやお前俺の下僕だろう。奴隷だろう。いいから従え。拒否権はない」

「い、いやぁ……」

それからしばらく、アリーヤの悲鳴やら別の声やらが小屋に響いたりしたが、詳しくは語らないでおく。

とりあえず、俺の脳内フォルダが非常に充実したことだけは言っておこう。《映像記憶》は便利ですね。

Side story・3

――マッカード帝国、帝国城、特別会議室――


「――『タカフジイノリという人間は、もうこの世にはいない』と発言。判定は白」

円卓の一席で、正装に身を包んだ一人の女性が、手元の報告書を読み上げている。

「また、ライジングサン王国王城に放火をした犯人については、『魔族で、ライジングサン王国騎士団長に求婚を断られ、騎士団長を殺害。その後王城で魔法によって火をおこし、中の人間の肉体ごと焼いたと言っていた』との発言。こちらも白」

円卓に座るのは、各国の重鎮である。そして現在発言している女性は、マッカード帝国の宰相、インデラ・ジェンダであった。

「その魔族に関しまして、『新たな魔王と名乗り、勇者軍に宣戦布告をしていた』との発言もありました。こちらも白です。……勇者、リュウトシンザキの証言は以上です」

「……新たな魔王、ですか。城を一つ焼いたということは、相当な実力者……」

「無視はできんな」

「しかし魔族が我々人類に求婚とは、俄《にわか》には信じ難い」

「いや、物好きってのはいるもんだ。グランツ共和国の村でも、昔魔族を性奴隷にしていた事例があったらしい」

「白と出ているならば、真実なのじゃろう」

「マッカード帝国は、今後勇者軍として捜査を進めるべきだと進言します。質問があれば、挙手をお願いします」

彼女が発言を促すと、円卓に座る一人の男が小さく手を挙げた。

「リーン聖国教皇様。どうぞ」

「タカフジイノリという名前は初めて聞いたのじゃが、勇者の一人なのか？」

「お答えします。ライジングサン王国の勇者召喚で召喚された、四人目です」

「儂《わし》らは、そのような話は聞いていないぞ」

リーン聖国教皇は不満げに言うが、マッカード帝国宰相は冷静に返答をした。

「ライジングサン王国が隠蔽していたようです。我が帝国の伝手《つて》により情報を得ましたが、確定した情報ではなかったので、勇者軍会議には情報を挙げませんでした」

「四人目の勇者、ということか？」

「勇者とは違い、身体能力は一般人と同じか、それ以下であったようですので、イレギュラーかと思われます。しかし今は確かめる手だてが御座いません」

そこでリーン聖国教皇は一度顎に手を当て、少し考えるようにした後で、諦めるように言った。

「……わかったわい。これ以上は無駄な議論となろう」

マッカード帝国宰相はそこでリーン聖国教皇との視線を切り、再び円卓の面々を見渡す。

「どなたか他に質問は御座いますか？　なければ……」

「ちょい待ちな」

一人の男が待ったをかけた。砕けた口調ではあったが、重低音の響く声が軽さを感じさせない。髭面《ひげづら》で顔は厳《いか》つく、鍛え上げられた巨体を持つ男であった。

「ドイル連邦大統領ルドルフ・ビルゴン様。どうぞ」

「少し質問とは違うが……。マッカード帝国よ、ここは円卓であり、宗主であるお前たちが『情報の交換は立場を等しく隠蔽せず公平に行う』よう約束したはずだ。しかし、お前たちはライジングサン王国の四人目のことを黙っていた。これは公平《フェア》じゃないんじゃないか？」

大統領ルドルフは、その鋭い眼光をマッカード帝国宰相インデラに向ける。インデラはその目を正面から受け止めた。

「先ほども申しましたように、確度と優先度の低い情報でしたので、証拠が得られるまで情報公開を後回しにしていました。結果事後報告のような形となったことに関しましてはお詫《わ》び申し上げます。イノリタカフジに関する情報は前述の内容を含めて全て公開するため……」

「いや、その四人目のことは、この際どうでもいい。俺が問題にしたいのは、マッカード帝国が勇者のことに関して、未だに隠蔽している情報があることだ」

微《かす》かに室内がざわめく。その中で、ルドルフはインデラを睨みつつ、薄く笑う。インデラは柳に風とばかりに受け流しているが、先刻微かにその瞳が揺れたのを、ルドルフの眼《め》は見逃さなかった。

「先代の勇者が停泊したと言われる、ギャリという小さな村落に残っていた伝承だ。その村で、先代勇者は『加護を超えた力』を使ったと伝えられている」

「あくまでも伝承です。年月を経て誇張された可能性があります」

「それ以外の集落でも似たような伝承が残っていた。偶然とは考えられんな」

インデラは内心で焦った。先代勇者がドイル連邦を訪れたのは、旅の後半である。『力』を得た後だったため、それが露見している可能性はあったが、伝承として残っているとは考えていなかったのである。

「しかし……」

「いや、もういい宰相」

「陛下？」

マッカード帝国皇帝はインデラを座らせると、あくまで威圧的に発言した。

「確かに、その情報に関して隠蔽していたことは認めよう。しかしこれは、必要な情報ではない、そして公開すべきでないと判断したためであると理解してくれ」

「不必要、だと？　勇者軍の戦力増強に繋がりかねない、いや、確実に寄与するであろうそれを？　冗談でも言っているのか？」

「いや……。詳しいことは宰相に説明させる」

「は」

インデラは皇帝の命を受け、再び立ち上がる。

「連邦ルドルフ大統領様の発言にある『加護を超えた力』、これを我々は『オーバー・ボックス』と呼んでいます」

「オーバー・ボックス？　変な呼び名だな。単に『覚醒』とかの方がわかりやすいんじゃないか？」

「これは他でもない先代勇者の呼び方を流用したものです。曰く、これほど言い得て妙なネーミングはない、と」

資料にはない情報であるため、インデラは発言内容を頭でまとめつつ、情報を整理する。

「オーバー・ボックスは先代勇者の発言になぞらえますと、『加護の本当の力を解放する』もので、先代勇者以外に行った者はいません。オーバー・ボックスへと至る過程、条件は不明。これらのことから、勇者が安易にオーバー・ボックスへと走らず地道に研鑽《けんさん》するよう、情報を規制しました」

「理由が弱いだろ。それならまだ、オーバー・ボックスとやらの恩恵を独占するために情報を規制したって方が納得できるぜ」

「理由はそれだけではありません。国家が勇者にオーバー・ボックスを勧めること、またマッカード帝国含めどこかの国家にオーバー・ボックスを果たした勇者が現れることを危惧したためです」

「は？　何だと？」

ルドルフは呆《ほう》けた顔を作った。それは円卓の面々をしても同様である。

「それをわざわざ危惧した理由は？」

「あくまでも三〇〇年前の資料によりますが、オーバー・ボックスを果たした勇者、つまり先代勇者は国家兵力を軽々と上回る力を持っていた、とのことです。オーバー・ボックス後の勇者は一国家の手に治まらないほど強大となり、世界を征服できてもおかしくなかったと記録にあります」

「……それこそ誇張じゃないのか？」

「多少誇張されている可能性はありますが、少なくともオーバー・ボックスが魔王を大きく上回る力を生み出すことは確実でしょう。先代勇者自身がマッカード帝国にオーバー・ボックスの情報を規制したほどです」

「三〇〇年前魔王討伐後に平和となったのは、先代勇者の人柄ゆえ……ということか」

「今回勇者軍を呼びかけたのも、それが理由です。勇者を多く用意することにより、魔王の兵力を大きく上回ることでオーバー・ボックスが起こらないようにすることが、勇者軍の目的でした」

魔王を余裕を持って倒すため、勇者を数多く召喚する必要があった。しかし一国が多くの勇者を持てば兵力のバランスが大きく傾き、魔王討伐以前に人間国家間で戦争が起きる可能性もあった。そのためそれぞれの国家に勇者を分散する、今回の勇者軍ができたのである。

「ふん、まあいい、納得してやろう。しかし今回の件で、マッカード帝国に対する俺の信用は落ちた。それなりの対処を要求するぜ」

「わかった。良いだろう」

「他に何か質問は御座いますか？　なければ次の議題に移ろうと思いますが」

インデラは円卓の面々に目を向けた。しばらくの間、沈黙が続く。

「では、次の議題に移らせていただきます。既に述べましたが、ライジングサン王国の勇者三人は現在我々マッカード帝国が保護しています。彼らの管理をどの国が行うか、について」

インデラは手元の資料を捲《めく》った。

「まず我々マッカード帝国の意見を言わせてもらいますが、国力、財源の余裕、利便性、彼らの精神状態を踏まえまして、引き続きマッカード帝国で管理を行うべきだと考えます。異論がある方はお願いします」

「なし」「ありません」「ないわい」「ないな」「構わない」「なし」「ない」「ねえよ」「特になし」

円卓に座る面々はそれぞれが即答した。魔王軍の攻撃により国力が低下している今、さらに三人の勇者を抱え込める余裕がある国はマッカード帝国のみである。そもそも勇者を除いた国力で劣っているため、勇者がマッカード帝国に六人集中するというのは、あまり問題ではなかった。

「この場にいない『グランツ共和国』と滅亡した『ライジングサン王国』を除きまして、マッカード帝国を含め一〇国の賛成がありましたので、次の議題に移らせていただきます」

インデラはまた資料を捲った。

「滅亡したライジングサン王国の国土に関しまして、本来勇者軍の議論の管轄外ですが、『グランツ共和国』を除いて全ての人間国家がこの場に揃《そろ》っているため、協定を組むべきだと考えます。異論があればどうぞ」

「魔王軍の侵略中に人間国家間でいざこざなど馬鹿らしい。この場で協定を組めるなら、そうすべきだ」

「同意」

全員が同意の意を示したため、インデラは議論を進める。

「では『マッカード帝国』『ドイル連邦』『リーン聖国』『ジールハン皇国』『カナディ公国』『イギル連合国』『オーザ神国』『エルサムル国』『アレイン公国』『キッシュ共和国』以上一〇カ国の同意が得られましたので、元ライジングサン王国領土に関する協定を結びます。協定内容に関しましては数日中に再び円卓会議を開会致します。では、次の議題に移らせていただきます」

インデラは資料のページを捲る。

「お手元の資料、二四ページをお開きください」

その声の後、紙が擦れる音が断続的に会議室に聞こえた。一通り収まった後で、インデラが続ける。

「ご覧の表は、勇者軍の勇者三六名の加護をランク分けしてまとめたものになります。円卓に参加してこなかったライジングサン王国の勇者三人、また彼らからの情報により、グランツ共和国の勇者三人の加護の情報を得ましたので、改正版として急遽《きゅうきょ》編集致しました。追加の情報を載せた完成版は、後日改めて配布致します」

Aランク

『魔力親和』『身体親和』『武術』『空間魔法』

Bランク

『剣術』『槍術』『弓術』『盾術』『結界術』『光魔法』『火魔法』『風魔法』『水魔法』『土魔法』

Cランク

『柔術』『格闘術』『杖術』『空手術』『熱魔法』『氷魔法』『塵《ちり》魔法』『熔《よう》魔法』『限界突破』『身体強化』『魔力強化』『テレパス』『千里眼』

Dランク

『生活魔法』『料理』『透視』『錬金』

Eランク

『闇魔法』『獣化』

規格外

『カウント』『ノート』『ヒキニート』

「ほう、『魔力親和』に『結界術』か」

「ライジングサン王国もさっさと情報よこしゃ良かったのによ。これなら幾らか援助しても良かったぐらいだぜ」

「あの国は、女王が女王でしたから……」

「規格外も一つ増えていますね。これはグランツ共和国の勇者ですか？」

「今回は規格外が多すぎるのう……分母が多いにしても、異常じゃな」

「補足ですが、規格外の加護の中で能力が判明しているのはマッカード帝国の勇者が持つ『カウント』のみです。『ノート』はグランツ共和国の勇者。また、『ヒキニート』持ちのマッカード帝国勇者はカウンセリングを兼ね、監視下で漫遊中です」

「……規格外の加護は、名前だけでは判別できんな……」

「大体何なんだ、『ヒキニート』って。言葉自体聞いたことすらねぇよ。本人もどんな意味の言葉か知らねぇらしいしよ」

（いや、あれは知っているが話したくなかっただけなのでは……）

一通りざわめきが落ち着いた後、インデラは失礼、と少し咳《せき》払いをしてから、発言を続けた。

「また、後に情報のすり合わせを行い確かめますが、現在Cランクと分類されている、元ライジングサン王国勇者の『限界突破』ですが……『規格外』に変更する可能性があります」

「何？」

「『限界突破』の加護は、文献の記録にも残されているはずだが……？」

当然の反応に、インデラは一つ頷いて言った。

「能力自体も文献の『限界突破』と変わりませんが、能力判明と発現が召喚時ではなく、最近だったようです」

「それは……規格外の特徴ですね」

「よって、リュートシンザキの加護は、四人目の規格外、二人目の判明済み規格外となる可能性があります」

◆◆◆◆◆◆◆◆◆◆◆◆◆◆◆◆◆◆◆◆

——マッカード帝国、帝国城、訓練場——


「ね、ねぇ……龍斗《りゅうと》？　もうやめた方が」

「…………………黙ってて……ウグッ！」

珠希《たまき》を制止した龍斗は、いったん呻《うめ》くと全身を脱力させて地面に這《は》いつくばった。四つ脚の獣のような姿勢で、喉を叩くように激しく咳き込む。

「カハッ……ゲボッ、ガホゲホッ……グッ……ハァ……ハァッ……」

呼吸が落ち着いてくると、生まれたての子鹿のように足を震わせながら再び立ち上がる。

（『限界突破』を連続でかけ続けるのはつらい……だけど、少しずつ効果時間は延びている……）

「……『限界突破』っ！」

元々『限界突破』の反動で全身が強い倦怠感《けんたいかん》と激しい筋肉痛に脅かされている中、さらに『限界突破』を重ねがけすることで、感覚が鋭敏になり痛覚が増す。更に疲労困憊《こんぱい》の体を強引に強化するため、より全身が傷つく形となる。

「ガァァァアッ！」

激しい痛みに獣のような声を上げ体中を汗で濡らしながら、龍斗はなおも『限界突破』を解除しない。

(勇者の体だからか、『限界突破』の効果かわからないけどっ、この全身の筋肉痛によって体が鍛えられているのは事実っ！ 体全体を鍛えるのにも、これが一番効率がいいはずっ！)

「カハッ……〜〜〜〜〜〜ッ！」

『限界突破』が切れた反動で、龍斗は更なる激痛に見舞われる。珠希は今にも泣きそうな顔で、しかし痛々しい龍斗の姿から目を離さなかった。

「りゅ、龍斗？ 何を……!?」

訓練場を訪れた葵《あおい》は龍斗に駆け寄ろうとするが、龍斗はそれを手で制止した。

(二人には悪いけど……『俺』はもっと強くならなくちゃいけない……力を手に入れないと……)

龍斗の脳裏には自分を軽くあしらった騎士団長、そしてこちらを嘲笑する祈里の姿がフラッシュバックする。

(糞《くそ》みたいな理不尽に抗《あらが》う力を……！)

「……『限界」

「はーい、ちょっとそこまで」

龍斗が『限界突破』をかけ直そうとしたところで、訓練場に気の抜けるような声が聞こえた。

「何焦ってるんのか知らんけど、お前、張り詰めすぎやわ」

龍斗が訝《いぶか》しげに視線を向けた先にいたのは、黒髪の糸目が特徴的な青年だった。その隣には、フワフワとした印象を受ける黒髪の女が立っている。青年はヘラヘラと笑いながら龍斗の元に歩いてきた。

「あんた、誰だ？」

「ああ、そうやな。まずは自己紹介するわ」

龍斗の不躾《ぶしつけ》な質問に、青年はポンと手を打って答える。

「俺は金城啓斗《きんじょうけいと》、こっちの可愛い子が西条空《さいじょうそら》ちゃんや。よろしく」

「か、可愛いって、もう！　金城さんたら」

イラッ。何故か龍斗は目の前の光景に苛立《いらだ》ちを覚えた。しかし一応の礼節として、自分たちも自己紹介をしなければと思い直す。

「……俺は新崎《しんざき》龍斗だ。こっちが唐沢《からさわ》珠希と磯谷《いそや》葵」

「珠希です」

「葵……です」

「で、その名前からして、あんたたちは日本人……勇者なのか？」

龍斗の問いかけに、笑みを浮かべて啓斗と名乗った青年は答えた。

「そーやなー。マッカード帝国の勇者……ってことになってる。一応『加護』も教えとくわ、俺が規格外の『カウント』、空ちゃんがAランクの『空間魔法』や。お前らの加護も教えてくれんか？」

「……別に構わない、が、ランクってのは何だ？　聞いたことがない」

「ま、それもぼちぼちな」

常に軽い調子である啓斗に、龍斗は目を細める。

「俺が『限界突破』、珠希が『魔力親和』、葵が『結界術』だ」

「ふーん、まあ知ってたけどな」

「……」

腹の底から苛立ちが湧いてくる。何故こんなにも苛立つのか、龍斗にはまるでわからなかった。

「勇者ってのは三人なんだろ？　もう一人は何やってんだ」

「ん、あぁ。新井善多《あらいぜんた》いうんやけど、今は旅に出とるんやわ」

「旅？」

「この国の志向でな。よくわからんけど、加護を発現させるためって言ってたわ」

ま、今はそれは良いわ、と啓斗はいったん仕切り直し、再び龍斗たちに笑いかけて言った。

「ようこそマッカード帝国へ。わからんことがあったら何でも聞いていいし。これから同じ国で過ごす仲やからな、仲良くやろか」

「よろしくお願いしますねっ！」

空が明るい声を出してから、啓斗は龍斗に手を差し出した。龍斗は一瞬の間の後、その手を握り返した。

「……あぁ、よろしく」

龍斗は低い声でそう言った。


平原を割る一本の街道。

薄茶色の土が剝《む》き出しの道の上を、ガタガタと音を鳴らしながら一台の馬車が走っていた。その傍らには一騎の護衛と思しき冒険者がおり、計三頭の馬が並んで歩みを進めている。地味な馬車の中、一人の男の情けない声が聞こえた。

「あー、お尻痛い……これならサスペンションの知識を日本で学ぶべきだった……。ねー、メイ。まだ着かないの？」

「まだ出発したばかりでございます。それと、少々高価になりますがサスペンション付きの馬車は既に作られています」

ナヨっとした印象を与える青年に、メイと呼ばれたメイドは淡々と答える。

「マジ？　じゃあそっち買おうよ。金はあるんだし」

「帝国に支給されたお金には限りがあります。ちゃんとした稼ぎがない限りは、ある程度節約すべきです」

「護衛には大盤振る舞いだったのに……」

「護衛には安全のため多くの金を払うべきですが、乗り心地に金を払うのは贅沢《ぜいたく》な話です」

「固いなぁ、メイは。君は僕の尻の皮が剝けても構わないの？」

「剝けたら剝けたで、私が回復魔法で治して差し上げますのでご安心を」

「……なぁ」

メイドと青年の会話を聞いていた、護衛として雇われた冒険者は、ふと気になって声をかけた。しかしその瞬間に青年はビクッとして、固まってしまう。

「……えー……っと？」

「は、ハイ、ナンでしょうカ」

ガチガチに固まってしまった青年を前に、冒険者は戸惑ってしまう。そこでメイドが二人の間に入った。

「申し訳ありません冒険者様。ゼンタ様は人見知りが激しく、初対面の方との会話が困難でして……」

「……その割に、お前さんとは気軽に話していたようだが？」

「私はゼンタ様のメイドですので、特別なのです。それで、何かご用でしょうか？」

「あ、いや。二人がどんな関係か気になってな。主人とメイドというのはわかるんだが、それにしてはどちらも気さくすぎる。坊ちゃんは貴族ってなりじゃねぇし……」

「……依頼人の素性を詮索するのは、マナー違反ではありませんか？」

「あ、あぁ。気になっただけで、深く聞くつもりはない。話したくないなら話さなくても良い」

「では、そういうことで」

話を切ってしまったため馬車の中には沈黙が下りた。先ほどまではゼンタと呼ばれた青年とメイドが話していたが、その青年が固まってしまったため、誰一人口を開くことがない。そのときガタッと大きく馬車が揺れ、青年は強く尻を打ってしまう。

「いっ……たぁ〜〜〜」

「……ゼンタ様、大丈夫ですか？　回復魔法をかけて差し上げましょうか？」

「いや、いい……」

こんなことでいちいち回復魔法をかけられても困る、というか情けないと青年は、メイドの提案を却下した。

（……はぁ。せっかく異世界に勇者として召喚されたのに、情けないなぁ。加護とやらも『ヒキニート』なんて名前だし……使い方もわからないし……）

青年はため息をついた。この青年こそ、マッカード帝国に召喚された三人目の勇者、『ヒキニート』の加護を得た新井善多であった。

第一章

——数年前——

ほとんど光のない、真っ暗な空間。石造りの壁に覆われており、仄《ほの》かに照らすランプの光が揺らいでいる。講堂のような大きな部屋の奥、石段を上った先には貴金属の装飾が施された荘厳な玉座がある。しかし今、その席に腰を落ち着けることのできる人物はいない。

そしてその玉座の正面に、複数の影が何かを囲んでいた。中心にあるのは、人間、エルフ、ドワーフ、竜人、獣人、魔族——ありとあらゆる種族の死体が積み重なった山だ。肉と肉の間から血が滴り、床を濡らしている。

その肉塊の下には緻密かつ壮大に描かれた魔法陣があった。その魔法陣に膨大な魔力が込められると、数多《あまた》の文字と図形が紫に光り始める。

魔法陣を取り囲む者たち——魔族は、その様子に感嘆の声を漏らした。

彼らが現在行っているのは、「魔王復活」の儀式である。魔王は本来自然発生的に生まれるものだが、今回ばかりは違った。歴代最強とも言われた先々代魔王イグノアの魂を喚び出し、イグノアを現世に復活させようと試みているのだ。

先代勇者、歴代最強の勇者が魔族に残した爪痕は大きかった。魔族の地位向上、自信の再獲得、領土奪還、そして人間、亜人どもへの復讐のため、先代魔王を上回る圧倒的な力が必要であった。強い魔王が自然発生するのを待つなど、あまりに心許《こころもと》なかった。そしてまた、先代魔王が散った今、先々代魔王の偉大さが強調されたのである。

魔族は長命だ。その中でも長く生きた者には、六〇〇年前、先々代魔王の頃から生きている者もいたのである。彼らは強くイグノアを想《おも》った。やはり彼こそが、イグノアこそが真の魔王だったのだと。数多くの生け贄《にえ》を捧げ、さらに膨大な魔力と準備の時間を経て、魔王復活の下地はなされた。であるならば後は、復活した魔王イグノアを新たな魔王として迎えるのみである。

魔法陣の放つ光は徐々に強くなり、魔法陣の上に置かれた生け贄の死体がとろけるように混ざり、一つの塊と化していく。


その光景を、現在魔族の中で最大権力を持つ吸血鬼ヘリウは、複雑な感情を抱きながら眺めていた。魔族は、戦闘能力が強い者ほど権力が強いという、単純な支配形態を持っている。つまり、現在ヘリウは最強の魔族であるということである。また、魔王と化す魔族は、より強い者の方が確率が高い。魔王召喚を行わなければ、後にヘリウが魔王となる確率は十分に高かった。

しかし、魔族幹部の一部はヘリウでは足りないと意見し、魔王を召喚するという進言を行った。その意見自体に異論はない。ヘリウは素直に従い決定したが、やりきれぬ思いを抱いているのも事実であった。彼女には強い野望があったのである。

吸血鬼は長命である。ヘリウは人間でいうところの一〇代後半のような容姿をしているが、実に七〇〇年という時を生きた。つまり、彼女は先々代の魔王に仕えていたのである。故に、彼への崇拝の感情は強かった。イグノアに畏敬の念を持っていたからこそ、彼女は自身の野望を抑え込みイグノアの召喚を行ったのだ。

光が一際明るくなり、魔族たちは「おぉ」という感嘆の声を口々に上げた。不定形の肉が人型となり、魔王の召喚はなされた。

その存在に対する周囲の感情は、圧倒的な力に対する恐怖、敬意、畏敬、そして――

――敵意と強い殺意であった。

「「「「⁉」」」」

本能的に沸き立つ殺意に、ヘリウを含めた魔族たちは戸惑う。殺意と恐怖の板挟みにより、魔族たちの体は硬直し、動くどころか喋ることすら不可能であった。

光が収まり、召喚された魔王の姿が明らかとなる。その異形は誰しもが目にしたことがなく、そしてその姿がさらに彼らの敵意を高めた。

ヘリウは自らの感情に困惑する。彼女はイグノアを知っていた。かの時とは姿が違えども、この威圧感、この魔力。目の前の存在は間違いなく、先々代魔王イグノアである。

しかし何故、自分は畏敬を払い、付き従うべき相手に殺意を抱いているのか。七〇〇年前は、そんなことは絶対にあり得なかった。魔王とは魔族にとって絶対的な存在である。逆らおうなどと考えるのは馬鹿のすることであり、敵意あるいは殺意を抱くような魔族はいない。

それなのに、何故。

「――ははッ」

「「「「っ⁉」」」」

幾重にも重なる殺意の中心で、イグノアは軽く笑った。周囲の魔族たちは思わず体を震わせる。自分が殺意を抱かれているのが、さも当然であるかのように笑うのだ。未知の恐怖がヘリウに流れ込む。しかし抱く殺意は衰えない。

イグノアはスクッと立ち上がると、周囲の魔族たちを見回した。そして彼の視界にヘリウの姿が入ったとき、彼女にゆっくりと指を向けた。

「お前、か」

その重低音は、部屋の石壁によく響いた。

「お前が一番強いのだろう？」

ヘリウは彼の目を見た。三日月のような瞳が彼女を見据えていた。

「これからお前たちは、彼女を魔王として崇め、従え」

――わけがわからない命令であった。つまり、魔王としての権力を放棄し、全てをヘリウに委譲するということである。意味はわかる。だが意図はわからない。

しかし混乱しようと、敵意を抱こうと、魔族にとって魔王の命令は絶対なのは変わらない。命令を受けたならば従うまで。もっとも魔族たちは喋ることすらできぬほど硬直してしまっているため、その肯定の意を表すことはできないのだが。

その光景を見てイグノアは軽く鼻で笑うと、歩いてその場を去ろうとする。

「……お、お待ちください！」

硬直からいち早く抜け出したヘリウは、魔王の背中に呼びかける。イグノアは足を止め、ゆっくりと振り返った。

何のおつもりですか、と命令の意図をヘリウは問いかけたくなる。しかし絶対である魔王の命令の意図を聞くなど、愚問。しかも敵意を抱いてしまっている自分に、それを聞く権利はない。ヘリウは辛《かろ》うじて、質問を絞り出した。

「どこに行く……、おつもりですか？」

「さあな。ここ以外のどこかだ」

何もわからなかったが、しかし聞き返すのは失礼に値する。彼女はもう一つだけ、質問した。

「……では、何をしに？」

イグノアは、うっすらとその口元に笑みを浮かべた。


——世界を壊しに。


「ヘイラッシャイ！　なんか買ってくかい？」「あらこれ高すぎじゃない？　ちょっとくらい負けてよ」「ねー、おとーさーん」「オイテメェ！　何ぶつかってんだコラァ」「キレ〜なお嬢さん、俺とお茶しに行かない？」「死ね」

《探知》で聴覚が強化されているから、街のざわめきが無駄に鮮明に聞こえてくる。やはり人混みは嫌いだ。

「……凄い人混みですね。ライジングサン王国の城下町でも、こんなに混んだことはありませんでした」

「他国の街とか行かなかったのか？」

「元々閉鎖的な国で外交にもあまり行ったことがありませんし、行くとしても護衛に囲まれた馬車で城まで送られるだけで、町並みやその様子をじっくり見たことはありませんでした」

「箱入り娘ってやつか……いや、放置されてたな」

俺たちは今、リーン聖国の辺境の街「レギン」にいた。ここはそのレギンの中心街である。辺境でありながら、街道が通っている商業の中継都市、そして地方都市の役割を担っており、活気だけで言えばライジングサン王国の王都を上回っていた。どんだけあの国不況だったのよ、とも思うが。

「辺境でもこの賑《にぎ》わいとは……今私は自由の素晴らしさを実感しています。あのまま王城にいては、こんな光景は一生見られなかったんですから」

街の様子を眺めながら、感嘆の声を上げるアリーヤ。

大きな声で客引きをする店員たち、値引き交渉を行う主婦たち、レンガで舗装された道に、魔動具の明かりが煌《きら》めく看板。ナンパする男と、金的蹴りを返答とする女。……最後はともかくとして、どこかどんよりとした空気の王都とはまるで違う。

あ、なんか辺りがザワザワしてきた。さっきのナンパと金的蹴りの男女の周りに少しばかりの人だかりができている。見せ物かよ。つらいな、男にとっては。

そしてアリーヤさん。何で金的蹴りの練習してるんですか？　誰に食らわせるつもりなんですかね、それ。昼のステータスであの金的蹴りを躱す自信ないいんだが。

アリーヤは城を出た頃から大分落ち着いてきた、というか明るくなってきた。普通両親と妹が死んだなら、もう少し引きずるものではないだろうか。確かに彼らからはまともな扱いを受けていなかったようだが、両親が死んで清々するような奴ではないだろう。……やはり他人の心というのはよくわからん。

「それで、これからどうするんですか？」

「まずは、金が欲しい」

ライジングサン王国から分捕ってきた金貨などは少しあるが、かの国が危機的状況というか何なら滅亡状態にある今、その価値は暴落していることだろう。やはりこの街でちゃんとリーン聖国の金を稼ぐべきである。

「仕事をするんですか?」

「ああ。冒険者というのがあるんだろ? それになろう」

「え? わざわざ罠に自分からかかっていくスタイルですか? 魔物との戦闘とか、能力を隠す上で罠でしかない気がしますが。まさかロマンなんて馬鹿な理由じゃないですよね?」

この娘、徐々に俺への態度が軟化、いや、激しくなってきた。嬉々《きき》として毒舌をぶち込んでくる。あの夕日に当てられていたお前さんはそんなキツい性格じゃなかっただろ? あのときは毒舌にも程度というものがあっただろう?

何が原因なんですかね(棒)。

「元々この街には長く滞在する予定はない。なら定職につくのは論外だ。それなら冒険者が一番だろう」

商いをやるにしても、この世界の常識を完全には理解できていない俺が、何のボロを出すかもわからん。頭の良さが必要で利害云々《うんぬん》がドロドロしている商業の世界よりも、馬鹿で単純な冒険者の方が能力バレや種族バレしなくて済むのだ。

リーン聖国辺境。この街に俺たちが今いる理由は……近かったからだ。

いや、まあそれだけではない。ライジングサン王国はあの後、案の定それぞれの権力ある領主たちが立ち上がり、群雄割拠時代に突入している。始まったばかりであるし、元々国力がそれほどなかったため、大規模な争いは未だに起こっていない。ちょっとしたいざこざくらいである。それでも、それぞれの領地や街では、出入りの警備や監視が厳しくなる。しかし逆に言えば、未開発地域のような、誰の領地でもないところには目が向かないということ。

フェンリルのいた森から人里に出ずに行くと、未だに魔物が蔓延《はびこ》っている未開発地域に辿《たど》り着く。そこを抜けて俺たちはこのリーン聖国辺境に至ったわけだ。この町が辺境と言われているのも、それが原因だ。近くに国境を跨《また》いだ未開発地域があり、国境を守り、魔物から守るという二つの意味で辺境なのである。

まあつまり最初に着いた街がここだったということだ。

辺境の魔物はそこそこ強く、レベル上げやスキル上げには良いだろう。知能が高そうな魔物も見受けられた。これならば定めた方針通りの成長を見込める。

俺とアリーヤは、より優先的に上げるべきステータスを決めていた。単純に筋力を上げるのに比べて、敏捷性を上げるのは難しい。筋肉をつけつつ、体重も軽くしなければならないためだ。これは人外レベルだと、非常に難題になる。しかし、俺たちには直接ステータスを上昇させる方法があり、特に吸血は対象とする魔物を選べば、上昇ステータスを特化させることができる。俺の経験から考えると、STRやVITを上げたからといって、体重が増えるわけではなかった。ステータス上昇のアドバンテージを生かすには、他にもVITを上げるというのもあるが、俺たちには吸血鬼の再生があるため、優先度は低めだ。

よって優先順位は、AGI＞INT＞DEX＞STR＞VITであると考えた。特にアリーヤは魔法主体であるから、こうすべきだろう。

吸血やレベル上げをするだけなら、別に街に出ずにサバイバル生活を続けても良いだろうが、俺は昼間弱体化するという欠点がある。昼に無防備な姿をさらし続けるのは、自殺行為と言ってもいいだろう。しばらく引きこもれたのは、あのフェンリルの森に結界があったからである。昼間に弱体化した状態で、のうのうと野宿するつもりはない。

ライジングサン王国王城を出てから、一切レベルアップはしていない。結界の周りにはケッチョーくらいしかいないので、俺たちが欲している魔物はいないのだ。そこらで無駄に狩るよか、別の場所で効率的に狩る方がいい。多少なりともレベルアップする俺ならともかく、吸血しかステータス上昇の手段がないアリーヤには、あの辺の魔物は全くうまみがないからな。

しかし、王都からこの街まで、一晩中で辿り着けるわけじゃない。そこそこ距離が離れているからだ。つまり普通に行けば、俺は少なくとも一回、昼間に弱体化してしまう。じゃあどうしたかというと、昼間も弱体化しないアリーヤを先に行かせて、俺は千里眼で結界の中から彼女の姿を道を覚えながら覗き続けた。そしてアリーヤがリーン聖国のレギンに辿り着いたときに、連続転移をもってここまでやってきたのだ。臆病と言うなかれ。あくまでも慎重なのだよ。無意味な危険は必要ない。

強くなるためにはこの街はいいところではあるが、聖国、というのが厄介だと考えている。女神を見た以上、この世界の神も実在するのだと認める必要がある。それを信仰している国など正直厄介極まりない。

俺がこの世界の法則を無視し続けている自覚はある。それがこの世界の神にとって不都合なことなら、俺は神に狙われるかもしれない。いや、神と敵対するのは望むところなのだが、今の状態で神に勝てるかと問われると、即座に否定するだろう。イージアナという人間一人にさえ苦戦するようなレベルなのだ。

そういうわけで、この国に留《とど》まり続けるのは危険かな、と思っているのだ。せいぜい半月ってところだろうか。まあ、そこから先は流れに任せましょう。無計画ではない。臨機応変に対応しましょうってやつだ。え？　新たなる魔王？　そんなもん知らん。勇者軍が新たなる魔王を探している間に、我々は悠々と旅をするつもりである。

幾つか思考を巡らせながら道を進むと、周りよりも少し大きい建物が見えてきた。

「お、ここか？」

「私もギルドというのは初めて見ましたが、看板に大きく『冒険者ギルド　レギン支部』と書かれているので、間違いないでしょう」

見た目はそう悪くはない。物凄く豪華ってわけではないが、だからといってお粗末さは感じない。主に木を柱として組んだ、しっかりした造りの中世風の建物。一階には通常よりも少し大きな両開きの扉がある。窓から酒場のようなものが見えるから、定番のギルドと酒場が隣接した仕様なのだろう。

別に異世界といえば冒険者、なんていう短絡的なロマン思考で来たわけではないのだが、漫画や小説にあった設定が自分の前に現実としてあることを目の当たりにすると、思わぬところがないでもない。

では行こうか。お馴染《なじ》みのテンプレ、「冒険者ギルドに登録に行くと何故かチンピラに絡まれる」へ！

◆◆◆◆◆◆◆◆◆◆◆◆◆◆◆◆◆◆◆◆

カランカラン、と扉に付けられていた鈴が鳴る音。両開きの扉から外の光が差し込み、一組の男女が入ってくる。冒険者ギルドに隣接した酒場でたむろしていた男たちは、見定めるような目で二人を観察し始めた。

ここはリーン聖国の辺境、レギン。この街の冒険者はほとんどが腕に覚えのある経験豊富な実力者である。

そしてそれゆえに、冒険者ギルドに訪れるメンバーは大体固定であった。しかしこの場にいる誰一人として、その二人を見たことはなかった。依頼人という雰囲気ではない。服装が明らかに一般人のそれとは異なっていた。それが何らかの魔動具である、とは簡単に推察できた。

ある程度の武装をもってこの冒険者ギルドに来たということは、新しく冒険者が移住してきたか、あるいは冒険者登録をしに来たか。

男は平均よりは長身で、あまり筋肉はなさそうに見える。女の方など冒険者というのにはもってのほかだ。か弱い少女、という表現がよく似合う。しかし、この世界で「見た目で判断してはいけない」というのは鉄則だった。結局のところ、魔動具の性能と魔動具を扱う技量が物を言うのである。

魔動具を使うのが巧《うま》ければ、か弱い少女でも軽々と成人男性の三人くらいはなぎ倒せる。冒険者全体の人口から言えばまだ男の方が数は多いのだが、女の冒険者も多くいて、実力者として名を上げることも多々あるのだ。

また先代勇者の物語の一幕で、「冒険者登録をしに来た勇者たちに絡んだチンピラが返り討ちにあう」という有名すぎるシチュエーションがある。そんな恥ずかしいことをわざわざやる馬鹿はいない。

そも歩き方を見るに、ある程度戦闘の場数があることは明白だった。酒場の冒険者たちは、ひとまず二人の様子を見ようという結論に至ったのだ。

しかし、どこにでも馬鹿というのはいるものである。

「おいおい嬢ちゃーん、ここは八百屋じゃないんだぜ？　おつかいなら隣に行きな」

馬鹿かコイツは。酒場にいた冒険者たちは一斉に思った。二人、特に少女に絡んでいったのは、この冒険者ギルドの新入りだった。そこそこ長身で細身の青年である。

「……私はこう見えても冒険者だよ」

少女が彼に対して簡潔な返答を述べる。その言葉に、青年はいやらしく笑みを浮かべた。

「冒険者？　マジで～？　嬢ちゃんよ、保護者に守られながら魔物の死骸だけギルドに渡して金を得るのは、冒険者って言わないんだよ？　わかるか？」

お前が言うな。他の冒険者たち全員の内心のつっこみであった。

この青年、同時期に冒険者登録をした実力者「黒薔薇《ばら》」の、腰巾着なのである。青年が魔物を討伐したのを見た者は、この酒場には誰一人としていない。ただ黒薔薇のおこぼれにあずかっているだけのヒモ野郎。最も冒険者から遠いとも言える。しかし黒薔薇がバックにいるからなのか、やけに偉ぶった態度をとったりすることが多かった。現在のレギン冒険者ギルドの悩みの種の一つであったのである。

少女は一つため息をついて、青年の言葉を無視し始めた。まともに関わらない方が良い。そう判断したのである。しかしその態度が、青年の態度をより悪化させる。

「おーいおいおい！　何で俺よりも弱っちいやつが、俺様の言葉を無視するんだ？　こちとら『黒薔薇』の舎弟だぞ？」

安い挑発である。少女と横の男はまともに取り合わず、受付嬢の元へ向かった。青年は苛ついたように舌打ちをする。

「……チッ！　ガキが。いつまでも手を出さねえと思って、調子こいてんじゃねぇぞコラァ」

青年が少女の肩に手をかける。それでも振り向こうとしないため、青年は彼女の白い髪を摑《つか》もうとした。

しかしその直前、少女が一歩動いたためにするっと青年の手から髪がこぼれていった。

「…………ンの、舐《な》めやがって……痛い目見なきゃわからねえみたいだっ、なっ!!」

青年は大きく振りかぶり、握り拳を少女に振るった。少女はそれを一目見ると、尋常でない速度でそれを躱した。

ほう、と冒険者の何人かが感嘆の息を漏らす。少女は相当に熟練した魔動具の技術があると見受けられたのだ。

「あ……？　く、クソがぁ！」

もう一発殴ろうとするが、その拳は少女の小さな手のひらであっさりと止められてしまう。少女は視線を青年から離さずに、受付嬢に聞く。

「……このギルドだと、私は反撃しても良いのかい？」

「問題ありません。武器の使用、あるいは死亡者又は重傷者が出ない限り、冒険者同士の争いに当ギルドは関与しません」

物騒な話ではあるが、辺境の冒険者ギルドだからこその対応だとも言える。血の気が多い者が集まるからこそ、小さな諍いや殴り合いが絶えない。

「ということだから、ちゃんと歯を食いしばっておくれ？」

少女は可愛く青年に語りかけると、目にも留まらぬ速度でその拳を腹に叩き込んだ。

「ッグっ!?」

青年は体を曲げながら吹っ飛び、冒険者ギルドの床を転がる。そのまま隣接する酒場の方まで飛んでいき、あわやテーブルの脚にぶつかるというところで、傍観していた冒険者がその体を止めた。

「一人で騒ぐのは良いが、他人様に迷惑かけんなよ」

そのまま酒場から離れさせるように、彼の体を軽く蹴り転がした。青年は何度も咳き込んでいるが、重い怪我はしていないようだった。

「私はちゃんと手加減してあげたんだよ。感謝してくれ」

少女は青年を見ながら、フンと鼻を鳴らした。

誰ともなく拍手が沸き起こる。下らない茶番ではあったが、少なくとも少女の実力は証明されたのだ。酒の酔いがそこそこ回っていたのもあって、ギルドの中は盛況であった。

その盛り上がりの中で腹を押さえていた青年は、顔を真っ赤にして震える。完全に笑い物にされているのだ。激しい屈辱と恥辱にさいなまれても、仕方ないであろう。

「クソっ、まぐれだ！　てめぇ、外で決闘――」

青年が破れかぶれで馬鹿な発言をしようとしたところで、冒険者ギルドの扉がバン！　と大きな音を立てて開かれた。

自然と、ギルドの中は静寂に包まれる。そして一拍遅れて、カランカランという鈴の音が辺りに響いた。

入ってきたのは、黒いドレスのような服に身を包んだ女性であった。彼女こそが期待の新入りで、現在のレギンの冒険者の中でも指折りの実力者と噂《うわさ》されている、「黒薔薇」である。

黒薔薇はギルドの中を見回して、ツカツカとうずくまる青年の元へと歩み寄ると、白い髪の少女に向き合った。

「何が起こったかは知りませんが、何となく予想はできます」

凛《りん》とした声でそう言った後、彼女は惜しげもなくその頭を少女に向けて下げた。

「身内の馬鹿が申し訳ないことをしました。代わって謝罪させていただきます」

「黒薔薇」が頭を下げたことで、冒険者ギルドの中はざわついた。黒薔薇が冒険者登録を行ってから一週間、その間に早々に、彼女のファンクラブに似たものが生まれていた。そのメンバーたちは、彼女に頭を下げさせている元凶である青年に、恨みがましい視線を向ける。

しばらくポカンとしていた少女は、状況を理解した後すぐに慌て始めた。

「な、あ、君が謝らなくても良いよ！　私はそんなに気にしていないし、良い経験ができたと思っているさ！」

「そうですか？　それなら良いのですが……」

黒薔薇は頭を上げ、反転すると再度頭を下げた。

「皆様にもご迷惑をおかけしてしまって……」

「い、いやいやいや」「『黒薔薇』のせいじゃないよ！」「そっちの馬鹿が馬鹿しただけだっつの」

「本当に申し訳ありません。教育し直してきます」

そう言うと黒薔薇は、呻くだけでまともに動けない青年の体を軽々と持ち上げた。一六〇センチメートルちょっとの女性が、軽々と一七〇センチメートル後半の男の体を持ち上げているとは、中々にシュールな光景であった。

「てかさ、何で『黒薔薇』みたいな人が、そんな馬鹿と一緒にいるのさ」「さっさと捨てちまった方が良いんじゃないか？」

口々に冒険者たちが言う中、彼女は苦笑した。

「捨てられるなら捨てたいのですが、腐れ縁……みたいなものです」

そう言って彼女は青年を運びながら、冒険者ギルドから出たのであった。白い髪の少女はその様子をしばらく見つめていた。

「黒薔薇」は人目のつかぬ路地裏まで歩いていくと、青年の体を地面に放り投げた。

「さっさと起きてください。どうせ演技なんでしょ？」

「……いや実は結構キツいんだけど……え？　何？　怒ってらっしゃる？」

言葉の割にはスクッと立ち上がった青年に向けて、呆れなどの様々な感情をのせたため息をついた後、「黒薔薇」は聞いた。

「怒ってるかはともかくとして、一体何のつもりであんな騒ぎを起こしたんですか？　イノリ」

黒薔薇――アリーヤの問いかけに、祈里は軽く笑いながら答えた。

「俺たちが冒険者登録したときテンプレが起こらなかったから、逆に起こしに行こうかな、と思って」

「それだけ、ですか？」

「それだけですが」

満足そうな笑みを浮かべる祈里に、アリーヤはどうしようもない怒りがこみ上げてきた。

「……殴られたばかりですみませんが、もう一発我慢していただけますか？」

「いや待って待って。アリーヤのステータスで殴られたら、昼間の俺死んじゃうから」

「では、蹴り一発で良いので……」

「悪化してる！　ていうかお前俺の金的狙うつもりだろ！　一週間前のやつまだ練習続けていたのか!?」

前後に不吉に揺れるアリーヤの足を見ながら、祈里は少し内股になる。もう色々と諦めたのか、アリーヤはまた一つため息をついて祈里に言った。

「遊びもほどほどにしてくださいよ?」

「何を言ってるんだ。俺はこれからも全力をもって楽しむ」

「…………」

本気で殴ろうかな、と思うアリーヤであった。


はいどーも。

先日自ら逆テンプレを起こしに行って、あっさり殴り飛ばされた祈里でございます。もちろん決闘までするつもりはなかった。そこまで行くと本当に面倒な事態になるからな。あそこで決闘しろ! なんて台詞を言おうとしたのは、アリーヤが近づいてくるのを《探知》で知っていたからだ。彼女が見れば、確実に止めに来る。

このレギンに来てから既に一週間が経過している。その間にアリーヤは真の実力をある程度隠しつつも、『黒薔薇』なんて二つ名を得るまでに有名になった。聞くところによると、ファンクラブまであるそうだ。

元王女がこんなに目立っていいのか、隠すべきなんじゃないか、とも思うかもしれないが、正直黒髪赤目となった今の姿を元ライジングサン王国の第二王女だ、と断定できる者は少ないだろう。実際、ファンクラブまでできてバレていないのが証拠だ。まあここが他国の辺境であり、アリーヤはほとんど外交に出なかった、というのも大きな原因なんだが。

また、彼女にはなるべく黒いドレス（鎧）を着てもらっている。そのおかげで黒いドレスが黒薔薇を表す記号となっているのだ。これならば、彼女の顔などの情報よりもまず、黒いドレスを着た女性戦士の方が広まるはずだ。

結果として元第二王女ということはうまく隠せるのである。よほどのことがない限り、彼女の正体はバレないはずだ。

さて、そんな中でこの一週間俺が何をしていたかというと、簡潔に言ってしまえば「寝る」「飲む」である。完全堕落生活たのちぃ。

……昼間限定の話だ。夜の間は影移動を駆使して宿を抜け出し、嬉々として狩りを行っている。……レベルはまだ上がってないんだがな！　いつもならレベルアップしてしかるべきなんだが、どうも遅い。レベルが上がるまでの必要経験値も数値で見られたらわかりやすいのだが……。

昼間の「寝る」「飲む」に関してだが。まあ夜行性である俺が昼間に寝ているのは当然として、「飲む」というのは俺が酒好きだからなんて理由ではない。二つのちゃんとした理由があるのだ。

一つは、情報収集。やはり情報には非常に価値がある。暇あれば情報集めをすべしというほど重要なことだ。誰かと飲んで聞き出す必要はない。俺の聴力をもってすれば、酒場で噂される情報を全てキャッチすることくらい可能なのだ。

二つ目は、状態異常耐性である。俺は酒場で最も強力な酒を頼む。さすがに荒くれ者の冒険者を相手にする酒場だから、平均的に客は酒に強い。その中で最も強い酒など、ただの毒でしかないのだ。そう。毒でしかないのだ。俺は嬉々としてそれを飲み、《毒耐性》のスキル上げをするのである。最初こそキツかったが、今は耐性が利いてきたのか、水を飲むようにとは言わなくてもがぶ飲みできるほどには成長した。《毒耐性》のレベルも今や5だ。上出来だと言えよう。

……ちなみにこの国の成人年齢は一六である。俺の飲酒は合法だ。一応言っておくが。

まあそんなわけで、昼間は寝るか飲むかの絶賛堕落生活中である俺の外聞はひどく悪い。曰く、黒薔薇の腰巾着。金魚の糞《ふん》。飲んだくれ。ゴブリン。ゴブリン、というのは、オーガの威を借るゴブリンが略されたあだ名らしい。

俺が夜間に倒した魔物は、全てアリーヤが黒薔薇として依頼を達成している形となるのだ。そのおかげで、面倒事は全てアリーヤに任せ、俺はお気楽に冒険者気分を味わっている。


さて、俺は今日も今日とて冒険者ギルドの横の酒場にいる。俺はだいたい一人で飲んでいるか、同じく嫌われ者の飲み友達（?）と飲んでいるかである。今日はその飲み友達はいないようなので、皆さんに遠巻きにザワザワされながら一人酒を楽しむ予定であった。まあ酒はまずいのだが。

ちなみに冒険者ギルドに入ってきたとき、俺に「よく昨日の今日で顔を出せるな」という視線が集中した。当然だろう。睨み返してやったが。小者感満載ですね俺。

俺は目の前のジョッキを口に当て、液体を流し込む。喉が焼けただれるような感覚も今や慣れたものである。後味の悪い、ただ喉が痛いだけの酒を飲んだ後、俺はそのジョッキを音を立ててテーブルに置く。そして目の前の対面席に座っている少女に、俺は言うのだった。

「で、昨日の今日で何の用だよ」

あくまで不機嫌ですよ、という態度を示すような声を出した。

昨日俺が絡みに行った少女は、玩具を見るような目をこちらに向ける。そう。昨日の少女が、俺と話している。酒場内の視線が集中するのも当然の話だ。

「君！　私の弟子にならないかい？」

……うん。何を言っているんだろう、この娘。弟子にならないか、という言葉は酒場中に聞こえたようで、中にいた冒険者がざわつく。絡んできたチンピラに、「私の弟子にならないかい？」なんて普通言いますかね？　頭沸いてんじゃないだろうかこの娘。

俺が唖然《あぜん》として沈黙しているのをよそに、少女は話を続ける。

「確かに君は未熟だ。精神的にも技術的にも肉体的にも」

酷い言われようだ。

「人より力はあるんだろうが、魔動具の戦闘が主な冒険者にとって、それはあまり有利に働かない。だけど、君はそんなものじゃない才能がある……それはね」

そう言うと、彼女は俺の顔を覗き込んだ。

「眼、だよ」

ドヤ顔されても困る。

「君は昨日の私の攻撃に反応できなかった。でも、私の攻撃をちゃんと目で追えてただろう？」

《視の魔眼》の絶対動体視力があるからな。おー、やっぱすげえ攻撃だな、とか思いながら悠長に眺めてました。しかしそんなことで彼女の興味を引くとは、盲点であった。

「動体視力や眼っていうのは、中々修行では補えない才能なんだよ！　筋力をいかに魔動具で補ったところで、眼だけは鍛えるしかないからね」

彼女は熱弁するが、正直弟子などもってのほかである。師弟関係とか正体がポロッとバレない方がおかし

い。

「悪いが断らせてもら――」

「おい、ゴブリン。良い機会だ。冒険者の礼儀や戦闘をそこの嬢ちゃんに教わったらどうだ？　お前は昨日コテンパンに負けたんだぜ？　お前よか嬢ちゃんの方が圧倒的に実力者なんだからよ」

俺はぶっきらぼうに断ろうとするが、隣の席で様子を見ていた冒険者が口を出してきた。この場にいる全員が、ウンウンと頷いている。まずい。断りづらい空気が形成されている。

ならば、こうだ。

「悪いが俺には黒薔薇がいるんだ。今更お前に教わることなんてない」

「その黒薔薇さんは忙しいんだろう？　まともに教わるなんてできないはずだよ」

速攻で反論してきやがった。こいつ……情報収集してから、俺に話を持ちかけてきたな？

「私はそれよりか時間があるから、教える時間くらいとれるよ」

まずい。徐々に八方塞がりの状況になっている。この場にアリーヤがいれば、まだ彼女を使って反論できたかもしれないが、彼女は現在依頼に出ている。実際、黒薔薇としての彼女は忙しいのだ。うーむ。彼女に面倒を押しつけてきたツケが回ってきたのかもしれない。とりあえずアリーヤに聞いてみてから、と保留にすべきか？

そのときこの場の様子を見かねてか、受付嬢がこちらに向かってきた。そうだ。ギルド側からすれば、この状況は止めたいはず！　俺は一緒に冒険には出ていないが、一応アリーヤのパーティーとなっている。ただの馬鹿な喧嘩《けんか》やら揉《も》め事ならともかく、パーティーの誰かを他のメンバーの総意にかかわらず、脅して引き抜くなんてことは禁止されていた。この場は俺が場に脅されて、引き抜かれようとしていると言ってもいい！　なら……

「ギルド側からも、できればお願いいたします。アリー様には、こちらから事情をお伝えしておきますので」

ブルータス！　お前もか！

「アリー様？　とは誰だい？」

「黒薔薇、の二つ名を持つ彼女の名前でございます。それはともかく……この男は、依頼にも行かず飲んだくれているだけの、当冒険者ギルドの恥です。本来我々で対処しなければならない問題を、あなたに押しつけてしまうのは心苦しいですが……」

アリーとはアリーヤの偽名だ。さすがに本名（？）を名乗らせるわけにはいかない。そのため、彼女が元々使っていた偽名を使っている。

「しかし、神官騎士であるあなたならば、肉体的にも精神的にも、正しく彼を導くには最適であると勝手ながら判断させていただきました。これは当冒険者ギルド側からの指名依頼とします。どうぞよろしくお願いします」

神官騎士か。聖国というなら、そういうのもあるのだろう。実際情報収集中に、その名称は聞いたことがある。……ではなくて、今の状況を打開する方法を探さねば。

「ということで、よろしく」

彼女が俺に向けて手を差し伸べてくる。周りの冒険者たちは、「わかってんだろテメェ」とでも言いたそうな目で俺を見てくる。

……うん。詰みだ。ここで断ったりしたら、瀬戸際外交並みにギリギリのところを歩いていた俺の外聞が、最後の一線を越えてしまう。

「……わかったよ」

俺は彼女の手を握り返すしかなかった。たとえチートを持っていたとしても、昼間の俺はただの人間だし、「空気読もうぜ？」にはかなわないものだ。

夜ならぶち壊してやったんだがな！　……これは、断じて負け惜しみではない。


「ええ！　まだ教会に顔を出していないのかい⁉　なんて罰当たりな」

教会に行ったことがない俺に、彼女は大げさに反応してくる。そんなこと言われても、用事など一切なかったのだから行くわけがないのだが。

話を聞くに、リーン聖国に来たら信者でなくとも形だけ祈りを捧げておくものだという。当たり前のことすぎて俺の情報収集センサーには引っかからなかったのだ。神社に行ったらお参り的な感覚だろうか。

まあ暗黙のマナーというやつで、法律でも何でもないから問題ないのだが。

「じゃあ決まりだね。今から一緒に教会に行こう！」

「冒険者としての何かを教えてくれるんじゃないのか？」

「私は君を精神的にも鍛えるのさ。教会での祈りは、精神を浄化してくれるからね」

いかにも神官っぽいやり方だ。うむ。俺はこれからこいつのことを、シスター師匠と呼ぶことにしよう。

教会にはあまり立ち寄りたくないのだが、この際仕方ないか。

教会へと向かう道を歩く彼女の後ろに追従する。シスター師匠は、アリーヤより少し背丈が低いようだ。

つまり、一六〇センチメートルに満たないくらい、というところか。ちなみにこの世界の単位は、金の単位を除いて大体俺の元の世界と同じである。先代勇者が広めたらしい。そこんとこはグッショブだ。

シスター師匠は、白い髪と透き通るような青い目が特徴の美少女だ。身にまとっているのは恐らくシスターとしての正装。要所要所には防御するための鎧がある。胸当てがあるため、正確な体型はわからないが、胸はそれほど大きくなさそうだ。

彼女の白い肌はそれを補うばかりの輝きを放っている。腰や手足は細く、魔動具があっても本当に戦えるのかわからないほど華奢《きゃしゃ》だ。その細い指は、武器を持ったことがないように思えるほど綺麗《きれい》であった。その辺を保護する魔法があるのだろうか。簡素な鎧の隙間から見える白いうなじは、俺の吸血鬼としての何かをそそる。匂いからするに恐らく処女だろう。

シスターは処女でなければならないという規定があるのだろうか。

しばらくして、シスター師匠は何か思いついたように、俺の方を振り返った。

「ねえ、そういえば君、何て名前なんだい？」

「……まず自分から名乗ったらどうだ？」

「あれ？　名乗ってなかったかな？　確かに名乗ってなかった気もする」

まあ名乗られても、俺は内心シスター師匠と呼び続けるが。

「私はリーン聖国神官騎士のファナティーク。ファナって呼んで良いよ」

「俺はキリだ」

キリ、というのは、わかっていると思うが俺の偽名である。祈里を音読みしただけだが、異世界であるこの住民にそれがわかるはずもない。日本人だって、キリからイノリを連想するのは難しいだろう。

「それで、神官騎士というのは、どういうものなんだ?」

「え? 知らないのかい?」

「あいにくとよそ者なものでね。名前は聞いたことあっても、詳しい内容は知らない」

この街に図書館でもあればいいものの、やはり本は高価なのか、なかったのだ。お陰で大体の情報が「聞いたことがある」だけで終わっていて、さらに詳しい内容には踏み込めていない。本人様がいるなら直接聞いた方がより確度の高い情報が得られる。当たり前だ。

「そうだね。簡単に説明すると、戦う神官ってところさ。主に魔物や魔族を討伐して、神に捧げるのを生業《なりわい》としている」

まあ。大体予想通りだな。

「他にも色々とあるんだけど、まあそれはおいおい説明しておくよ。ほら。着いたよ」

シスター師匠の声に、俺は視線を前に向けた。

荘厳な建物があった。特徴的な尖塔《せんとう》が目を引く建物だ。王城と比べると見劣りするが、この街の建物と比べてると異様な存在感がある。アーチのような構造が組み合わさる組積造。中世西欧の建造物といった感じだ。白い煉瓦《れんが》が規則的に隙間なく綺麗に積み上げられた壁、柱やアーチ部分には繊細な彫刻が彫られており、白一色でありながら、物足りなさは感じない。

何度か遠目で見たことはあるが、近くで見てみると感心するものだ。

「さあ、礼儀や作法は私についてくれば何とかなるから、さっさと入ろう」

何だかんだ彼女は面倒見がいいようだ。俺は言われた通りにシスター師匠についていく。ところどころ彼女に作法のフォローをされつつ、礼拝堂に入る。

礼拝堂の奥には、美女と言っていい女性の石像が置かれている。察するに、あれが女神像というやつなのだろう。そしてその両傍らに二体ずつ、比較的小さめの像が並んでいる。礼拝堂には長椅子のようなものはなく、座るものもない。床は大理石のような美しい石材が張られていて、天窓から仄かに光が差し込んでいる。一点の汚れもない。掃除が行き届いている。

中にいる人々は立ちながら祈りを捧げていた。祈りを捧げる場所は、礼拝堂の中ならどこでもいいらしい。そこそこの人数がいたが、礼拝堂の天井が吹き抜けになっていて高いためか、窮屈さを感じさせない。アーチや柱の細工は、教会の正面に比べると幾らか程度が落ちるが、変わりに神話を表したと思われる絵画が幾つか飾られていた。

「では、祈りの作法を教えます」

シスター師匠の口調が変わったことに驚きながら、俺は無言で頷く。礼拝堂の中は静かで、ちょっとした物音でさえ高いドームの天井に反響するのだ。シスター師匠の声も小声だった。恐らくこれがシスターとしての口調なのだろう。

「まず背筋を伸ばして、指がしっかりと揃うように、手を合わせます。そのまま目を閉じ、五本の指を広げ、祈りを捧げてください。目安は一〇秒です。最後に中指の先にキスをして、終わりです」

シスター師匠が軽く実演しながら説明した。やり方は何となく本の知識で知っている。確か、五本の指がそれぞれ親指から、土、火、光、風、水を表しているらしい。五本の指を広げることで、それぞれの神々への信仰を表して、最後に主神である光の中指にキスをして、祈りを締めくくるのだ。なお、闇属性は魔の属性と言われ、暗黙のスルーがなされている。光属性を持つ者は誰でも闇属性を持つことは誰も触れない。

「では、やってみましょうか」

「ああ」

とりあえず素直に頷いて、同じようにやってみる。背筋を伸ばす……のは適当で良いか。そして手を合わせ、目を閉じて、指を広げる。

しかし昔から思っていたことだが、神を信じずに全く祈りも捧げたことがない俺が「イノリ」なんて名前を持っているのは、皮肉なものだ。実際これが初めての祈り体験といっても過言ではない。まあ本来必死に祈りを捧げなければならないこのタイミングで、別の思考をしている時点で失礼極まりないのだが。

目を閉じると、礼拝堂の静寂が明瞭になる。《探知》で強化された聴覚をもってしても、微かな物音しか聞こえない。神とやらはともかくとして、こう静かなのは居心地がいいな。静かな場所にいるだけで、心も休まるというものだ。

元々神など信仰するつもりはないのだが、形だけでもこうやっていると、自分の魂と神が繋がっているような感じが——何だ？　この繋がり。

とっさに《探知》の精度を最大にして、周りを探る。しかし魔力的にも物理的にも、不自然なところは何もない。じゃあ、この繋がりのようなものは何だ。気のせいか？　いや。俺の本能がそうではないと確信している。

繋がる、というのとはまた違うような感じがしてきた。もっと一方的な……探る？　という感じか？　俺は今、何かを探られている？　誰に？

……誰かはともかく、俺の魂を直接探ろうとするとは、いい度胸だ。沸々と怒りが湧いてくる。俺の許可なく、俺に触れる？　ふざけるなよ。

（誰だか知らんが、探ってんじゃねぇ——！）

繋がっているパスのような物をぶっちぎるイメージで、俺は拒絶の意志を強めた。ブチッという音が聞こえたような錯覚を覚えた後、先ほどまで感じていた「繋がり」は、もう感じ取れなくなっていた。

俺はひとまず集中を解き、目を開ける。横では輝いた目をしたシスター師匠が、こちらを見つめていた。

「それほど熱心に祈りを捧げるなんて、思いの外信仰が厚いんだね」

小声で、かつ素の口調で俺に話しかけてくる。さっきの違和感は、こいつにはなかったのか？　辺りを見回してみても、目を閉じる前とほとんど変わらない光景が広がっている。何も不自然なところはない。

そのままシスター師匠に連れられて礼拝堂を出る。やはり何も変わりない。さっきまでの違和感が、まるで夢であったかのように。しかしあれは現実だった。誰かが俺を探ろうとしていたのは事実だ。だとしたら、誰が？　何の目的で？　《探知》ですらわからなかった方法を使う。そして教会という場所。神官にはそんなことはできないように思える。一応片っ端からその場にいた人間を鑑定したが、怪しい人物はいなかった。《探知》という加護に対抗できるのは、同じ加護か、古代兵器《アーティファクト》、あるいは先代勇者のパーティーの魔女の作った魔動具くらいなものだ。そう易々と、対抗できる代物ではない。

だとしたら、あと考えられるのは――神、だろうか。

仮説も仮説だが、神々が教会を窓口にして、下界の調査を行っていたら？　その情報を元に、世界の管理をしているのなら？　証拠も情報もないが、考えられなくもない。ついでに俺の直感はそうだと告げている。だとしたら、この世界の神は教会に訪れた人間を片っ端から探っていたのだろうか。

少し困ったことになった。礼拝堂の全員を探るように何かを繋げていたのなら、それを俺がブチ切ったことは関知される。つまり、俺の存在に目を付けられる。

いやしかし、パスを切らなければ全ての情報が神に把握されていたかもしれない。そう考えると結果としては悪くない。そもそも結果論であって、どうあっても教会のことは事前に知ることはできなかったのだ。今のうちにそのことを知れたのは、むしろ悪いことではない。

しかし、どうせ神と触れるならもう少し後が良かった。今の俺は弱いのだ。これから真剣に、この世界の神と相対することになる。俺はそんな予感を無視することができなかった。

「ぬ――ん。つまらない……」

透き通るような青色の空間で、女性が愚痴を漏らした。その体は明らかに人間ではない。透き通った青色の、まるでゼリーのような体。いや、これは全て聖水と呼ばれる水であった。いつものデスクワークに一区切りがついた女は、ぐっと体を後ろに反らす。彼女は、下界では水の女神と呼ばれている、神の一柱であった。主神の命に従い、教会や神具を通して下界の管理、監視を務めている。

しかし、それはたった一人でなせる仕事ではない。だからこそ彼女が抜擢《ばってき》されたのだ。水の分体を作り、何人分もの仕事をできる彼女が。

彼女自身、自分の仕事やそれを任せた主神に不満はない。しかし神ともあろう者が地味なデスクワークなど、と思わないこともないのだ。独り言のように愚痴をこぼしても、仕方ないのである。毎日毎日、何万年と同じルーティンを繰り返す。それが可能なのは、やはり木っ端であっても神の精神力のなせる業と言えるだろう。

しかし次の瞬間、彼女の退屈なルーティンは終わりを告げる。

プチッという音を彼女は聞いた。

「え?」

驚きながらも調べると、リーン聖国のレギンの教会で、パスが無理やり切られたようである。そのようなことは並の人間には不可能。強靭《きょうじん》な精神力——魂の強さを持っていなければ不可能なのだ。

危険だ。

彼女はすぐにそう判断し、一瞬の間で探ることができた情報を精査する。手に入れられた情報は僅か。しかし彼女を深く驚愕《きょうがく》させるには十分なものであった。

「異なる、八つの世界因子!!」

あまりに異常だ。本来被造物主である人間は、彼らが住んでいる一つの世界因子しか持ち得ない。ごく稀《まれ》に世界を超えて魂が転生した存在や、勇者として異世界から召喚された者は、二つの世界因子を持ちうる。しかし人の身で八つの世界因子など、あり得るわけもなかった。そもそもどうやってかはともかく、世界を越えるのは人間の魂にとって非常に困難で、その存在自体を削るものなのだ。一回世界を越えるだけで精いっぱい。二回目以降はほとんど耐えられない。

情報の間違いではないか、とも考えたが、神の力に間違いなどあり得ない。そこまで思考を進めて、水の女神ははたと思い至った。

(主神は、世界の歪《ゆが》みがあると言っていた………まさか、こいつがその原因!?)

世界の歪みなど、より高位な存在か、世界に空いた穴が原因でないと起こり得ない。しかし、八つの世界因子を持つこの人間なら、世界の歪みの原因となる可能性は十分にあった。

(たった一人の人間如きが歪みを……信じにくい話ではある、が……)

どちらにせよ、主神に報告せねばならない。水の女神は、すぐに緊急用のパスを主神と繋げる。

『何じゃ？　何かあったのかの、水の女神？』

パス越しに聞こえてくる、美しいお声。しかし、今はそれに感激している暇はない。

「八つの世界因子を持つ人間を発見しました」

『何じゃと⁉』

それから水の女神は、自分の得た僅かな情報、そして立てた予想を伝えた。

『……考えられん話ではない。が、信じにくい話じゃな……その人間、名前は何という？』

「少々お待ちください……わかりました。高富士祈里という人間のようです」

『その名前……聞いたことがあるな、つい最近に』

主神はしばらく悩むような声を出した後、思い出したように言った。

『そうじゃ、神具「真偽の審議」で、そんな証言を聞いた気がするのじゃ』

「真偽の審議」は、マッカード帝国にある神具であった。

『証言によると、高富士祈里は勇者として召喚された異世界人じゃ。ライジングサン王国とやらの、四人目。エラー中のエラーじゃな』

「木っ端人間のことをそれほど細部に至るまで覚えていらっしゃるとは、さすが主神様でございます」

『いや今カンニングしているだけなのじゃが』

「…………」

素直に告げる主神。しかし水の女神は、嘘《うそ》をつかず見栄を張らぬ主神を内心で褒め称《たた》えた。彼女にとって主神は心酔の対象なのである。この主神以上に世界を安定させることのできる神を、彼女は知らなかった。彼女の中では主神こそが最上の存在なのである。

『証言で巻き込まれて死んだと言われておったが、生きておったのか』

「まさか！　神具が間違いを⁉」

『いや、言い方の問題じゃな。高富士祈里という人間はいない、と言っておったから、高富士祈里は人間ではないのかもしれん』

探ることのできた僅かな情報では、祈里の種族について知ることはできなかった。水の女神は、木っ端な存在はやはり狡猾《こうかつ》だ、と見たこともない祈里に嫌悪感を抱く。

「では、これをいかがなさいますか？　世界の歪みの原因ならば、すぐに排除せねばなりません。火の女神を遣わせますか？　こやつの能力は知れず未だ不明ですが、火の女神ならば十分に対処できるかと」

水の女神はそう提案するが、主神は即座に否定する。

『駄目じゃな。火の女神がやってよいのは、他の世界の干渉を断ち切るまでじゃ。それ以上は下界への過干渉となろう』

「であれば、放っておくと？」

『いや』

主神はパスの向こうで小さく笑うと、笑いを含んだ声で言った。

『過干渉にならぬ方法を取ればよいのじゃ。なに、我々神が直接手を下さなければ、それでいいのじゃ』

水の女神は主神の言葉の含む意味を汲《く》み取り、微笑を浮かべるのだった。

◆◆◆◆◆◆◆◆◆◆◆◆◆◆◆◆◆◆◆◆◆◆◆◆

「さて、訓練を始めるとしようか」

シスター師匠は仁王立ちで俺にそう言った。俺は正座である。何故。

修行をするといって連れてこられた場所は、教会の裏手にある空き地であった。一応教会の所有地ということになってはいるが、とある建築計画が頓挫したために今は何にも利用されていない場所なのだという。

土が剝き出しで、人気《ひとけ》のない静かなところだ。訓練するには最適であろう。

「さて、まず君の魔動具がどんなものなのか教えてもらおうか」

シスター師匠は当然のようにそんな質問をしてくるが……。

「ない」

「……ない？」

「俺は魔動具なんて持ってない」

笑顔のまま、軽くフリーズするシスター師匠。そんな顔されてもないものはないのだ。

「………あ、忘れてきたとか？」

「違う。俺は魔動具を使えないんだ。使えないものを持っててもしょうがないだろう？」

再び固まるシスター師匠。この世界の冒険者にとって、魔動具が使えないというのがどれほど非常識なものなのか、彼女の反応でよくわかるな。

魔動具を使えないことを黙っている……なんて選択肢もあったかもしれないが、悪手だと思う。これからしばらく彼女が師匠を名乗り俺と修行をするというのなら、いずれバレることだ。もう端《はな》からそういう体質だと思ってもらった方がいい。

「そ、それじゃあキリは魔動具もなしに冒険者をやってきたってことかい……？　いや黒薔薇がついているとしても、あまりにも危険すぎやしないかな……」

「俺は斥候……隠密やら探索やらが人よりは得意みたいだからな。それを使ってやり過ごしてる」

加護のことは触れなくていいや。元々勇者召喚の巻き込まれで異世界から来た、なんてことがバレたらたまらない。

「なるほど……？　いや、だとしても危険だよ。魔動具もなしに、特に戦闘能力のない人間が外に出るなんて。しかもこんな辺境で」

「だから外に出ずに酒場にいつもいるんだって」

自分で言うことでもないが。

「でも冒険者である以上、一回は外に出なきゃいけないはずだし……今までは大丈夫だったかもしれないけど、これからは緊急招集とかで強制的に外に出されるかもしれないし……うん。危険だよ。やはりちゃんと戦闘を教えられる師匠がいないと駄目だね」

腕を組みながらうんうんと頷くシスター師匠。勝手に自己解決しないでいただきたい。

「ということで、しっかり訓練をしていこう。まずは……」

とそこでシスター師匠は表情を曇らせ、後ろを向く。

「（そういえば魔動具なしの訓練って何すればいいんだろう……神官騎士の訓練も魔動具を使いこなすとこ

ろから始まったし……えーっと……)」

おい。小声で呟こうが聞こえてるぞおい。

「(……いや待てよ? 結局魔物と戦えるようになる必要があるわけで、すると最終的には、魔動具がない状態でも魔動具がある人間並みに戦えるようになれればいいのでは?)」

おい。待つのはお前だ。

「(つまり魔動具を使えるか使えないかは関係なく、訓練メニューを変えなくてもいいのでは?)」

何を言っているんだお前は。

「キリ!」

「はい」

「訓練メニューが決まったよ!」

「即刻変えていただきたい」

「え? 何で? まだ説明もしていないだろう?」

脳筋の訓練メニューだからです。生身ってわかってる? 俺死ぬよ?

「全く。そうやって嫌なものからすぐに逃げるから今みたいな状況になっているんだろう? 私が師匠になった以上、そういう甘えは許さないからね」

甘えじゃないです。生存本能です。

「ということでまずは組み手をやってみよう。君の実力を測っておきたい」

「…………」

マジで? あの脳筋代表ライジングサン王国騎士団長イージアナ・イーツェですらまず筋トレから始めた

というのに……初手組み手？

「じゃー行くよ！　キリ！」

「待っ……ちょっ……へぶっ！」


一時間後。

俺はギルドの酒場に駆け込むと、いつもの飲み友達（？）の姿を見つけ、駆け寄っていく。

「おっす」

「ん、ああ、何だ。お前か」

薄汚いローブを頭までかぶったおっさんは、俺の方へゆっくりと振り向いた。深くフードを被《かぶ》っているとはいえ、その整える気のない髭面はよく見える。

「何か、師匠とやらができたそうじゃないか。修行していたんじゃないのか？」

少々しわがれた重低音で、おっさんは俺に聞いてくる。

「そうだ。そのことなんだおっさん。あ、いつもので」

俺は返事をしながら、テーブルを挟んだおっさんの向かい側の席に座った。ついでにいつもの酒を店員に注文する。店員は訝しげな目を向けながら小さく頷いた。

いくら訴えようが、シスター師匠の訓練方針は変わらなかった。すなわち「魔動具持ちと同じ訓練を行う」である。馬鹿じゃないのか。それはもうスパルタどころではない。明らかに物理的に無理な領域なのだ。何度「ギルドの受付嬢さん、人選間違ってますよ」と思ったことか。

耐えきれなくなった俺は、休憩中に彼女がトイレに行った隙に逃げてきたというわけだ。と、そんな感じのことを少々端折っておっさんに話す。

「へぇ、そりゃ大変だったな」

「大変どころじゃない。何度死を覚悟したことか」

まあ、あちらもある程度加減はしているようだし、そう簡単に死にはしないだろうが。

「しかし、魔動具前提の戦い方なぁ。俺はあまり気に入らないな」

「お？　おっさん。どういうことだ」

おっさんは、冒険者ギルドの全員から何故か嫌われている存在である。いくら酒場が混雑していても、彼が一つのテーブルに座ると、隣接するテーブルから客がいなくなるくらいだ。おっさんが受付に行くときも、受付嬢は射殺すような視線を向けるのだ。どうやら冒険者にもギルド側にも嫌われている男であるらしい。

過去に何があったか、俺は知らない。そもそも俺はおっさんの名前も知らない。多分おっさんも俺の名前は知らないだろう。しかし、おっさんの周りは少し居心地が良い。人がいなくて、静かだ。わざわざ話しかけてくる奴もいない。俺はおっさんを嫌っていないし俺自身も嫌われているので、嬉々として彼のテーブルで飲むのだ。

前述の通り、おっさんは俺以外の全員から何故か嫌われている。そのためおっさんは常にソロで依頼を受ける。だがおっさんの戦績は安定している。つまり、戦闘に関しては相当な能力があると俺は見ていた。

おっさんは、無精髭に包まれた口を動かして話す。

「魔動具ってのはな、ある程度かさばる。すると四六時中魔動具を付けていられるわけじゃないってことだ」

「ほう」

「魔動具をつけていない時間……例えば、宿で寝込みを襲われたら終わりだ」

「ほう？」

冒険者とは、宿で寝込みを襲われることを警戒しなければいけないのか。というか、おっさん襲われた経験があるのか。ちょっとおっさんの過去が気になってきた。

「そんなとこまで気にすんのか」

「それだけじゃない。武装を解除しなきゃならない場ってのは、ある。そこでちゃんと対処できるだけの地力を持たなきゃならんのだ」

なるほど正論である。次にシスター師匠と会うときはこの正論をぶつけてみよう。

店員が酒を運んできて、ドン、と音を立てて置かれたとき、同時に強く冒険者ギルドの扉が開かれる。そこから中をキョロキョロと探したシスター師匠は、俺の姿を見つけると、こっちに向かってきた。

「キリ！　やっぱりここにいたのかい！　何で逃げたのさ」

次に会うとき、早すぎだろう。シスター師匠はおっさんの姿を見て少し体を強ばらせた。

「……うわっ、何この人」

小声でそう言ったのが聞こえる。凄いなおっさん。初対面の人間に嫌われるとか。何だ？　臭いのか？

俺の《探知》で強化された嗅覚でも、おっさんからは一般的なおっさん臭しかしないが。

シスター師匠はおっさんから距離をとりつつ、俺の腕を摑んで言った。

「ほら、修行再開するよ！」

「嫌だ！　あれは修行じゃなくて、無慈悲ないじめだ！」

俺は喚《わめ》くが、周りの冒険者たちは俺を助けようとしない。おっさんの近くに行きたくないというのもあるのだろうが、俺がいじめられてて「ザマミロ」とでも思っているのだろう。薄情な奴らだ。

「このおっさんが言ってたぞ、魔動具を前提とした戦い方は、魔動具がないときに襲われると対処できないって！　修行内容の修正を求める」

とりあえず先ほどのおっさんの正論を言ってみる。シスター師匠は少しばかり引っ張る手を止めて考えていたが、すぐにまた引っ張り始めた。

「間違ってはいないけど、それってちゃんとした戦闘力がある前提だろう？　それすらないキリは、ちゃんと魔物と戦う術を身につけないと。それにそもそもキリは魔動具を使わないだろう？」

確かにその通りである。先ほどの正論は正論であったが、全く見当違いなものだった。くそ、作戦失敗だ。

俺はおっさんに視線を向けて、無言で助けを求める。

「…………」

おっさんはそっぽ向いて酒をちびちびと飲み始めた。ブルータス!!　お前もか!!　(二回目)

「ほら、さっさと行くよ！」

「ちょ、ちょっと待て！　腕折れる腕折れる」

関節が極まってやがる。このまま魔動具ありきの力を込められたら、マジで折れてしまう。今の状況を打開する方法を模索していると、鈴の音を鳴らしながら再び冒険者ギルドの扉が開かれた。

「キリ、今日分の依頼が終わりましたよ。これで…………何やってるんですか、キリ」

冒険者ギルドに入ってきたのはアリーヤだった。ナイスタイミングである。

「あ、アリー！　俺を地獄から助けてくれ！」

「酷い言いようだね！」

「……本当に何なんですか？　これ」

まあ、アリーヤから見たらわけがわからないだろう。昨日絡まれた被害者と返り討ちにあった加害者が、引っ張り合いをしているのだ。

「もしかして、またキリが何かしでかしましたか？」

ほぼ確信を込めた言い方である。俺に対する信用はゼロか。

一人の受付嬢が彼女の元に駆け寄っていく。

「申し訳ありませんアリー様。こちらからご説明させていただきます」

そう切り出して、受付嬢はアリーヤに事の次第を伝え始めた。この間にも俺の肘関節はギリギリと音を立てる。

「……弟子、ですか」

呟いてから、アリーヤは考え始めた。アリーヤならわかるはずだ。師弟関係というのが、どれほどリスクがあるものなのか。アリーヤはチラリとシスター師匠に摑まれている俺の腕を見ると、彼女に言った。

「……ファナティーク様。ご厚意は有り難いのですが、やはり私が何とかしなくてはいけない問題です。私が彼の面倒を……」

「でも、君じゃちゃんと教育できていないんじゃないか」

シスター師匠が被せるように言う。というか教育教育って、俺は出来の悪い子供か何かですか。

「その点、私ならちゃんと面倒を見られると思うよ？　悪い話じゃないと思うけど？」

何か二人の間で火花が飛び散っているような錯覚がある。女の戦争勃発ってやつですか。怖いです。……

とりあえず腕を離してくれますかね？　マジで肘が折れる五秒前。

「これからは愚行を起こさないように気をつけさせます。ですから、お引き取りを」

「そこまで彼に執着するのかい？　あ、もしかして、キリのこと好きなの？」


「…………………は？」

おや？　流れが変わったな。明らかに変な方向に。

「だって、キリに魔物を貢いでいるようなものじゃないか。それに、いつもキリのことを庇《かば》うんだろう？

腐れ縁とも言ってたけど」

「……私といの……キリの間に、恋愛感情など存在しません」

むしろ殺《や》るか殺られるかの関係だよな。

「それなら私がキリを鍛えても、別に問題ないんじゃないかい？」

そう言いながら、グイッと俺の腕を引っ張る。ヤバい。より深く極まっている。折れる折れる折れる。

「それは……」

「束縛しすぎるのは、嫌われると思うよ」

「だ、から！　私とキリはそういうんじゃないです！」

おい。相手のペースに乗せられるな、アリーヤ。俺の肘を速やかに助けてくれ……じゃなくて、師弟関係を取り消してくれ。

「嫉妬かい？　大丈夫だよ。弟子を男として狙うなんてことしないから。そもそも私は神官騎士だしね」

「――――もう！　良いです！　好きにしてくださいっ」

ブルータス!!!　お前もか!!!　(三回目)

「よし、じゃあ全員の合意が得られたから、キリは私の弟子だよ！　さあ早く早く」

「ちょ！　待て待てマジで！　折れる！　折れるから」

「折れても魔法で治してあげるから大丈夫だよ」

「何も安心できねぇ！」

そう喚きながら、俺は理不尽にもシスター師匠に引きずられていくのだった。


マッカード帝国皇帝執務室。

外界から隔絶されたかの如く静かな空間に、判子を押す湿った音とペン先の滑る音が交互に響く。窓の外には美しく幾何学的に整えられた緑の多い中庭が映り、暖かな日光が窓枠に沿って差し込んでいる。魔動具によって湿度と温度は完璧に制御されており、執務に最適と考えられる程度に外部の音が漏れるよう設計された部屋である。それぞれの機能は調整可能で、皇帝は無音の部屋を好んだ。部屋自体が魔動具とも言えるこの作品は、世界で最も腕が立つとされる魔動具技師の仕事である。

そんな部屋の入り口、重厚な木製の扉のドアノッカーが叩かれた。

「誰だ」

「インデラ・ジェンダです」

「入れ」

「失礼いたします」

扉を開け恭しく礼をした彼女は、そのまま皇帝の座る机の前まで歩いていった。

「こちらが元ライジングサン王国領土の調査資料です」

宰相であるインデラがマッカード帝に渡したのは、分厚い紙束である。実際の調査内容ともなればこの程度には収まらない膨大な量となるが、皇帝も公務が忙しい。そのため宰相が必要であると判断した情報のみを選び、資料としているのである。

「ふむ……」

皇帝は顎に手を当て、しばらくその資料を黙読する。主な内容としては、ライジングサン王国領土における作物の生産量、魔動具生産能力や現在の経済状況といった基本的な情報から、各地の領主の現在の動向といったものまで、実際に協定でその土地を治めるにあたって必要な情報が記載されている。ただそれらは元々マッカード帝国が手に入れていた情報と大差はない。マッカード帝国はライジングサン王国に密偵を放っていたため、彼らが収集した情報が既にあったのだ。何なら現在の混乱した状況の中、領主伝手で集めた情報よりも正確とすら言えるのである。

皇帝が気にしたのはそのような基礎情報ではなく、あの日ライジングサン王国を襲った事件の調査内容であった。引き起こされた大火災により、証拠も勇者以外の証言者も、ライジングサン王国が所有していた資料でさえ全てが焼失してしまっている。そんな状態で、数少ない痕跡を元に考察される事件像には、確実に「新たなる魔王」と自称したとされる魔族の第三者的介入があったことを示唆していた。

「……王族の遺体が見つかっていない、な」

「より正確に言えば、個人の判別ができないほど高温で遺体が焼かれているため、王族全員の生死が不明とのことです。しかし……」

状況的に見れば、生存は絶望的である。まず勇者三人の証言から、国王と女王、第一王女の死亡はほぼ確実と思われる。各地の領主から集めた情報から推理するに、ライジングサン王国の宰相であったビットレイがまず狙うのは王族である。その場に居合わせなかった第二王女に追っ手を放ったとすれば、城内のどこで死んでいてもおかしくはない。ライジングサン王国にも隠し通路はあったが、そこがクーデター側に待ち伏せられていたことは、裏に潜んでいたであろう兵士の焼死体から容易に想像できる。第二王女が生存しているとは考えにくい。

だが、皇帝は首を捻《ひね》った。

「この炎、少し都合が良すぎないか」

「都合、ですか」

「まるで証拠を全て消すためと言わんばかりの炎だ。魔族がとる行動ではない」

「……しかし、龍斗様の証言によれば」

「ああわかっている。だが……」

しばし思案した皇帝は、一つインデラに確認した。

「城内の状況は未だに保存されておるな？」

「はい。できる限り、ではありますが。遺体も念のため保管しております」

「よし。では『旅貴族』に調査を依頼しよう」

「……！　あのお方に、ですか」

少し驚いたが、インデラはすぐに納得する。あの世界一とも言われる魔動具技師であれば、あるいは。

「第二王女とも面識があったはずだ。何か摑めるかもしれない。至急連絡を」

「かしこまりました」

物語の裏、祈里の知らぬところで、大きな歯車が動き出していた。

第二章

「ひゃっは────!!　汚物は消毒だぁ!!」

祈里です。現在昼間のストレスを発散中でござる。

シスター師匠による訓練が始まってから数日が経過した。その日々でたまるストレスがすごい。というか眠い。

ここ数日の昼間の出来事を簡単に説明すると、シスター師匠に連れていかれる→しごかれる→疲れ果てて寝る→すぐに夜になり、眠れなくなる→寝不足。

そう。寝不足である。吸血鬼は夜に眠くならないのだ。珈琲《コーヒー》を飲んだように眠れなくなるのである。あぁ眠い。チクショウ全部シスター師匠のせいだ。

いつも通りに影移動を使いまくって、転移で街の外まで出てきた。いつもより早かったため、アリーヤには会わなかった。今日は魔物狩りでストレス発散したいので、《性技》のスキル上げはお預けである。良かったなアリーヤ。今日は気絶するように眠らなくて良いぞ。なお現在の《性技》のレベルは5である。

スキルのレベルは俺の感覚で言うと、
レベル1、2　…初心者
　　　3、4　…中級者
　　　5、6　…上級者
　　　7、8　…達人

9、10……神

大体こんな基準である。つまり俺は、《性技》は上級者レベル。《跳び蹴り》《噛みつき》《跳躍》は神レベルなわけだ。……神レベルの跳び蹴りって何。

さて、まあスキルのことは置いといて魔物狩りに集中しよう。……だがレベルは上がらない。どういうことだ。《成長度向上》さん息してますか？　15レベルになると必要経験値が莫大《ばくだい》になるのか？　せめて経験値がステータス上で可視化できると良いのだが。……まあレベルが上がらないことに不満はあれど、今はいい。どうせ俺にはどうしようもできないことだ。今できることは、とにかく魔物を倒すのみである。吸血すればステータスは上がるのだ。問題はない。

遠くの方に魔物を発見する。常人には見えない距離だが、《視の魔眼》の「遠見」があれば余裕である。スケルトンのようだ。辺境であり未開拓地であるからか死者がそこそこいるらしく、この辺りはアンデッドがよく湧くのだ。

なお《男爵級権限》でアンデッドを従えることはできない。クーデターのときは喰屍鬼《グール》を従えることができていたから、やはり世界の違いなのだろう。つまり、俺が生み出したアンデッドは従えることができるが、この世界で生まれたアンデッドは従えることができないのだろう。……《男爵級権限》、微妙である。微妙に使えない。というか、この階級上がらないのだろうか。俺はいつまでも男爵なのだろうか。そもそも上げ方がわからない。例えば俺を吸血鬼として召喚した世界における、何らかのプロセスがあった場合、俺はほぼ恒久的に権限を上げることができないのである。これはつらい。

っとまあ、それは今はいいのだ。とりあえず眼前（？）のスケルトンをどうするか。いや、まあ倒すという一択なのだが。装備から大体どんなスケルトンかは予想がつくが、とりあえず「鑑定」してみようか。

No name　不死系魔物　メイジスケルトン
HP 50/50　MP 1580/1580　STR 50
VIT 93　DEX 452　AGI 65　INT 1023
加護　なし
称号　なし

やはりメイジスケルトンでしたか。杖を持っていたからそりゃそうだと思うが、以前杖でそのまま殴りかかってきた近接型のスケルトンもいたのだ。アンデッドの世界にも脳筋はいるらしい。逆にＭＰとＩＮＴが高い魔物は大歓迎だ。ＡＧＩも鍛えたいところではあるが、ＭＰが増えれば転移可能回数が増えるし、ＩＮＴが増えれば「遠隔操作」で操れる対象の数が多くなる。つまり、どちらもめちゃんこ重要なのだ。

メイジスケルトンと俺の周りに他の魔物や人間がいないか、《探知》のスキルで確認する。大丈夫だ。問題になるほど近くにはいない。いつもなら、より効率的に狩る方法を使ったり、あるいは試験的に戦略を立てたりするのだが、今回はストレス解消したいので別だ。

作戦は、まっすぐ行ってぶっ飛ばす。右ストレートでぶっ飛ばす。これのみ。

では行こうか。「絶対目測」によると、奴と俺との距離は一五二三メートル。そんな距離俺のステータス《ＡＧＩ》なら――六秒で潰せる。

俺はクラウチングスタートの姿勢をとり、地面を抉《えぐ》る勢いで足を蹴り出した。

一歩ごとに、加速、加速、加速。

俺の体は一気に亜音速の領域に達する。周りの景色が恐ろしい速度で後ろに流れていく。

メイジスケルトンはようやく接近する俺の姿を捉えたらしいが、遅すぎる。

俺は握り締めた拳を頭蓋骨の鼻っ柱にねじ込んだ。

骨が砕け、爆《は》ぜる感覚が手に伝わる。

骨の組織が砕かれる音がした。

謎の爽快感を感じながら、俺は言った。

「やったか?」

あえてフラグを立てていく俺です。体を減速させ、反転する。

「……やってたか」

メイジスケルトンの頭蓋骨は、跡形もなく弾《はじ》け飛んでいた。全身の骨も粉砕はされていないものの、あっちこっちに飛び散っている。所詮魔法職。堅くもない体など、この程度のものだ。ちょっと物足りなさを感じながら、俺はバラバラになった骨を集め始めた。

では、《吸血》によってスキルとステータスを頂きますか。……何? 血がないから吸血できない? いやいや。骨だけのスケルトンでも、やりようはあるんですよ。

まずは大腿骨《だいたいこつ》っぽい太い骨を手に取り、縦に割る。まあ少し難しいが、俺のナイフを使えば何とかなる。

骨の中にあるのは、造血器官である骨髄だ。白骨化しているから、赤くもないし液体も滲《にじ》み出たりしないが、それでも元々血液と造血器官であったことには変わりない。これをナイフの刃先ですくい、食べる。造血器官であるためか、あるいは魔法職の魔物となっていたためか魔力の味が濃い。珍味、というやつかもしれないな。

少々食べ方が面倒だから、ここで全てを頂くことはできない。影空間にしまっておくことにする。

さて、では次の獲物を探そうか。

――『あらあら、面白いことしてるわね』

ファッ⁉　突然聞こえてきた艶やかな女性の声に驚く。と同時に《探知》を展開。しかし案の定、近くに生命反応もないし魔力的な異常もない。近く、といっても、俺の《探知》の範囲はかなり広い。限界は俺が感知可能な範囲……つまり俺の《視の魔眼》の範囲込みということになるので、相当なものなのだ。それほど距離が離れているところから、何の魔法も使わずに声を届かせるなど、不可能だ。

『驚いてしまったかしら？　ふふふ』

なにわろとんねん。

「いきなり話しかけてくるなよ、失礼な奴だな」

内面の動揺を見せないように、『声』に対して返答する。

『あらごめんなさい。自己紹介をしておきましょうか？　私はフルス。よろしくね』

「顔も見せずによろしくできるか」

『名乗ってくれないの？』

「素性も姿もわからん奴に、易々と名乗る度胸はない」

『あら残念。でも姿を見せるのは勘弁してね。色々準備が必要なのよ』

会話を続ける中で、俺は思考を巡らしていた。フワフワした口調だからわかりにくいが、この様子だと俺の思考を読むことはできていないようだ。《探知》が効かない力。俺は昼間の教会での出来事を思い出していた。

まさか、これも神の仕業なのだろうか。神にしては友好的すぎる気もする。

「それに俺としては、あんたの名前よりもこの手品のトリックを教えてほしいな」

『手品？　……あぁ、この会話のこと？』

「魔力的な揺らぎもないし、近くに誰かがいる気配もない。できれば方法を教えてほしいね」

『魔力や気配も察知できるの……それなりの手練《てだ》れっぽいのに、これのこと知らないの？』

む？　彼女（多分）の口振りだと、そう珍しいことでもないのか。

『まあ、人間には精霊魔法を使える人はほとんどいないから、当然かもね』

「精霊魔法か。それに、人間にはとはどういうことだ」

さっきから質問してばかりだが、勝手に話しかけてきたのはあちらだ。これくらい許してほしい。

『ええ。私はエルフなのよ。これは精霊魔法、というか、風の精霊に頼んで声を届けてもらっているだけよ』

精霊を扱い、人間とは違う種族といったら、確かにエルフだろう。人間には精霊とコミュニケーションをとれる者や、精霊を見ることができる者はほとんどいない。そのためか精霊魔法に関する文献は見つからなかったのだ。

しかし精霊というタネはわかったが、《探知》は精霊を感知できないのだろうか。だとしたら昼間の教会のあれも、精霊の仕業だったのか？　……いや、あれと今のこれは全く次元の違うもののように感じる。これはただの直感なのだが。

「便利そうだな。俺に教えてくれないか」

『人間なんでしょ？　まずは精霊の姿を見るか、声を聞けなきゃ駄目なのよ。難しいと思うわよ？』

「やっぱり精霊ってのはいるものなのか。見たい。どこに行けば見られる？」

『ちょっと、何か勘違いしてるわよ？　精霊はね、どこかにいるんじゃなくて、いつだって私たちの周りにいるのよ。空気にも、湖にも、地面にもね。属性は違えども、精霊のいない場所なんてないわ』

なるほど。世界中に、空間中に精霊はいるわけだ。すると、やはり俺の《探知》では見つからないのだろうか。少し《探知》への好感度が下がっているんだが。いざってときに信用ならないとは、あと一歩使えないスキルである。

……いや逆に考えてみよう。世界中に溢《あふ》れているからこそ、俺の《探知》では見つからないんじゃないか？　正確には識別か。海の中でコンタクトレンズを探すのと同じ……いや、ちょっと違うか？　とにかく、そこら中に当たり前のように精霊がいたから、ずっと《探知》できていたから、それが精霊だとわからなかったんじゃないだろうか。俺の《探知》は、生命反応、魔力だけではなく、地面、空気や水までをも把握できる。俺は今まで、普通に地形の把握だと思っていたが、これが精霊そのものであったなら？　その可能性は、ある。確かめてみる価値は十分にある。

『さっきから私が質問されてばかりじゃない。私からも聞いていい？』

いや、検証は後にしようか。とりあえずこのアマを何とかしないと。

『あら？　今何か失礼なこと思わなかった？』

「きのせいです」

『怪しいわねぇ。……まあいいわ。さっきあなた、スケルトンの骨を食べたりしてたでしょう？』

知られてたよ。見られてたよ。ちょっとやばいなこれは。《探知》でこのエルフがいる場所がわかれば即刻殺して口封じしたいくらいやばい。

『夜に狩りをするなんてのも珍しいのに、その魔動具も普通の性能じゃないようだし？　ただ者じゃないわよね』

俺が魔動具を付けていないことは一目瞭然だ。ズボンとワイシャツと手袋しかつけていないのだから。となると、彼女には俺の姿が見えていない？　その上でカマをかけてきたのか……。あるいは精霊に情報を話してもらっているだけで、彼女自身が見ていない、か。

『私も話したのだから、あなたも教えてくれても良いんじゃない？』

「断る。情報の価値が違う。あんたが話したのは、それがエルフなどの精霊魔法使いにとっては一般的な技術だからだろう？　俺のは企業秘密だ」

『……そう。残念ね』

おや、わりとあっさりと引き下がった。

『ま、元々ちょっかいかけるくらいのつもりだったし、少し話してみたかっただけなの。無理矢理情報を聞き出そうなんて思ってないわ』

「そりゃ助かる。……もう行っていいか？　そろそろ魔物狩り《ストレス発散》を再開したいのだが」

『ストレス発散って……あなた本当に面白いわね。良いわ、また会える日を楽しみにしてるから』

その言葉を最後に、彼女の声は聞こえなくなった。不穏なことを言い出すエルフだ。正直に言えばしばらく会いたくはないな。

まあそう会うことはないだろう。人間とエルフは敵対関係だ。街の中にエルフが入ってくることはできない。というか入ろうともしないだろうし。……そのエルフが人間（違うけど）に話しかけてきたのは、あいつが変人だった、ということで片付けよう。

時間は夜明け間近。橙色《だいだいいろ》と紫色の混じったような雲が淡く太陽光を反射している。先刻まで真っ黒な塊のようであった樹木は緑の葉、隙間から覗く枝、荒い肌の幹と徐々にその姿を表し始めていた。

白白明《しらしらあけ》の樹々の間を、一つの影が走り抜ける。風で黒く広がったスカート。鬱蒼《うっそう》とした森には不似合いなドレスアーマー。しかし夜明け雲が広がった空によく映えていた。

彼女は獲物を視認すると、速度を落とさず一直線で間合いを詰める。接近する彼女に気づいた狼《おおかみ》の魔獣の群れはすぐさま身を翻し逃亡を図るが、速度に大きな差があり徐々に距離を詰められる。群れを散開し、狼は木々に身を隠すように行動した。四足機動で幹を編むように走るコジキオオカミに対し、その影……アリーヤは絶断黒太刀をスラリと抜いて、樹々を大胆に切断しながら直線で駆ける。数瞬の後に間合いに捉えたアリーヤは、一太刀の元に狼を斬り伏せた。

「……ちょっと無駄が多いですね」

独りごちる。絶断黒太刀はどんな物でも斬ることができるが、魔力の消費が激しい。少なくとも今の彼女の魔力操作技術では、一太刀でも節約したいくらいには燃費が悪かった。しかし今狼を仕留めた戦い方はかなり荒っぽい。たった一匹のコジキオオカミに過剰なほどに魔力を消費していた。

近くにちょっとした広場があったため、アリーヤは魔獣の死体をそこまで運搬する。真っ二つに裂かれた死体を見て、アリーヤは苦い顔をした。

「少々八つ当たりがすぎましたかね……」

口では自省するも、心の中の靄《もや》は晴れない。簡易的な解体と討伐証明の採集をその場で行いながら、彼女の思考はどうしようもなく内面に流れていく。そもそもアリーヤは自身の内面に現れている、中々取れないしこりのような何かの正体を、自分でも未だによくわかっていなかった。

クーデターに巻き込まれ、祈里により吸血鬼にされて王城を出て、それからは自分の修行や移動に明け暮れていたため、落ち着いた時間がとれなかった。レギンの街に着いて祈里と離れ、ようやく自分の現状を客観視できたのかもしれない。あるいは祈里のスキルの実験台にされていた夜。祈里がファナティークと名乗る神官騎士に連れていかれたとき。そこで彼女に言われた言葉と、それを聞いたときの心のざわめき。祈里が自分を見るときの不思議な眼差し。言動の節々に感じる苛立ち。何故彼は自分と何日も話していないのに、避けている節すらあるというのに何も言ってこないのか。

自分でもどこからがどの感情なのかわからないほど、彼に対する想いは複雑であった。そしてそれらに向き合おうとすると、彼女の何かが軋む。アリーヤの心の中のどこかにある警鐘が鳴る。それと向き合ってはいけない。いや、向き合いたくない。何故そんなことを感じるのか、そんなことも、もちろんわかりはしない。ただ粘っこい何かが、体の中を流れている。

「はぁ……」

一切を吐き出すつもりでため息をつく。それでも心は晴れやしない。そんな彼女の内面とは裏腹に、森の先、山の縁からゆっくりと太陽が姿を現した。アリーヤは眩《まぶ》しさに目を細める。まっすぐな日光はくっきりと夜の闇を払っていった。

「あ」

視線を上げると、広場の光景が飛び込んできた。そこは夜明け草の群生地であった。夜明けと共に薄黄色の半透明にすら映る花弁が静かに開く。波のように蕾《つぼみ》から花へ移り変わっていき、太陽が完全に姿を現した頃には、広場は夜明け草の花畑のような様相になっていた。日光が花弁を微かに透けて、幻想的な光景を生み出している。

「こんなところに群生地があったなんて。まあ、ちょうどいいですね」

アリーヤは少し笑うと、夜明け草の採取を始めた。

「しかし嬉しいな！　まさかまた教会に行こうなんて、君から言ってくれるなんて！」

シスター師匠が輝くような笑顔で俺に言ってくる。そうだ。今日は俺から教会に行こうと言い出したのだ。

……別にシスター師匠の戦闘訓練《地獄》が嫌だからなんて理由ではない。

敵情視察、とでも言えばいいのだろうか。確かに教会と神が密接な関係にあるというなら、そこに易々と行くのはよろしくない。しかし、それで教会を避け続けるのはただの逃げでしかないのだ。虎穴に入らずんば虎児を得ず。無意味な危険は冒さない。だがこれは、十分に価値のある危険なのだ。

まあ二日連続で教会に行くほどの度胸もないため数日空けたのだが。

「これまでも自分で行ってたりしていたのかい？」

「いや」

そんな毎日習慣にしてたら信者だろう。

「何だ、残念」

シスター師匠は軽く肩を落とした。俺はシスター師匠に連れられて初日と同じ道を歩く。しかし、数日前に比べてやけに人が多い。

「おっと」

あやうく人にぶつかりそうになった。中々に鬱陶しいものだ。くそ、これが夜間なら、人混みの中をステップを刻んで抜き去ることも、むしろ当たった奴をことごとく弾き飛ばすこともできるというのに。

「休日だからか、人が多いようだね」

しかしシスター師匠はするすると人混みを抜けていく。やはり魔動具によって身体能力が高まっているからか。そう思っていると、シスター師匠はこちらを向いて、左手を差し出してきた。

「ほら、これだけ人が多いとはぐれそうだろう？　私の手を握っていなよ」

「ん、ああ」

頷きながら、俺は彼女の左手を右手で取った。……む？　いや、手を繋ぐ必要はなかったんじゃないか？　というか道は知っているから、はぐれても問題はない。まあしかし、ここで手を離すというのも不自然だろう。それに、彼女の手の柔らかさが伝わってくる。うん。悪くない。

とりあえず現状維持を選択したところで、ふと視線が一つの物陰に行った。人混みですぐには気づかなかったが、その物陰にはアリーヤがいたのだ。そういえば、数日前シスター師匠とアリーヤが言い合った後で俺が連行されてから、今まで一度もまともに話していない。空が白け始めてから宿に帰ったが、アリーヤはいなかったのだ。早朝に咲くというある薬草の採取依頼を連日受けていたらしい。今はその帰りだったりするのだろうか……。色々とアリーヤに確認したいことがあったのだが、できずじまいだった。ちょうど会ったところだし確認しておこうか。シスター師匠がいるからそれなりに限定された内容になってしまうが。

右手はシスター師匠と繋いでしまっているため、左手を上げてアリーヤを呼ぶことにする。しかし俺が手を上げようとすると、アリーヤはすぐに物陰に隠れてしまった。……何なんだ？

「キリ？　どうしたんだい？」

「……いや、何でもない」

不思議そうに聞いてくる彼女に、俺は首を振って答えた。まあ隠れるようなら無闇に話しかけにいくべきでもないか。


その後は特に何事もなく、シスター師匠と俺は教会の礼拝堂に着いた。やはり休日だからか人が多い。しかし、それでも礼拝堂は静寂そのものだ。また探られる危険性があるので拒絶の意志を常に持っておく。

さっきから俺に繋がろうとする力があるが、俺に辿り着く前に防げているようだ。だが昨日よりも繋がろうとする力が強い。これは完全にあちら側に警戒されているな。

とりあえず礼拝堂の奥にある女神像を鑑定してみることにする。この世界の加護である《探知》では、神が何をやったかを知ることはできなかったが、違う世界の力である「鑑定」ならばどうだろう。

光の女神像（リーン聖国製）
品質　C^+　値段　二四万デル
光の女神像を想像で象《かたど》った彫刻像。リーン聖国が主導で製作している。

これは特に怪しいところがないのか、あるいは「鑑定」ですら神の力に及ばないのか。とにかくこの礼拝堂の中を鑑定しまくろう。目をつぶって祈りを形だけ捧げている間に、「千里眼」と「鑑定」を併用し、礼拝堂の中にある女神像、絵、台座などを片っ端から鑑定する。

そして、見つけた。

聖光の石（リーン聖国神樹産）
品質　SS　値段　???デル
神樹の根元にできる石。教会にはこれを台座に置くことが義務化されている。女神の力の媒介装置となる。

女神の力の媒介装置。そして辺境の一教会に見合わぬ品質。値段が表示されないこと。全てにおいて怪しい。何より、《探知》で探ってもただの石としかわからない。

ほぼ確定でいいだろう。この世界の女神はあの聖光の石が置かれている教会で、信者を探っている。少なくとも教会という場で何かをしていることは間違いない。

本当はあの石をもう少し調べたいところだが、周りに人が多すぎる。まあ、あの石の存在を知れたってだけで今日は良しとしますか。

「祈りは終わったかい？　前のときもだけど、随分と熱心にお祈りするんだね」

シスター師匠が小声で聞いてくる。俺は礼拝堂の外へ先に出ようとしながら、小声で返答した。

「何というか、この静かな空気が好きなんだ」

「きっかけは何でもいいさ」

ハッキングがきっかけでもよろしいか。教会でこそこそと調べものしたり小細工するような連中を信じろって言ったって、土台無理な話だが。

常時開かれている礼拝堂と廊下を分ける扉をくぐって、礼拝堂の外に出る。と、そこで柱の影から一人飛び出してきた。

「おっと」

危うくぶつかりそうになったので、一歩後退して避《よ》けた。黒いローブを被ったそいつは、俺の存在を気にもせず横切るように走り去っていく。

「そこの人！　礼拝堂の中は走らないように！」

シスターとしての口調で、シスター師匠は黒ローブに注意した。

「ここは女神様の世界との境界、神聖な場所です。走って横切るような無礼な真似はしてはいけませんよ」

なおも続けるシスター師匠。と、黒ローブは何を思ったか立ち止まり、こちらを振り返った。フードの口から陰の差した顔が覗く。

クリス・カマセル　人族　人間
HP 57/57 MP 295/306 STR 102
VIT 98 DEX 87 AGI 58 INT 245
加護 なし

称号 召喚術師　復讐者

女だ。酷くやつれている。そして何より、地獄でも見てきたかのような淀《よど》んだ眼をしていた。暗く落ち窪《くぼ》んだ眼で彼女はシスター師匠を睨む。

「何も知らないで……」

「えっと……どうかしたのかい？」

思わず素で答えるシスター師匠に何も言わず、そのまま女は走り去っていってしまった。

「何だったんだ……？」

「物盗《と》りの類だったのかな？」

どうだろうか。ただの盗人って顔はしてなかったが。しかし少し怪しいかと思い「鑑定」をしてみたが、ステータス上はただの人間だ。「復讐者」という称号は気になるが……少なくとも教会の中ではまだ騒ぎは起こっていない。今神官の誰かに復讐を遂げて逃げているところ、という可能性はなさそうだ。

別に俺は警察でもないし、俺に関係ないなら放っといてもいいかもしれないな。

「この教会では盗難みたいなのって起こるものなのか？」

「ううん。ここは警備が厳しいというか、常駐している神官騎士の質がいいんだよね。今の時期は神官騎士も多いし」

「へー、何でだ？」

「それはね。この街にはレイブンさんって人がいて……あ！」

ふと、シスター師匠が立ち止まった。彼女の視線の先を見てみると、神官っぽい男が歩いている。横にはお付きのような形で他のシスターが立っていた。

「誰だ？」

「今さっき言った、神官騎士第四隊長の、レイブンさんだよ。私たち神官騎士の間では有名人なんだ」

シスター師匠の声が少し興奮の色を帯びている。有名人に会ったときのファンのそれだ。しかし、イケメンかと言われるとそうでもない。というかそもそも、中年だと一目でわかるくらいには年をとっている。髭面で、威厳は凄くあるんだがな。真面目で堅そうな人物だ。

「有名人ってのは？」

「一〇年前、このレギンで魔物暴走《スタンピード》から街を守った英雄なのさ。それからもこの街では三年ごとに魔物暴走《スタンピード》が起こっているんだけど、毎回レイブンさんが神官騎士の指揮を執っているのさ」

シスター師匠が言うには、レギンというのは女性神官騎士の試練の場らしい。他の街である程度訓練された神官騎士は、このレギンでレイブンの指導の下、強化合宿のようなものを行うそうだ。脱落者は多く、ほんの僅かな女性が一人前の神官騎士となり、そしてさらにごく一握りの選ばれた者が、レギンの神官騎士となってレイブンの下で働けるとか。何か、よくわからん世界だな。

「男性の神官騎士ってのはいないのか？」

「女性よりも多くいるよ。その人たちは別の場所で、より過酷な訓練を受けるんだ」

男女で訓練する場所が変わるのはわかるが、街まで違うものなのか？

「そうすると、あんたはごく一握りの選ばれた人間ってことか？」

「いいや？　私はつい最近ここに来たばかりさ。強化合宿に参加するためにね」

強化合宿は一〇日後から始まるらしい。故に、それまではそこそこ暇なのだ。その間に俺を鍛えようと思ったとか。俺は暇潰しの玩具か何かか。しばらくそう話していると、そのレイブンとかいう神官がシスター師匠に気づき、手招きした。

「あれ、呼ばれている。……ごめん、ちょっと長く話すかもしれないから、先にギルドに戻ってくれるかい？」

そう言ってから、シスター師匠は急いで彼の元に行く。既に面識はあるようだな。さて、帰る前にあのレイブンとやらを鑑定してみますか。まだ俺に礼拝堂で探りを入れていたのが神官だという可能性も、微粒子レベルで存在しているのだ。ついでにシスター師匠も鑑定しましょう。

ファナティーク・ラセホス　人族　人間
HP 72/72　MP 563/563　STR 102
VIT 79　DEX 467　AGI 93　INT 326
加護　《神託（小）》
称号　リーン聖国神官騎士　篤信家

シスター師匠のステータス自体はアリーヤよりもかなり下だな。戦闘もだいたい魔動具頼みらしいし。魔動具がステータスに反映されない以上、人間を鑑定したときのステータスはあまり当てにならないな。神託ってのは、神官にはよくある加護だ。（小）っていうのは、力が弱いということだろうか。この神託を通じて神が何かしてきたりしたら困るな。まあ彼女といても探られる感覚はないし、（小）だからあまり心配いらないかもしれないが。

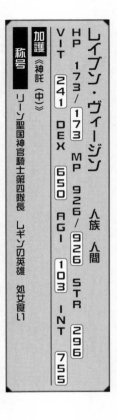

レイブン・ヴィージン　人族　人間
HP 173/173　MP 926/926　STR 296
VIT 241　DEX 650　AGI 103　INT 755
加護　《神託（中）》
称号　リーン聖国神官騎士第四隊長　レギンの英雄　処女食い

おい！　何かヤバい称号があるんだが⁉　ステータスに関しては、まあ人間にしては強い方だなってくらいだ。それよりも称号である。処女食いってあんた……。いや、一般人ならさして問題ないのだが、処女であることが条件な女性神官騎士の隊長だという立場を考えると、どう考えてもヤバいだろう。確かに横の神官騎士であるはずの女性からは、処女の匂いが感じられない。

――「透視」！

おい！　何か腹にいるぞ！　妊娠してんじゃねえか。教会がどんどんキナ臭く……いやイカ臭くなってきた気がするんだが？　真面目で堅そうな雰囲気出しといて、随分とやることやっているじゃないか、あの英雄！

シスター師匠はそのままどこかに連れていかれた。ある扉の前で、魔動具の鎧を外して預けている。まさかそのまま食われるんじゃないか？　そんなことを考えている間に、彼女の姿は見えなくなった。……「千里眼」で観察するのもありだが、やめておこう。他人の情事を覗くとか、趣味じゃないしな。

とりあえず、武運を祈るぞシスター師匠！

「あ、おっさんいた」

シスター師匠の別れに涙した後（嘘）、言われた通りにギルドに戻ってきた。もしかしたら何時間と待つことになるかもしれないが、それで訓練が潰れるなら、良しとしよう。

「ん？　またサボったのか？」

「酷いな。違う。なんかあの人は用事があるらしくてな」

用事が何なのかは言わない。またいつも通り、おっさんの向かいに座る。俺とおっさんの間に会話はない。別段話すことがない限り、俺たちは黙って酒を飲み続けるのだ。

頼んだ酒が運ばれ、俺は再びチビチビと飲む。味が悪いただ強いだけの酒なのだが、慣れてくるとこれもこれで良いと思うようになってきた。おっさんも強い酒を頼んでいるが、俺ほどじゃない。というか俺が飲んでいるのは酒じゃない。多分毒の領域だ。飲むだけでスキルアップするんだからな。

ガヤガヤと騒がしい酒場の中で、おっさんと俺の周りの空間だけが、ぽっかりと静かだ。外のざわめきが対岸の火事のように他人事に、同時に周りの空間だけが酒場と隔絶しているような錯覚に陥る。これもまた悪くない。最初の頃は少し慣れなかったが、今は心地いいものだ。

突然ギルドの扉が鈴の音と共に開いた。そちらに視線を向けてみると、銀髪で長身の女性が入ってくる。

ギルドの酒場は静寂に包まれた。彼女がレギンでは見ない姿だから、というのもある。しかし何よりの静寂の理由は、その容姿にあるだろう。

その長く美しい銀髪は、太陽光を受けて煌めく。垂れ目がちな目の瞳は、花のように黄色い。肌は白くなめらかで、顔立ちは鼻筋が綺麗な美人顔である。はちきれんばかりの巨乳を覆っているのは薄い布の服で、大人の色香が滲み出ていた。スカートのスリットから、艶《なま》めかしい細く長い足がチラリと見える。

まあつまり、非常に美人ということだ。

しかし、やはりよそ者というのが大きいのか、冒険者たちはその美貌に目を奪われつつも、むしろ少し距離をとるような反応をした。そんな冒険者には眼もくれず、その銀髪の女性は冒険者ギルドの中を見回す。そして俺の姿をその眼に捉えると、俺をジロジロと見つめ始めた。

何やねん。恥ずいやろ。

視線から逃げるように、俺はそっぽを向いて再び酒を飲み始める。しかし銀髪の女性は、俺に駆け寄ってくる。こんな言葉を口に出しながら。

「ダーリン！」

……ん？　聞き間違いかな？　俺はいつから彼女持ちになったというのだろうか。俺の困惑をよそに、彼女は飛びついて俺の体を抱きしめた。ちょうどその豊満な胸に顔が包まれる形となった。柔らかい感触は良いものだが、正直その興奮より困惑が勝っている。

呼吸も苦しくなってきたので、彼女の体を強引に引っ剝《ぺ》がすことにする。

「おい離れろ。誰だおまえ」

「もう、水臭いんだから。昨晩も逢瀬《おうせ》した仲でしょうに！」

昨晩？　こいつは何を言っているんだろうか。誰かと勘違いしているんじゃなかろうか。昨晩……まさか、

――鑑定。

フルス　亜人族　エルフ（精霊憑《つ》き）
HP　65/65　MP　7012/7048　STR　57
VIT　42　DEX　2364　AGI　56　INT　2846
加護　《精霊友和》
称号　精霊の巫女《みこ》

や、やはり昨日のエルフだ。昨晩突然精霊を使って俺に話しかけてきた女だ。エルフの特徴である長い耳は見当たらない。魔動具か何かで隠したのだろうか。

「何故ここに？」

「あなたに会いに来たのよ。また会える日を楽しみにしてる、って言ったでしょ？」

そうだね。それでもさすがに翌日のこととは思いもしなかったよ。何だ？　こいつ自ら死にに来たのか？　エルフが人間の街に入ってくるなんて自殺行為だし、俺の情報も多少握られている以上、俺としても殺してしまった方が都合がいい。ＩＮＴも高いから旨い獲物となるだろう。

一応状況をうっすら理解できた俺に反して、周りはざわついている。ここ数日、どうも俺は注目を集めすぎている気がするな。まあシスター師匠との件は完全に自業自得なわけだが。さて、収拾つかない状況をど

うしようかというところで、彼女は少し俺から距離をとって、言った。

「今日は顔を合わせに来ただけよ。あなたも目立ちすぎるのは好きじゃないみたいだし」

それなら最初から目立つ行動をしないでもらいたい。嫌われる方向で目立つなら大歓迎だが、こういう目立ち方はよろしくない。

「大丈夫。他の男なんかに引っかかったりしないから。極力人目は避けておくわ」

さあ一体何が大丈夫だって言うのか。まるで俺が束縛癖のあるしつこい男みたいじゃないか。……いやもしかして、俺以外の人間とは関わらない、と言いたいのか？　俺がもしもこいつを殺したとしてその死体を隠しても、彼女が突如いなくなったとすれば、まず怪しいのは俺だ。

「故郷の人たちにも挨拶しておいたから、心配しないでね。定期的に手紙のやり取りもしているから」

挨拶……俺の存在を別のエルフに知らせているということか？　となれば、手紙のやり取りが途絶えたとき、まず怪しまれるのはこの場合も俺だろう。

こいつを殺した後で、実はこいつエルフでしたって証明しても、人間ではなくエルフが俺を怪しむ。どちらにせよ、俺は誰かから怪しまれる、あるいは犯人だと確定される。そんな危うい殺人は犯したくない。面倒なことになりかねない。それを見越して、ちゃんと自分が殺されないように作戦を練ってから、俺に接触してきたということだ。何と用意周到な。

「ならさっさとどっか行け」

「ええ。また会いましょう」

マジで会いに来るだろうな。しかも、次は俺の泊まっている宿に直接来そうな予感さえする。クソエルフは周りのあらゆる視線を気にすることなく、ギルドから出ていった。

「誰だったんだ？」

さして興味なさげに、おっさんが俺に聞いてくる。ちなみに、先ほどのエルフは終始このおっさんの側には近寄ろうとしなかった。初対面のエルフにも嫌われるおっさんはさすがです。

「あんま詮索すんなよ」

「元カノとかか？」

「……まあ、そんなところだ」

全然違うけども。というかこの世界にも元カノなんて言い方があるんだな。……この思考は少し現実逃避か。考えてみると、昨日から教会の繋がりといい、処女好きの英雄様といい、精霊魔法といいエルフといい、色々と驚かされてばかりである。少し油断しすぎているのだろうか。片っ端から人物を「鑑定」していれば、これほど驚くこともなかったかもしれない。……そうでもない気がしてきたが、細かく鑑定していくことは悪いことではないはずだ。この世界に来た当初はそうやっていたんだが、文字酔い数字酔いしそうでやめたんだよな。それからは気が向いたときか必要なときに鑑定するようにしていた。だが、これからはいくら鑑定しても文字酔いをしないよう、慣れていく必要があるかもしれない。外面だけでは、その人物についてわからないことが多いのだから。

そう思いながら、目の前のおっさんをチラリと見る。このおっさんを鑑定したことはなかった。戦闘能力はありそうだな、と思っているぐらいだ。だが、この冒険者ギルドにいる人間はおろか、初対面のシスター師匠や先ほどのエルフにまで遠巻きにされるというのは、少々異常だと思う。

鑑定してみよう。

しかし心の準備が必要だ。フラグクラッシャーの名に恥じぬリアクションをとるべきである。昨日からの流れだと、おっさんは実はロリコンでしたとか、死んだと思われていた剣の達人とか、ドワーフとか、呪われている勇者とか、あるいはこのレギンの領主だとか、このギルドのギルドマスターとか、何ならどこかの国王だったりする可能性さえもある。

正体は全く証拠のないものまで予測しておこう。絶対に俺はこのおっさんの鑑定内容にはつっ込まない。絶対にだ。絶対につっ込んでやるもんか。『あ、やっぱりね』ってリアクションを内心で取るんだ。心の準備はできた。さあいくぞ。

——鑑定!!

イグノア

魔族(?) キマイラホムンクルス(魔人16.66% 竜人16.66% 獣人16.66% エルフ16.66% ドワーフ16.66% 人間16.66%)

HP 1200000/1200000 MP 7200000/7200000 STR 50000
STR 50000 DEX 50000 AGI 50000 INT 50000

加護 《魔王の格》《六柱の神罰》

称号 今代魔王 先々代魔王 最凶の魔王 絶望の権化 暴君 天災級脅威 破壊者 殺戮者 殲滅者 絶対者 魔王の風格 残虐の極 サラリーマン 転生者 神罰を下されし者 嫌われ者

…………既に五、六カ所ツッコみたい。

えっと、魔王って何ですか? おっさん魔王なの? マジで?

いや最後に核弾頭並みの情報《ネタ》ぶっ込んでくるなよ! しかもステータスとち狂ってるし、種族も意味わからんことになってるし。あー、もう駄目だ。つっ込みきれない。正直「鑑定」のバグだって言われた方が信じられるくらいだ。

今の驚きが顔に出ていないだろうか。正直ポーカーフェイスで隠し通せてるかわからない。おっさん、改め魔王イグノアの前で思考の海に溺れているとき、またギルドの扉が開かれた。

「あ、キリ。お待たせ」

シスター師匠だ。思いの外早く帰ってきたな。まだ処女の匂いもしているし、食われなかったのか。良かったな。

……ふう、馬鹿なことを考えたおかげで、落ち着けた。シスター師匠、ナイスタイミングだ。

「話って何だったんだ？」

「あぁ、私が男、キリを連れていたことに関して聞かれたんだよ。神官騎士は処女でなければならないから、異性間交遊とかには厳しいのさ」

しかし英雄とやらは処女を美味《おい》しく頂いているようだが。

「それで？　俺のことは何だって？」

「師弟関係なら問題ないってさ。力は私の方が強いから、襲われることもないしね」

チッ。ここでNGが出れば、鬱陶しい師弟関係を反故《ほご》にすることもできたというのに。夜になれば俺の方が強いんだからな？　お前なんてレベル5の《性技》の餌食となるんだからな？

と、ふと思い出し、気になったことを聞いてみる。

「ん？　そういや、初日に連れていた男は何なんだ？」

「まあ、ナンパ対策だね。神官の一人に頼んだのさ。男付きなら冒険者ギルドで絡まれないかと思っていたんだけど、結局絡まれたからやめたんだ」

あ、俺のことですね。わかります。いやー、あのときは男付きだなんて考えず、逆テンプレのチャンスだって考えしかなかったからな。

「まあ、その話は良いじゃないか。ほら、訓練に行くよ？」

はいはい訓練《地獄》ですねわかります。シスター師匠に引っ張られるように席を立つ。

「じゃ、おっさんまたな」

「おい、その酒どうすんだ？」

イグノアに言われて気づく。飲んでいた酒が、でかいジョッキの中にまだ残っていた。

「残りはおっさんにやるよ」

「いるか。そんなん好んで飲むのお前くらいだろ。飲むと肝臓壊しそうだ」

このイグノアのステータスならどうとでもなる気がする。……という思考ができるあたり、大分冷静になれたな。俺はジョッキを荒々しく摑むと、中に残っている分を一気に喉に流し込んだ。さすがに酒の一気飲《毒》みはつらい。吸血鬼の回復能力ゆえか、あるいは《毒耐性》が効いているのか、すぐに問題なくなるのだが。

「キーリー、早くー」

「はいはい」

シスター師匠の間延びした声に急《せ》かされながら、俺は冒険者ギルドを後にした。

鋭い蹴りが俺に向けて放たれる。

「くっ」

体を捻って回避するように努めるが、腕に掠《かす》ってしまう。掠るといってもかなりのパワーがある攻撃なので、かなり痛いし腕が痺《しび》れるような感覚がある。

「ほら、また当たっただろう？　見てから避けるんじゃなくて、攻撃を予測しなきゃいけないんだよ。折角人よりいい眼を持っているんだから、存分に生かさないと」

息を荒らげている俺にシスター師匠の駄目出しが入る。シスター師匠の訓練は実戦訓練だ。基礎とかそういうのは一切なし。これって教育って言わない。

「だが、予測しても攻撃を変えるだろ？」

後出しはずるいです。

「その辺も含めて予測するんだよ」

無茶ぶりにもほどがある。

しかし、この訓練が俺の身のためになっていないかと言われると、そうでもない。実際、俺は《視の魔眼》の「絶対動体視力」に頼り、見てから攻撃を避けている節がある。フェンリルのような直線的な攻撃ならともかく、例えばイージアナのような達人の攻撃は予測できなかった。スキルで《予測》なんてものもありそうだ。実際俺よりもＡＧＩが高い奴はいるのだから、あまり《視の魔眼》とステータスの一辺倒でいくのもよろしくないだろう。

ただ逆に、この訓練が非常に役に立っているかと聞かれると、またもそうでもないと答えざるを得ない。昼間はスキルアップしないのだから、ここで延々とシスター師匠の攻撃を予測するよりも、夜にちょっと自力で訓練した方がましなのだ。俺のやる気が出ないのも、しょうがないというものである。

「ほら、いつまでもバテてないで、続きをやるよ？」

シスター師匠は俺の腕を摑むと、強引に立ち上がらせた。何か、彼女の強引な感じとか、微妙に脳筋だったりするあたり、何となくイージアナに似ている気がする。

「あ、そういえば」

俺に襲いかかる姿勢を解いて、シスター師匠は思い出したように言った。

「明日は強化合宿のガイダンスがあってね、君の面倒を見られないんだ。ごめんね」

お、ということは明日は訓練なしですか？ やっふー！ 久々の休日だぜ。何をするか？ 決まっている。連日の寝不足を解消するのだ。明日はギルドにも行かず、一日中寝ているかもしれないな。だがそれでいい。睡眠欲は満たさねばならない。

「あ、一日中寝ていようなんて考えちゃ駄目だよ？」

何⁉

「そろそろ外に出て実戦訓練をしたいんだ」

今でも十分実戦訓練なんですが？

「そのために、ちゃんとした武器を持ってほしい。あ、今何かちゃんとした武器持ってるかい？」

武器は、ある。影空間の中には闇鉄のナイフとか黒木刀とか、あらゆる使い慣れた武器がある。しかし、ここでこれを彼女に見せるのは愚策だろう。闇鉄は俺の《闇魔法》で生み出されたものだ。この世界には存在しないはずの物質である。そんな物を、シスター師匠にじっくりと観察させるわけにはいかない。

「いや、持ってないな」

「わかっていたけど、それでよく冒険者だなんて名乗れるね」

昼間中ずっと寝ているか酒を飲んでいるかという俺のキャラなら、まともな武器を持っていなくても不自然なことはあるまい。

「それじゃあ、明日は武器屋を回って自分に合う物を選んでおいて。まだ買わないでよ？　ちゃんと私が明後日に見てから判断するから」

はいはいよ。それじゃあさっさと適当に選んで、あとは寝るとしますかね。

「適当に選ぶなんてしないでおくれよ？　ちゃんと考えて選んでなかったら、明後日以降の訓練は更にキツくするから」

ウップス。まるで心の中を読んでいるかのようなタイミングだ。

「……はいよ」

「その絶妙な間、図星だったのかい？」

「さあ訓練の続きをしようじゃないか」

このままだと訓練をキツくされる気がするので、早々に話を切り上げる。シスター師匠はジト目で俺を見た後、諦めたようにため息をついた。

日も暮れようとしている時間に、俺はようやく訓練から解放されて宿屋まで帰ってきた。夜になるまで僅かな時間しかないが、とりあえず眠ることとする。宿屋の扉を開けて、硬いベッドに倒れるように寝転んだ。

隣の部屋のアリーヤのベッドを「透視」で見る。どうやらアリーヤはまだ帰ってきていないようだ。

さて、では考察していきますか。

まず何よりも、かの魔王イグノアだろう。先々代魔王イグノア。史上最強の魔王と言われている奴だ。結局幾度となく召喚された勇者たちは殺すことができず、一〇〇年近くも略奪と侵略に逢い、ようやく寿命で死んだことで世界に平和が訪れたって話だ。それまでも魔動具は存在していたが、その魔王が死んでからより本格的に開発が進められ、今の形になったという。

イグノアの残した爪痕は大きかった。先代魔王が現れたとき、ほとんどの人間はイグノアを思い出して絶望し、勇者を召喚することなく降伏することを望んだらしい。召喚したのはマッカード帝国だけで、先代勇者たちが単独で魔王を撃退したことでさらに英雄視されることになった。

ま、というわけで、現在も語り継がれている死と絶望の象徴が、先々代魔王イグノアというわけだ。

そしてそのイグノアが、何故かフードを被って酒を飲みつつ冒険者ギルドの嫌われ者として冒険者してるわけだが、一体全体どういうことだろう。敵か味方か。その判別がつきにくい。もしあのイグノアのまま文献通りに虐殺侵略をしようというなら、こんな場所にいる意味はない。コソコソやらなくても一国を一人で潰せるくらいの力は持っているはずだ。味方っていうか、無害というのも考えにくい。穏便に暮らすなら、もっといい方法があるはずだ。まだ冒険者ギルドから嫌われている理由はわからないしな。

それに、気になることがある。「映像記憶」でステータスを再確認してみたが、おっさんのステータスに「転生者」とか「サラリーマン」とかあった。これは日本でサラリーマンだった奴が死んで転生して、先々代イグノアとして暴虐の限りを尽くしたということだろうか。サラリーマンというのは和製英語だし（称号に言語は関係しないのかもしれないが）、「元カノ」という言葉も今思い返せば日本語の発音だった。彼が元々日本人であった可能性は高いだろう。

……元日本人が、転生して殺戮できるのかは疑わしいかな。日本人としての価値観があるままに、暴君となることができるのだろうか。愉快犯的に殺戮することは考えられるが、そこから暴君たらしめるまで侵略できるのだろうか。俺ならどうだ？　……やりそうだ。俺がやるというのなら、そういう日本人もいるのかもしれない。まあそもそも、おっさんと俺が同じ日本出身だとは限らないのだが。

あとは、あのエルフ……フルスとか言ったか。どうせあっちから接触してくるだろうから、どうせなら夜に相対したい。夜なら「精神干渉魔法」が使える。催眠にかければこっちのものだ。多分あっちから接触してくるだろうから、方針は会話だのの成り行きから後々決めるしかないな。

色欲の英雄（勝手に命名）様は、まあ放っておきましょう。いくらシスター師匠や神官騎士が性的に食われようが、知ったことではない。

神様対策は……どうだろう。一回夜とかに教会に侵入して、「聖光の石」を調査、できれば《闇魔法》で支配したい。「鑑定」が通用したんだ。他の世界の魔法である俺の《闇魔法》も通用する可能性が高い。そこに辿り着くまで……つまり神官たちの監視をどうくぐり抜けるかは問題だが。他には……さすがに神と言うべきか、とっかかる切り口がない。できることは多分ないだろう。

一通り思考に整理をつけてから、俺の意識は眠りに沈んだ。

日が沈んだようだ。一気に意識が浮上する。眠気は醒めていないくせに、眠ることはできないのだ。全く腹立たしい体質である。

そのまま目を開けて普通に起きようかと思ったのだが、部屋の中に気配を感じて思いとどまる。鍵をかけていなかったのか？　そうかもしれない。眠気と戦うのに夢中であったため、鍵をかけるのを忘れた可能性は十分ある。不用心にもほどがあるな。

すわ侵入者か⁉　と思ったのだが、すぐに警戒を解いた。この気配はアリーヤのものだ。全く驚かせやがって。まぶたを「透視」して、アリーヤを見る。……まぶたを透視できるとか、まぶたの意義が半分くらい消えた気がするが、気にしない。

アリーヤは俺の顔を見つつ動かないでいた。近くもなく遠くもなく、絶妙な距離で微動だにせず俺の寝顔を見続ける。何か考え事をしている様子だ。いや君何やってんの？

待てども待てども彼女は動く気配がない。ずっと膠着《こうちゃく》状態を続けているのもアレなので、さっさと目を覚ますこととする。

「どうしたんだ、アリーヤ」

開眼と同時に一言。アリーヤの体が、ビクッと動いた。彼女の顔には、驚きと焦りが見て取れる。

「……いや、マジでどうした？」

「何でもないです」

何でもないことはないだろう。彼女はさっきまでは俺の顔をじっと見つめていたというのに、今は目を合わせようとしない。

これは今突然起こったことじゃない。しばらくちゃんとコンタクトを取れなかったからあやふやだが、ここ数日彼女との空気が気まずい。いや、アリーヤの俺への対応がいつもと違うのだ。

……もういいか。間違っていたら超恥ずかしいのだろうが、気にすることでもない。

「シスター師匠……ファナティークだったか。あいつの言葉を気にしているなら、あまり意識しすぎない方がいい」

「え……言葉、ですか？」

アリーヤはまだよくわかっていない様子だ。

「俺のことが好きなんじゃないかとか、そういう話だよ」

自分で言うのも変な感じだな。アリーヤはしばらく惚《ぼ》けていたが、すぐに目を瞬いて顔を赤くした。

「だからっ……」

「今までは知らん。だが、あいつに言われてからは、俺のことを変に意識しているはずだ」

アリーヤは顔を赤くしながら固まる。まあ、そうでないと奇行の理由が説明できん。

「恋愛には大抵性欲、性的快感が伴う。確実ではないが、逆もまた然《しか》り。その上ここ一カ月ずっと一緒にいるんだ。異性として意識してもおかしくない」

これらはあくまでも観察の結果だ。考察の結果だ。俺は他人の感情に共感できない。ましてや恋愛感情など、非合理の塊と言っていい。心理学者でもない以上、それを俺が理解するのは無理だと思う。

「恋愛は一種の暗示に近いものだ。理屈に合わなくても、例えば他人に言われて初めて意識するなんてことはよくある話」

いわんや彼女は箱入り娘。この年で処女なら、まともな恋愛感情を持ったことがなくてもおかしくない。

それゆえに、一度意識し出すとドツボにはまる。

「まあ、現状俺と気まずくなっているのは、最低でも俺のことを異性として意識しているから、ということでいいか？」

聞いてはみたが、彼女が答えを言う前に続ける。今のタイミングで否定されたら流れがおかしくなるからな。

「その上で言ってるんだ。意識するなと」

「え？」

「異性として意識するなとは言っていない。俺の内面を気にするなと言っている」

恋愛における気まずさ、緊張とは何から生まれるか。性的な興奮を除き、相手が自分をどう思っているかへの不安や恐怖である。

「お前が俺をどう思っていようと、お前は俺の下僕《もの》なんだからな。だからこそ、お前は俺の利益とならなければならない。情報共有がスムーズに行われない方がよっぽど、ってことだ」

俺がそう言うと、しばらくの沈黙の後に、アリーヤはため息を一つついた。

「……なんか、色々と冷めました」

「そりゃ結構」

それも目的の一つだったからな。……まあ、内心結構恥ずかしかったが。これ後の黒歴史となりうるぞ。

「いつまでも主人の立場でふんぞり返っていればいいでしょう。その間に倒してみせますから」

うむ。そちらの方がアリーヤらしい。

「じゃ、さっさと情報共有をしようか。ここ数日で色々判明したからな」

「……ずっと女と遊び回っていたわけじゃなかったんですね」

「当たり前だろ……というか、訓練《アレ》遊びの範疇《はんちゅう》なのか？」

俺が言うと、アリーヤはふふっと微かに笑った。その笑いの中に、僅かに安堵《あんど》の色が見えた気がした。

それから俺はある程度情報を共有した。もしかしたらあのフルスとやらがまた風の精霊を使って盗聴しているかもしれないが、こんなところまで聞かれたらもう対処できない。うまく処分しましょう。魔王イグノアのことは、ひとまずアリーヤには黙っておいた。彼女も冒険者ギルドで顔を合わすことになるだろう。そのときにアリーヤが警戒するような態度をとれば、怪しまれるかもしれない。もう俺が気づいていることに、おっさんも勘づいているかもしれないが。

「あと、そうだ。明日武器屋に行って、武器を選ぶんだが」

「武器ですか？　イノリはもう持ってますよね……あっ」

「うむ。あのシスター師匠からの命令だ。明日用事があるらしくてな。ということで、ついてきてくれるか？」

「え？　私がですか？」

「ああ。俺は『鑑定』で武器の性能はわかるが、使い心地とかは知らないし、この世界の武器の常識も知らない。魔動具の使い心地などもってのほかだ。ボロを出さないように、サポートを頼みたい」

慎重すぎる？　いや、慎重すぎるくらいがいいだろう。それでも現状、万事うまくいっているわけではないのだから。

「それに、俺が突然武器を買い出したら『こいつ心変わりしたのか⁉』と驚かれるだろう。だがお前がついてきてくれれば、『黒薔薇』に奢《おご》るようにねだっているイヤな奴に見られるはずだ」

「………………」

アリーヤが呆れたような目でこちらを見てくるが、柳に風とばかりに受け流す。

シスター師匠が来る前までは、俺の周囲関係は順調だった。いや、順調に嫌われていた。腫れ物のように、疎まれる方向で。『黒薔薇』のファンなどは俺を明確に敵視していたようだが、レギンの冒険者は中々賢い。俺が『黒薔薇』に公共の場では暴力を振るったことも、何かを強要したこともないから、あくまでこれは俺とアリーヤの問題なのだ。そこに介入するのは、でしゃばりと言うほかないだろう。

「わかりました。ちょうど明日受けている依頼はないので、お供しましょう」

「よし、決まりだな。じゃあ、今日は寝て良いぞ」

「え、良いのですか？　では今夜は狩りに？」

「いや。今夜は多分ずっと部屋にいると思う。試したいことがあってな。ってことで、《性技》はお預けで」

「……そうですか」

安心したような、しかし少しだけ残念そうな顔をするアリーヤ。うん。君毒され始めているね。まあ原因は紛れもなく俺ですが。

「では、失礼します」

そう言って、アリーヤは俺の部屋を出て自室に戻った。


では、さっそくやってみますかね。俺は床に座り込んで、あぐらをかき、体をリラックスさせる。座禅のような姿勢だ。まあ座禅はあぐらではないのだが、今回は本当に座禅するつもりはないので、適当で良いのだ。

そのまま目を閉じて、意識を集中させ、《探知》の精度を限界まで高めていく。俺が試したいことは、精霊を感知すること。できれば目視することである。あのエルフのような存在がある以上、精霊感知は優先事項と言える。昨夜に立てた仮説を元に、普段の《探知》をさらに明瞭化させていく。

どんどん周りの世界の情報が俺の頭に流れ込んでくる。ベッドの裏から、天井の僅かな窪みまで。今までわからなかった範囲の情報まで、手に取るように把握できた。

しかし、精霊は未だに感知できていない。これは長い戦いになりそうだ。今夜中に終わるだろうか。いや、そもそも精霊魔法への対抗策が見つかるまで、夜間もまともに行動することはできないのだ。

何日かけても感知してやろう。俺は更に深く集中していく——。

——朝が来た。

まだ《探知》による精霊感知はできていないが、何となーく、ザワザワする何かを感じ取れるような気がしないでもない。まあ気のせいなのかもしれないのだが。

日の出と共に、どっと疲れが押し寄せてくる。このまま寝られそうだ。寝てしまおう。朝早くから武器を探さなければならないわけでもないのだから、しばらくゆっくりと寝ることにする。アリーヤも気を利かせて、遅い時間まで起こさないでほしいものだ。

俺はそのまま、流れるようにベッドに倒れ込んだ。

第三章

「相変わらず活気があるなぁ」

アリーヤを連れて、街を歩く。相も変わらず、様々な店の従業員が我先にと客引きの声を上げている。さて、武器屋に行かねばならないのだが、どこの武器屋が良いだろうか。

「アリー。どこに行くべきだと思う？」

「そうですね……幾つかお勧めしてもらった店はあるのですが、自分が実際に行ったことはないので」

だろうな。俺も酒場での噂を拾ったくらいで、どこの店が有名なのかは大体わかるが、実際に行ったことはない。どこが本当に良い店なのかはわからない。

「まあ、適当に回っていくか」

「あ、あそこお勧めされたことがありますよ」

アリーヤは武器屋のものらしき看板を指差した。確かに、その名前は俺も酒場の噂で聞いたことがある。

「じゃあ、とりあえず入っていこうか」

「はい」

ありきたりな造りの武器屋にアリーヤを連れて入る。店内はあらゆる武器で満たされていた。壁に立てかけてあったり、壁の出っ張りに引っかけてあったり、専用の台を用意して飾ってあるものもある。種類別に綺麗にまとめられていて、同じ装備や武器が二つと並べられていることはなかった。同種類別サイズの物は、倉庫にでも入れてあるのだろう。床は板が張ってあって、客が土足で上がるためか幾らか砂に汚れている。

だが隅の方が汚れていないのを見るに、掃除はきちんとされているようであった。

パッと見は、いい。並べられている武器も、ちゃちゃっと鑑定したところ、ほとんどの品質がB程度であった。一介の武器屋としては、十分な出来である。これはいきなり当たりかな。

「…………いらっしゃいませ」

武器ナビ☆一つ。レビュー：店員の態度が悪い。挨拶されませんでした。

俺の姿を見た瞬間、売場にいた従業員が一瞬だが苦い顔をした。どうも俺の悪名はここまで響いているようだ。この店には何の実害も迷惑も与えていないはずなのだが。

まあ、それでも取り繕ってすぐに挨拶していたから、別に気にしないけども。俺が意図した流れだし。

では武器を選んでいこうか。……とはいっても、正直俺に適した武器というものは見つからない。店に飾られている武器はほとんど全てが魔動具なのだ。武器と言えば魔動具。魔動具じゃない武器は、あくまでも訓練用だ。魔動具の武器は魔動具を使える者にとっては強力だが、魔動具を使えない俺にとってはただのガラクタに等しい。

そしてそういったガラクタを選ぶのは、シスター師匠が許容してくれないだろう。彼女には俺が魔動具を使えないことは教えている。おそらくそれを踏まえて、俺に適した武器を探してこいと言っているのだ。何という無茶ぶり。

「お、これなんかどうだ」

目に付いたのは、壁にかけてあった大鎌である。俺の背丈ほどもある柄に、巨大な黒光りする刃。厨二病が喜びそうだ。どうやら魔動具の類ではないらしい。

「わざわざそれを選ぶとか正気ですか？　ロマンとか馬鹿なことを言っている年でもないでしょう」

アリーヤさん毒舌フルスロットル。少しは自重してくれ。

「いや、魔動具じゃないからって理由なんだが」

「圧倒的に訓練武器の方が使いやすく、かつ効果的だと思いますが？」

俺もそう思います。いいじゃないか、どうせメインで使う武器ではないのだから。少しくらいはロマンを求めたって。

「訓練内容増やされないと良いですね」

まあ大鎌選んだら訓練内容増加への道を一直線だろう。この大鎌は誰もが見るだけで手に取ろうともしない。あくまで見せ物なんだろうか。

「アリーもある程度武器選んどけよ。いつまでもそれじゃあ、まずいだろ」

「……そうですね。では適当に見ておきます」

それ、というのは、アリーヤに以前渡した絶断黒太刀である。アリーヤには極力それを使わないか、他人に見せないようにさせていた。絶断黒太刀は、闇魔法で生み出された金属であるとともに古代兵器《アーティファクト》である。

びっくり箱どころの騒ぎじゃない。

まあアリーヤに合う武器はすぐに見つかるだろう。問題は俺だ。訓練用の武器、先ほどの大鎌を除くと、魔動具でない上に使えそうな武器はほとんどない。

「そういえば、キリは銃を使わないんですか？」

アリーヤが銃を指差しながら聞いてきた。そう。この世界は中世西欧風ファンタジー世界であり、銃も存在はしている。しかし俺たちの世界の銃と比べれば、未発達なものだ。簡単に言えばマスケット銃のようなもの、それも火縄銃に近い程度のレベルしかない。弾丸も球状でライフリングがなく、もちろん先込め式だ。精度も威力も弓矢に比べて劣ってしまう。

開発が進めば確実に歴史を覆す強力な武器となるが、歴史が浅いというのと、魔法という遠距離攻撃があるからというのが大きい。それにこの銃の弾丸程度では、本当に弱小な魔物しか殺すことができないのも問題だ。

銃を伝えたのは、先代勇者であるらしい。正直戦争の種を撒くなよ、と言いたいのだが。薬莢《やっきょう》などの技術が伝えられていないのは危険すぎると判断したのか、あるいは知らなかったのか。薬莢の概念自体は知っていても、雷管などは再現するのが難しかったのかもしれないな。

アリーヤが俺に銃を使わないかと聞いてきたのは、この世界の銃が魔動具ではないからだ。魔動具でわざわざ銃を再現するなら、補助具使って魔法を撃った方が何倍もましであるだろうし。

「キリの魔法とも相性がいいと思いますが」

俺の魔法というのは、《闇魔法・真》の「遠隔操作」のことだろう。弾丸を「支配」し、それを「遠隔操作」すれば、この世界の銃の欠点の一つである命中率の悪さを克服できる。

「一概に相性がいいとも言えないんだけどな」

「そうなんですか?」

「ま、食わず嫌いもあれだし、とりあえず買ってみるか」

シスター師匠に見せる用ではなく、あくまで夜間の実験用だ。実際に使って、実用性を確かめてみよう。

さあ他はないか。なければ次の武器屋に行こうと思うのだが、正直どこもこんな調子な予感しかしない。武器屋というよりは魔動具屋であるからだ。

アリーヤはまだ色々と見て回っている。彼女は魔動具を十二分に使えるから、選択肢が多いのだろう。慣れない武器を選んでも、『天才』の加護の効果ですぐに使えるようになりそうである。少しなら迷うのは良いが、女子の買い物特有の長時間迷路には迷い込まないでほしいもの。

しばらく武器屋を眺めつつ、「千里眼」で武器屋の裏手の倉庫の中身も一通り見てみたが、俺が欲しいものはなさそうだ。ふとアリーヤを見てみると、彼女は一振りの短剣を手に取って眺めていた。その短剣は美しい銀色に輝いている。柄《つか》に相当な装飾が施されていることから、戦闘用というよりは装飾品、アクセサリー、あるいは儀式のための短剣に思える。

鑑定してみようか。

ミスリルの短剣（作者　アルデイン・ワーフ）
品質　B⁺　値段　一五万デル
比較的高純度なミスリルでできた短剣である。儀式用、装飾用であるが、魔法補助具としても高い効果を発揮する。

へえ。品質も高いし、実用性もあることにはあるようだ。ぱっと見派手だから、アリーヤの好みではないように思っていたのだが、やはり血筋だろうか。彼女の妹も母も派手好きであったから、もしかしたら彼女も意外と同じ路線なのかもしれない。何だかんだ言って俺が拵《こしら》えたゴシックドレス（鎧）も着ているしな。

「アリーヤ、それ欲しいのか？」
「え、あ、いえ」

アリーヤは俺に唐突に話しかけられビクッとなったが、すぐに首を振って短剣を戻そうとした。

「いや、それくらいなら買っても良いだろう」

手元に高純度なミスリルがあるのは悪いことじゃない。《武器錬成》でもミスリルを抽出して高純度にすることはできないのだから。さっさとアリーヤの手からミスリル剣を取ると、購入予定の銃と弾丸と共に会計をしてしまう。アリーヤが何か言いたそうであるが、多分あまり気にすることじゃないと思う。無視だ無視。

「……毎度あり」

そこそこ、特にミスリルの短剣が値を張ったが、今の俺たちの懐なら十分払える金額だ。ちなみに金の管理は俺が行っている。アリーヤがやっている依頼や、ギルドに素材として売った魔物の半分は、俺が夜間に狩った分なのだ。現状、俺がアリーヤのヒモになっているなんてことはない。その上、アリーヤはあくまで俺の下僕だ。金の管理をするのは俺が妥当だろう。俺は守銭奴というわけでもないが、ほとんど無駄遣いしないからな。

「あの……」

会計を終えて去ろうとしたところで、会計を担当していた店の従業員が呼び止めた。小さな声であったから無視することもできたが、とりあえず聞き返してみる。

「何だ?」

「その……あなたと『黒薔薇』様は、やはりそういう御関係なのでしょうか……?」

俺に向ける顔が客に対するものではないほど歪んでいるが、まあそれはいい。そういう関係、とはどういう関係なのか。疑問に思っていると、アリーヤが耳元で、小声で教えてくれた。

「その、ミスリルの短剣を男性から女性に与える行為は、特に小説などでは『違《たが》えたならば刺せ』というプロポーズの代名詞なのです」

ふむ。結婚指輪のようなものか。刺せなど、少々過激ではあるが。図鑑、魔導書、歴史書などを重点的に読んでいたから、映像記憶として残ってはいても小説はあまり読んでいなかった。しかし、そういう創作物でこそ、文化や俗というのがわかるものだ。そろそろ読んでおいた方が良いだろう。

と、まあそれは置いといて。どのようにこの場をやり過ごすか。

「悪いが田舎者なんでな。今短剣の意味を知ったところだ」

まあ誤解させたままでもそう問題はないかもしれないが、とりあえずこの場は濁しておこう。紙が高く活版印刷もないこの世界では、本というものは非常に高価だ。田舎の村なら一冊も本がないことすらある。ならば、本で有名なその文化を知らなくてもおかしくはない。

「あらあらそれは……」

どうやら店員も納得したようだ。田舎者を蔑む視線やめて。というかこの街も辺境だろう？　笑える立場ではないのではないか？

「無駄に派手だが、これはそういう用途のものなのか？」

婚約短剣とか、そういうのがあるのだろうか。

「いえ。どちらかといえば儀式用です」

ふむ。まあ高純度ミスリル故、何らかの用途における実用性があるのかもしれない。

「それに、使われているのが銀なので強度が足りません。本当に背中から刺すとしても向いていませんね」

ん？　今何と言った？

「銀が使われているのか」

「ええ。そのため美しい銀色となっています」

なるほど。ここまでミスリルの純粋な銀色に近いのは、イージアナの使っていたミスリル剣しか見たことない。とにかく、これは返品だな。自身の弱点の武器なんて、諸刃の剣どころじゃない。

「悪いがこれ返品――」「良い武器を買いましたね！」

返品しようとしたところで、後ろでアリーヤが大きな声で言った。良い、のニュアンスが普通と違う気がするのは何故だろうか『俺を殺すのに都合がいい』と聞こえてしまうのだが。さっきまで少し反対気味だったのに、酷い手のひら返しである。

結果、アリーヤにごり押しされて、ミスリル（銀）の剣を買うこととなった。そして短剣はアリーヤの手元にある。まあ元々、彼女のために買ったのだから仕方はないのだが。俺に敵意を持ってくれることは大歓迎なのだが、俺がラスボスと対峙《たいじ》したり、あるいは敵に囲まれたときに、後ろから心臓を短剣で刺されたら一たまりもない。

そんなこと起こってほしくないものだが……これってフラグだろうか。


それからしばらくぶらぶらと武器屋を覗いてはみたものの、これといったものは結局見つかっていない。魔動具が当たり前のこの世界で、魔動具じゃない実用的な武器なんて売ってるわけもないということか。

「なかったです、って正直に言うか」

「おめでとうございます。訓練メニューおかわり追加ですね」

「………」

まあ確かに、アリーヤの言うような結果しか見えない。全く、いったいどうしてシスター師匠はそこまで俺に構ってくるのか。

「ん、武器屋だ」

ふと目線を上げると、こぢんまりとした武器屋があった。看板はありきたりで、あまり主張してこない。外装も少々ボロボロで、店の前の僅かに生えた雑草が、客の少なさを暗示していた。

「オンボロですね」

「入ってみるか」

「……その辺の売れてない武器屋にしか見えませんが……まさか隠れた名店かもしれないなんて理由じゃないですよね？」

「隠れた名店かもしれないっ！」

あえて言い切ってみる。視界の端でアリーヤの視線が冷たくなる。最近は心地良くなってきたね。

勢いに任せ、ボロボロの扉を開き、入店する。

「……うー……ん」

内装も、外装に負けずボロボロで、寂しい感じである。飾ってある武器も少なく、一見すると放置された物置のようだ。だが、鑑定してみると品質は悪くない。むしろとても良い。

「いらっしゃいませ」

売り場にいた、執事服の老人が丁寧に挨拶してくる。

…………ん？　執事？

「『…………？』」

「本日はどのようなご用件でしょうか」

「『……………？』」

思わずアリーヤに視線を向ける。彼女も同じく俺を見てきたため、顔を見合わせる形となった。

ボロい店の中にいる、白ネクタイに燕尾服《えんびふく》という、いかにもな白髪の老執事。もはやギャップどころの騒ぎではない。不自然が極まり、この空間は混沌《こんとん》と言うべきである。眼前の光景に黙然としてしまった俺たちと、返事を待っている老執事。結果その間には気まずい沈黙が生まれた。

「……武器を、買いに来たのですが」

ナイスだ！　アリーヤが空気をぶち壊して、老執事の質問に答えた。

「こちらに飾られている武器が、全てなのでしょうか」

陳列されている商品は、武器屋としてはあまりにも少ない。ん？　ここ武器屋で合っているんだよな？　どうも執事がいるとなると、不安が残る。もしかして貴族の屋敷の物置ではないだろうか。そして店の前の看板は、紛らわしいインテリアだったり。

「いえ。心配なさらず。ここは武器屋ですから」

老執事がピンポイントな答えを口に出す。え？　もしかして俺の心読まれてる？　まさかこの老人、何らかの裏があるとかじゃないよな？　偶然だとは思うが、昨日からの流れだとあり得るやもしれぬ。

鑑定してみよう。そうしよう。

セバスチャン　人族　人間
HP 85/85　MP 455/460　STR 62
VIT 68　DEX 408　AGI 67　INT 312
加護　なし
称号　なし

あ、普通だぁ。何か久しぶりだなぁ。普通のステータス。実家のような安心感。俺が内心安堵している間に、アリーヤと老執事の会話は続いている。

「では？」

「当店は注文制で御座います。お客様のご注文に沿った、唯一無二の武器を作り上げさせていただきます」

まさかのオーダーである。まずいな、先ほどからツッコミどころが多すぎて、脳内が対処し切れていない。混沌に出会うと、どうやら俺は口が利けなくなるらしい。しかし、いつまでもアリーヤに応答を任せておくわけにもいかないので、ツッコミの衝動を押さえ込んで、老執事に聞いた。

「それは例えば、魔動具でない俺専用の武器を作れ、という注文も受けることができるのか？」

「問題ありません。当店はお客様の期待に沿うべく、全力を尽くす所存で御座います」

先ほどから、老執事の丁寧な口調が貧相な店内の様子と不協和音を奏でている。しかし、ようやく光明が見えた。この老執事がどれほどの武器を仕上げてくるのかわからないが、まあ元々メインで使うつもりはない。品質がBもあれば、シスター師匠も怒らないだろう。きっと。

頼むだけ頼んでおこうか。

「なら、注文頼めるか？」

「何なりと」

注文できるなら、俺の好みの武器にしてやろう。即ち、ある種の厨二大好きな無駄の削《そ》がれた機能性重視のデザイン。

「じゃあ、人の丈に至らないくらいのロングソードを頼む。片刃で、幅と厚さは重厚な方がいい。グリップには手首を保護する機能を付けてくれ。柄や鍔《つば》に装飾は要らない」

「なるほど。叩き斬る鉈《なた》のような大剣で、『シンプルイズベスト』というわけで御座いますね？」

ほほう。この老執事、わかっているじゃないか。

「金はどれくらいになる？」

「予算はいかほどで？」

「こんなものだ」

俺は両手の指を立てて、予算を示す。冒険者ギルドの依頼を大量にこなしている上、装備の消耗で買い換えるようなことがなかったため、かなりの金がたまっているのだ。

「了解しました。ではその予算内で、最高のものを拵《こしら》えましょう」

「よろしく」

その後、俺は店内にあるサンプルの剣を振り、老執事がその様子を確認した。どうやらこれで俺の振りの癖や型を見つけ、その特徴に沿った武器を作るらしい。重心の位置とかな。そのあたりは出来上がってから確認するものだと思っていたが、出来上がってからも仕上げとして確認作業は残っていると言う。

とにかく、その細かい色々を終えて、俺とアリーヤは店を出た。もしかしたら本当に隠れた名店だったのかもしれない。中々期待させてくれる店と執事だった。まあ結果はわからないが、後払いの上、気に入らなかったら買わなくても良いらしいので、騙《だま》されていることはないだろう。

……今でも何故執事が武器屋をやっているのかわからないのだが。店番ではなく、かの執事が武器を作るらしいし。少なくとも、奇抜な店であったのは間違いない。

「そういえば、アリーは何も買わなくて良かったのか？」

「ええ。キリがこれを買ってくれましたので」

そう言って、胸に抱いている短剣を見せてくる。……さっきから思っていたが、何故袋にしまわないんですか？　いや、鞘には収まっているから、刃が剥き出しってことはないんだけれども。それでも何か怖い。敵対心を持ってくれるのはウェルカムなんだが、何というか、それ以上の得体の知れない怖さを感じるのは何だろうか。まあ僅かなものではあるのだが。

ともかく、今日の用事はとりあえず終わりということだ。思ったより早く終わらせることができたな。今は昼過ぎ。飯時である。

「どうしますか？　このまま宿屋に帰りますか？　それともお昼をどこかで頂きますか？」

「食べるとしようか。久しぶりに、ギルドと宿屋以外のところで飯を食いたい」

宿屋のお袋の味もギルドのワイルドな味も嫌いじゃないのだが、どうせならたまには本格的な料理を食べたい。もちろんニンニクは抜きで。

「では、行ってみたかったところがあるので、そこに行きませんか」

「任せる」

先導するアリーヤについていく。アリーヤは冒険者ギルドの依頼で、たまに野良パーティーを組むことがあるらしい。飯屋の情報もそういうところから拾ってきているのかもしれない。俺が冒険者ギルドで盗み聞きしているので掴んだ情報は、冒険者ギルド故か大体酒場の情報なのだ。昼飯を食えるようなちゃんとした飯屋は知らない。

「ここです」

「ここか。雰囲気あるな」

着いたところは店外にテラス席のある、深い茶色の木を柱としている白い壁が綺麗な店だった。落ち着いたお洒落《しゃれ》な雰囲気で、何となく元の世界の喫茶店を思い出す。

早速入店。雰囲気の割に値段は良心的なようだ。客層も庶民がほとんどで、老若男女と幅広い。お約束のように店員に苦い顔をされたが、さすがに入店拒否はされなかった。賑やかな店内ではなく、比較的人が少ないテラス席を勧められたのだが。はいはい。離れりゃいいんですね。

直射日光は嫌だから、店内が良かったんだけどなぁ。

「あ！　キリじゃないか！」

何故貴様がそこにいる。アリーヤとテラス席で少し遅めの昼飯を頂いていると、横の道を通りかかったシスター師匠に見つかった。いやあなた、ガイダンスはどうしたのよ。そして彼女の声が聞こえた瞬間、向かいに座るアリーヤの眉がピクッと動く。シスター師匠もアリーヤの姿を見ると、ムッとした表情になる。

シスター師匠は躊躇《ためら》わず入店し、俺たちのテーブルの空いている椅子に座った。何でや。

「ガイダンスが意外と早く終わってね。でもまだお昼ご飯を食べてないんだ」

「さいですか」

シスター師匠は側にいた店員に声をかけ、自分の注文を済ませる。

「キリはちゃんと武器を見つけたかい？」

「中々良いのがなくて、結局注文することになったな」

「注文？」

む。シスター師匠のこの反応だと、どうやらあの老執事の武器屋を知らないらしい。

「どこの店だい？　それは」

シスター師匠に簡単に場所を説明するが、それでも彼女は知らないようだった。

「まあ、ボロすぎてパッと見ただけでは倉庫にしか見えないから、知らなかったのかもな」

「……その店、大丈夫なのかい？」

「後払いで返品も可らしいから、騙されていることはない」

と、そこまで話したところで、シスター師匠が注文した料理が来た。この店、料理届くの早いな。あれか。元の世界のサイゼ〇ヤか。シスター師匠は料理を前にして、例のお祈りの略式を行った後料理に手をつける。

これが教会の「いただきます」なのだろう。

しばらくして、シスター師匠はアリーヤの方を向いて言う。

「それで、何でアリーさんがいるのかな？」

「……あなたには関係のないことでしょう」

何か意図を含むような目線を寄越したシスター師匠に、アリーヤは少しばかり不機嫌な様子で答える。

「まあ確かに私は一人で、とキリには言ってなかったけど、君までついてくることはないだろう？　依頼で忙しいはずだし」

「ちょうど今日は暇だったんですよ。別に私が来ても問題ないはずです」

「いやいや、またキリが君に甘やかされるんじゃないかって思ったんだよ。あ、もしかしてデートだったのかい？　だったら邪魔して悪かったね」

「デートじゃないですっ！」

「へえー。でもこのテラス席で一緒に食事ってどう見ても……」

「だからそうじゃなくて……」

……俺のことが話題になっているはずなのに、俺が完全に蚊帳《かや》の外なのは何でだろうか。俺はもう食事を終えてしまっているのだ。だが二人の皿にはまだ料理が残っている。後から注文したシスター師匠はいいとして、アリーヤはやはり王女だったときの癖が抜けないのか、非常に上品に食べている。見た目は美しく優雅だ。だが遅い。

相も変わらず俺をほっぽり出して俺のことで喧嘩している二人から視線を外し、道行く人をぼーっと眺めた。ゆったりした時間が流れる。ポカポカとしていて、寝不足もあり俺のまぶたはだんだんと重くなっていく。直射日光で頭痛がするが、それがさらに眠気を誘発した。

「あ……で……」

「だか……に……」

「……へ……」

「……」

「……」

「だから、私の方が彼との付き合いは長いんですよ！　その分私の方が理解していることがあります！」

「いーや、師弟の目線からしかわからないことがあると思うよ！　それに、恋は盲目とも言うしね」

一体、彼女らの会話はどのように流れていったのか。空になった料理の皿も、話題の中心である祈里のことすら眼中になく、元の話題から離れて跡形もなくなっている。

「だからっ……～～～もう！　ならキリ本人に聞いてみましょう！　どうなんですか⁉」

「キリ！　どうなんだい⁉」

ようやく彼女らの視線が祈里に向き、質問が飛ぶ。そしてその先の彼は、

「…………ｚｚｚ」

「「…………」」

見事に爆睡していた。

「寝ないでください！」「起きてくれよキリ！」

「…………ハッ！」

この流れ久しぶりだな、と寝起きに思った祈里であった。

料理を食べ終わったのでさっさと店を出たのだが、帰り道もお二方は俺を放って口喧嘩し始めた。話題は俺のはずなのに、やはり俺のことは眼中にない。何なの。

ということで、目を盗んで逃げ出す。え？　俺のことで口喧嘩してるんじゃないかって？　いやいや。彼女らが俺に対してどう思っていようと、俺には関係ない。関係ないことには付き合わなくてもいい。というか付き合いたくない。

「ということで、逃げてきた」

「相変わらずだなお前は」

魔王が俺に向けて呆れたようにため息をつく。

いつもの如く、ギルドの酒場に逃げてきた。そしておっさんこと魔王イグノアがいるのを見つけ、いつものようにそのテーブルの席に座ったのだ。

自然、なはずだ。大分自分でも落ち着いているから、振る舞いには表れていないと思う。しかし、目の前の人物に警戒心は持っておく。

「だが、すぐにばれるんじゃないか？」

「む？」

「前だってあのシスターの娘が、ここでお前を見つけただろう」

うむ。それは確かにそうだ。ならここで彼女らに見つかるのも時間の問題か。せめてアリーヤとシスター師匠の間の熱が冷めて、離れるまでは見つかりたくない。

「……どうするか」

「依頼にでも行けばいいだろう。街の外ならそうそう見つかることもない」

「それもそうだが、残念ながら武器がない」

武器がない、という俺の言葉に、おっさんはさらに呆れた顔をする。そして酒を一口飲んだ後少し思案する様子を見せてから、俺に言った。

「なら、俺と行くか？　依頼」

「え」

思わず変な声が出る。

「よほど危険なところに行かない限り、お前の安全は保証するさ」

魔王は俺の目をまっすぐ見て言う。冗談で言っている雰囲気ではない。

「どういうつもりだ？」

「……いや、俺もお前と、少し二人で話したいことがある」


——心臓の音が聞こえた。

二人で話したいこと？　ここではなく、人目のない町の外で？　そんなことをする理由は？

俺が気づいたことに気づいている。

その可能性が高い。断るか？　わざわざ危険に踏み込む意義はない。いや、だが最初から生殺与奪は目の前のこいつにある。いつだって、あのステータスなら俺を殺せる。たとえ夜であっても。そんな相手がわざわざ対話の場を設ける理由は？

思考速度を最大にするが、それでも会話には僅かな間が生じる。

「大丈夫だ。祈里を殺すつもりはない。いや、殺せない、と言った方が正しいな」

魔王が比較的小さい声で、俺に言った。嘘か本当か。いや。ここで嘘をつく理由は、こいつにはないはず。先ほどから言うように、俺の生殺与奪はこいつが握っている。そんな回りくどい方法をわざわざとる理由はない。

それに、「殺せない」ってのはどういう意味だ？　つまり意思の問題ではなく、不可能。そんなことを言う理由は？

幾ばくかの思考の末、俺は言った。

「……わかった」

これは有意義な危険だ。俺は最終的にそう判断した。


昼過ぎの太陽は、天頂からは少し傾いていた。やはり直射日光はつらい。清々《すがすが》しい青空が広がっていて、白い雲がちらほらと浮いている。風で少しずつ、形が流れる。そよ風が草原の葉先を揺らし、俺の頬を撫でる。

草原の先、レギンの街はもう小さくなっているが、《探知》を広げても、魔物の反応は近くになかった。うららか。そんな言葉を体現したような光景の中で、俺の心は今までになく緊張していた。

前を歩く魔王の、一挙手一投足も見逃さない。見逃せない。見ずにはいられない。警戒せずにはいられなかった。心臓が高鳴る。こんな感情は初めてだ。

……いや、恋とかではなく。

「この辺で良いか」

そう言って、魔王は立ち止まって、俺の方を振り向いた。

瞬間――

「⁉」

俺の《探知》が異常を感知した。

魔王から何かが広がった。それだけはわかる。振り向いた瞬間、世界がざわついたような錯覚を受けた。

《探知》で確認しても、彼が魔法的な何かを使った様子はない。魔力が動いた痕跡もない。だが、何かしたのは確かだ。感覚的に結界のようなものだと思う。

「よっこらせ」

俺のそんな内心を知ってか知らずか、魔王はのんきな様子であぐらをかく。それでも立ったままの俺を見て、魔王は少し笑った。

「そんな警戒すんな。ま、座れや」

俺はしばらく彼の目を見た後、言われた通りに土が顕《あらわ》れた地面の上に腰を下ろした。

「で、話というのは？」

「まあそう急くな」

そう言いながら、魔王は煙草を取り出して火をつけた。仕草が微妙にデジャヴ。記憶の奥底の片隅にある父親の仕草に似ている気がする。ほんとおっさん臭い。

………え？　ていうかこの世界煙草あったのか？

俺が興味津々に煙草を見ていると、魔王がふと俺の様子に気づく。

「ん、ああ。これか？　煙草はここでは売ってないが、魔族の世界では普通に売ってるぜ」

はい盛大なカミングアウト頂きましたー。

「ま、気づいていると思うが、俺は魔王イグノアだ」

はいド真ん中ドストレート頂きましたー。

もうこの人隠す気ねぇな。さっきまで異常に警戒していた俺が馬鹿みたいだ。真意は全く見えないから、警戒は解かないが。

動揺しない……いや別の意味で動揺しているのだが、そんな俺を見て、魔王は鼻で笑う。

「やっぱ気づいてたな。何で気づいたかは聞かない。その上で、幾つか質問に答えよう」

早速質疑応答の時間か。有り難い。だが問題がある。俺は精霊を使って盗み聞きされた記憶がある。たとえ《探知》の中に他人がいなくても、安心できないことを身をもって知っている。

「精霊を使った盗聴の心配はないのか？」

「まず聞くことがそれかよ……まあ、精霊使って盗み聞きできる奴なんて限られている。相当なエルフの精霊魔法の使い手でも、そうそうできることじゃないし、聞き拾える情報も雑音交じりだからな。そこまで警戒する必要はない」

そうなのか。……ん？　あのフルスとかいうエルフは、会話すらしてきたんだが。

「会話、とかはできないのか？」

「会話？　声を届かせる魔法と組み合わせて、無線みたいにはできるとは思うが」

無線ときたか。まあわかりやすい例だが。

「いや、そんなんじゃない。普通に電話みたいな会話だ」

「そりゃ次元が違うな。エルフでもとうてい無理だろう。精霊ぐらいじゃないのか？　そんなことができるのは」

　そういえば、フルスのステータスにはエルフ（精霊憑き）というのがあった。それが影響しているのかもしれない。

「ま、そんなことができる術者がいても大丈夫だ。この辺の精霊はとりあえず全部無理矢理支配下に治めたからな」

　は？

《探知》で精霊を探ってみる。いや探れないのだが。しかし、どうもいつもとは違う様子だ。それだけはわかった。そんなことができるのか。魔王だからか？　まああのステータスなら、納得できるかもしれない。

「わかった。じゃあ質問に移ろう」

「今のは質問に数えないのか」

　魔王が細かいことを言っているが、無視する。

「俺を殺せない、というのはどういうことだ？」

「……魔王が何故ここにいるか？　とかじゃないのか」

　普通ならそう聞くかもしれんが、この質問は俺の死活問題なのだ。優先順位が高くて当然である。

「まあいい。それも話したかったことだしな。……見てろ」

　そう言って口から煙草の煙を吐いた後、魔王は頭に被っていたフードを、俄に外す。

　中から現れた頭部を見て、俺は驚愕する。

　獣のような耳があった。それなら獣人かと思って俺もそう驚かない。問題はそれだけじゃないのだ。本来の人間の耳があるところにも、耳がある。獣人はそんなことないのだ。耳が四つなんて、おかしいだろう。

しかもだ。その耳が、長いのだ。まるでエルフのように。頭に二本の角があった。魔族のような巻き角だ。瞳はよく見れば三日月のようだ。蜥蜴《とかげ》のようである。首筋には竜人の特徴である鱗《うろこ》がチラリと見えた。こう見てみると、蓄えた髭はドワーフのものと類似している。

何というか、感想を一言で言えば、そう、

「何かゴチャゴチャしてるな」

「だろう？　頭がうんざりするほどやかましいだろ？」

まるで種族を一緒くたに混ぜ合わせたような頭部だ。主張がうるさくて仕方がない。

「まあ、俺の種族から説明するが、キマイラホムンクルスっていうのさ」

俺は魔王のステータスを思い出した。確かこう書かれていた。

キマイラホムンクルス（魔人16・66％　竜人16・66％　獣人16・66％　エルフ16・66％　ドワーフ16・66％　人間16・66％）

ああ。うん。なんか言わんとしていることがわかった。

「幾つかの人種を合成した、人造人間ってことか」

「そこに俺の魂が入り込んだ形だな。先々代魔王を務めていたときは、普通の魔族だったんだが……今は、そうだな。どの種族でもあってどの種族とも違う、そんな存在だ」

ややこしいな。……というか、俺を殺せない、という話に繋がってこないのだが。

「で、問題は俺の加護にあってな。六柱の神罰というのが俺の加護だ。ま、加護っつーか呪いだが」

「神罰というくらいだしな」

「この加護の内容は、『俺が直接的間接的問わず、故意に同種族を殺した場合、その瞬間俺も死亡する』ってものだ」

ふーん。同族殺しは死刑、か。……ん？

「どの種族でもあってどの種族とも違う、と言ってなかったか？」

「ああ。そしてそれが適用される。俺は魔族、竜人、獣人、エルフ、ドワーフ、人間のいずれかを殺した時点で死ぬ」

ああうん。そりゃ魔王できないな。しかし、少し安心した。こいつの話が本当なら、俺の生殺与奪は握られていなかったらしい。

「それで人間である俺を殺せない、というわけか」

「そういうことになる」

さらっとカマをかけてみたが、どうも俺が吸血鬼だと気づいている様子はない。さすがに俺の全てを知っているわけではないらしいな。しかし、こいつの目は、まるで俺の本質まで見透かすような目をしている。何とも気味が悪いというか、やりにくい。

まあ、それは置いといて。

「それなら魔王がここにいるのも理解できるな。命令を下したら死ぬとか、魔王できないだろ」

「ま、それもあるな」

「他に理由があるのか？」

「ああ、まあそっちがメインなんだが……そうだな。少し昔話でもするか」

え？　昔話？　突然だな。こいつの過去生ってことか？

「俺は知っての通り、先々代魔王をやっていた」

ああ。そこからか。

「生まれたときから異常な力を持っていて、何でも思う通りに行った。魔王としての力が発現してからは、それが顕著になったな。酒も金も女も、奪えばいくらでも手に入る。力を振るえば誰もが言うことを聞く。美人な嫁をたくさん手に入れて、豪勢な生活をして、笑いながら生きた」

魔族は力、戦闘能力で序列が決まるらしいから、それは顕著だっただろうと推測できる。

「しかし、何を得ても、満足はできなかった。魔王となり、未だ見ぬ人間の土地を侵略しようと、俺の心が満たされることはなかった。俺を止めることができる奴なんていなかったからな。最期の最期まで、俺は幸福を追い求めた。……果たされることはなかったが」

まあ、典型的な魔王って感じだな。

「俺は死んだ後、どこともわからない白い空間で、神に出会った」

ん？　白い空間？　神？　俺と同じ状況か？

「その神とやらは、自分のことを世界の主神だと名乗った」

人違いでした。

「主神曰く、俺はやりすぎたらしい。神の思惑を超えて、大きな爪痕を残してしまった、と。そして俺に罰が下った」

「それが、六柱の神罰か？」

「いや。そのときの神罰は別だ。力、才能、記憶、俺のその全てを奪った上で、『見放された世界《アバンダンド・ワールド》』に転生させられたのさ」

ん？　聞き慣れない単語が出てきたぞ？

「アバンダンド・ワールド、とは？」

「お前が元々いた世界だ。単純に、神に見放された世界のことだ」

あ、うん。俺が元日本人ってのはやっぱりばれてるみたいですね。

「で、転生してから俺はどうなったと思う？　何の変哲もない一般家庭に、特別に整っているわけでもない容姿で生まれ落ちて、特に取り柄のない人生を、厳しい人生を一生懸命頑張って、別に綺麗でもない女と結婚して、ちょっと格好良い息子が生まれて、家計が火の車の中、たまに嫁と喧嘩して、ただひたすらに一介のサラリーマンとして働いた俺の人生は？」

そう一気に言った後、おっさんは笑った。

「――幸せだった。……皮肉なもんだろう？　人間の俺は魔王の俺が持っていた物を何も持っていなかったのに、魔王の俺が生涯求めていたただ一つの物を持っていたんだ」

欲望には限りがない。

だが、それを満たさなくても幸せにはなれるのかもしれない。

「結局は、幸せってのは当人の考え方次第なのさ」

「……だろうな」

幸せってのは、一種の自己暗示だと俺は考えている。幸福に一般化されたボーダーはない。それを決めるのは当人だ。当人が自分が幸福だと思い込んだら、それでそいつは幸福なのだ。

「この世界に魔王として召喚されたとき、神と出会って六柱の神罰を下されると同時に、前々世と前世を思い出した。笑わずにはいられなかった。そうだろう？　そしてこの世界で何をしようかと考えたとき、自分が幸福になろう、という目標は捨てた。何が欲しいとも思わなかった」

おっさんは青空を仰いで、口から煙を吐いた。頭上でただの小鳥が、せわしなく羽ばたきながら、どこかへ飛んでいく。

「この世の全てを手に入れた。幸福にもなった。そもそも、思い込めればいつでもなれる幸福を人生の目標にするなど、つまらないにもほどがある」

「なら、どうするつもりだ？」

「他人の幸せのために動こうと思った。別に全ての人を幸せにするなんて、馬鹿なことを言うつもりはない。ただこの奇抜な体でこそできる、他人のための幸福を、と考えた」

「その体でこそ？」

「ああ。ハーフとして生まれ落ちた者、あるいは種族で虐げられている者。この全ての種族である俺だからこそできることだと思わないか」

「……まあ、そうかもな。本当にできるかはともかくとして」

「できなきゃそれまでだ。所詮思いつきだからな」

ああ。こいつに感じていた違和感、何となくわかった。主体性がないんだ。自分が生きようとする意志が、かけらもない。奇天烈な過去生を歩んだ結果か。

「そのために、俺はこの雁字搦めの世界《はこにわ》を壊す。神なんざ知るか。魔王なんざ勇者なんざ知るか。全てぶち壊してやる。そのために、魔王城を出た。世界を壊すためにな」

世界、ねぇ。そういう過激な考え方は嫌いじゃないが、わざわざ壊そうとは思わん。

……というか、随分喋ったな。これだけで結構な情報を手に入れられたんだが。

「……それを話すことで、お前にメリットはあるのか？　お前の真意がわからん」

「ん、ああ。そうだな、協力料の前払いってやつだ」

ん？　協力料？

「俺は独りで世界を壊そう、と当初は考えていたんだが、神罰が厳しくてな。それに、ある男に出会って、考えが変わった」

「ある男？」

俺が聞くと、魔王はニヤリと笑い、俺に向けて指を差す。

「お前だよ」

え？　俺ですか？

「お前が世界を壊すのに協力しろと？　勝手なこと言うなよ」

「いや別に、お前に協力を頼もうとしているわけじゃない」

魔王は俺に向けていた指をゆっくりと下ろした。

「お前は壊すさ。お前にその意志がなくとも、ただ進むだけで世界を壊す。結果的に俺の目的に協力することになるだろう」

「それで、協力料ってわけか？」

「その通りだ」

だから、と魔王は続けた。

「お前はただ『生きろ』。魂を踏みにじり、他人を潰しながら、ただ己の道を前へ進め」

何を勝手なことを――と思いもしたが、不思議と怒りが湧いてこなかった。拒絶する代わりに、俺は口角を上げて言い放った。

「わざわざ言われなくてもそうするさ」

「はっ！　そう言うと思ったぜ」

息子を見る父親のような目をして、イグノアは笑った。それを見て俺もつられるようにして笑い、言った。

「だが協力料が足らん、もっと情報寄越せ」

イグノアは表情を一転して、心底呆れたような顔をして言う。

「お前、お前……いや、本当にお前らしいな……。あーもうわかった、何が聞きたい」

よっし！　さあ情報のボーナスタイム突入だ！


日も沈み、空が薄暗くなってきた頃、宿屋の祈里の部屋の扉が突然開いた。

「キリ！　……ここにもいないのかい」

「とりあえずノックしてから部屋に入りましょうか？　最低限の礼儀として」

「師匠なら良いと思うよ？」

「師匠って言葉、万能すぎませんか」

アリーヤは呆れたようにファナティークに言った。しかし、ファナティークもアリーヤをジト目で見る。

「それを言うなら、キリの部屋の合い鍵を持っているあなたも大概だと思うよ？」

「宿屋の女将に貸してもらっています。合法です」

アリーヤは鍵を指で回しながら言う。彼女はもし祈里を殺せる機会があればと、念のため合い鍵を持っていたのだ。なお女将《おかみ》に鍵を借りるとき、「彼の部屋に夜忍び込みたいので」と言ってしまったため、あらぬ誤解を受けていることを彼女は知らない。朝起きるたびに女将にニヤニヤされているのも、それが原因だと気づいていない。

「あー、キリー、どこに行ったんだろう。ギルドにもいなかった」

「……というか何で逃げるんですかね」

アリーヤは口を尖《とが》らせて言う。ファナティークは首肯しながら、流れるように自然に部屋に入った。

「あ」

アリーヤが止めようとしたときにはもう遅く、ファナティークは祈里のベッドに腰掛けてリラックスしていた。外の薄暗い光が窓から差していて、掛け布団の薄い影がシーツの上にできている。

「ふーん。これがキリがいつも寝ているベッドかい……匂いは、と」

「え、ちょっと？」

アリーヤが戸惑いの声を上げる中、キリの枕に顔を埋《うず》めたファナティークは、何度か息を吸って、言う。

「うん。キリの匂いだね」

「…………何やってるんですか？」

言ってから、アリーヤは自分の声が思いの外低くなっていることに気づいた。

「ちょっとした確認だよ」

とファナティークはさらにシーツの匂いも確認する。

「やめなさい」

平坦《へいたん》な声を出しながら、アリーヤはファナティークの首根っこを掴み、シーツから引っ剝がす。

「うーん。キリの匂いだね」

「そらそうでしょう。あなた馬鹿ですか」

「でも――」

そこまで言って、ファナティークはアリーヤを向いて言った。

「ちょっと、君の匂いもするんだけど？」

「⁉」

その言葉に、アリーヤは思わず顔を赤くする。紛れもなく、アリーヤが祈里に弄《いじ》られていたときの匂いである。性行為をどこから定義するかははっきりとしないが、本番までは至らなくとも、十分に羞恥的な行為を思い出したアリーヤが赤面したのは当然である。その様子を見て、ファナティークは目を細めた。

「やっぱり、キリとはそういう関係なのかい？」

「い、いや、その、あれは」

少なくともアリーヤは肉体関係どころか、接吻《せっぷん》すらしたことはない。そういう関係、という言葉は否定したかったが、それを口に出すのが恥ずかしいほどには、彼女は純情であった。しかしその反応、客観的に見れば、肉体関係を持っていると判断されてもおかしくはない。

実際、ファナティークはそう判断した。

「ねぇ、アリー。真面目な話なのだけれど」

「………」

アリーヤは突然真剣な顔つきになったファナティークに、赤面を残しながら首を傾ける。

「君とキリは、離れた方がいいよ」

「は？」

思わず唖然としたアリーヤは、すぐに反論する。

「貴方《あなた》には関係ないことでしょう」

まずアリーヤが口に出したのは、それだった。

元々離れることはできない。あくまでもアリーヤは祈里の下僕であり、彼よりも強くならなければ、アリーヤが解放されることはない。それにそもそも、アリーヤは祈里から離れ、自由になることを渇望している。それを考えてから建前上は「あなたには関係ない」と言うべきだった。だがアリーヤは、まず「あなたには関係ない」と思ってしまった。

言いながら、アリーヤは自身の思考順序に疑問を持った。

「私はキリの師匠だからね。関係はあるよ」

また師匠師匠と……、とアリーヤはファナティークを睨む。

「私から見ると、君がキリを押さえつけているようにしか見えない。私はね、実は君に怒っているんだよ」

「……どういうことですか」

「キリは魔動具が全く使えない。珍しいことにね。恐らく生まれつきだろう。そして君は腐れ縁って言うじゃないか。幼い頃から互いを知っている可能性が高い」

眉をひそめるアリーヤを置いて、ファナティークは続ける。

「何が理由かはわからないけど、二人は冒険者になった。しかし魔動具を使えないキリを戦わせるわけにはいかなかったんだろう？　それで、君がキリを養い、彼をギルドに抑えつけた」

突拍子もない話だが、客観的に見ればそう見えるかもしれなかった。アリーヤはまさか真実を告げるわけにもいかず、黙ってファナティークの話を聞く。

「結果彼は甘やかされ、今のような惨状になってしまったんじゃないかい？　彼は外聞通りどうしようもない奴じゃないはずだよ。ここ数日一緒に過ごして、演技しているってわかったからね。きっと遊びたかったんだろう？　私に絡んできたのも、ただの遊びだったんじゃないかい？」

ファナティークはアリーヤの方を向いて、言った。

「その原因は、抑えつけている君にあるだろう。まるで共依存のような、歪んだ関係。いや、歪んでいるのは君かな？」

アリーヤは声を張り上げて反論したくなった。だが、心当たりなどないのに、歪んでいるという言葉が彼女の中にドロリと流れ込んだ。

「彼を嫌われ者にすれば、君以外の人間はほとんど寄りつかないだろう。縛って、依存させて、隔離して、病的なものすら感じるよ」

出鱈目《でたらめ》だ。少なくとも事実とはかけ離れている。しかしそれでも、アリーヤが言葉を飲み込んでしまったのは、何故であろうか。

突然、ふっとファナティークの表情が緩む。

「ま、ただの私の妄想だけれども」

「………………」

「でもとにかく、私がキリの力になりたいってのは、本当なのさ。彼がちゃんと強くなって、独立できるようになるためには、彼と君が離れなくちゃならないよ?」

そこまで言って、ファナティークの話はいったん区切られた。

「あなただって、純粋にキリのためを思っているわけではないでしょう?」

「へ?」

「どちらかというと、出来の良い弟子が欲しかっただけ。キリはあくまで弟子で、対等な人間としては見ていないのでは?」

アリーヤの言葉を聞き、ファナティークは顎に手を当てて思案する様子を見せた。

「まあ確かに、私が師弟関係に憧れていた、というのは本当だよ。でも、師匠が弟子を弟子として見ることが、悪いことなのかな?」

ファナティークは自嘲の笑みを浮かべた。

「……ちょっと打算的な部分があるけどね」

「打算、ですか?」

「キリが一人前になったら、神官騎士にでもなってくれないかな、とね」

「神官騎士に……?」

アリーヤは一人それを想像し、すぐに首を振った。

「あり得ませんね。絶対に」

「……まあ、そうだろうね。最初こそ悪い子を叱るつもりだったけど」

ファナティークは少し言いづらそうに、頬を染める。

「割と素直だし、なかなか可愛いところもあるし」

「………」

アリーヤの視線を受けて、ファナティークは慌てて話題を変える。

「でも、神官騎士が増えれば、魔物が減って、人間がより平和になり、ひいては皆の幸せになると思う」

「平和、ですか」

「そうさ。私は人間皆が幸せになってほしい。それが神様の望むものだと思うからね」

「平和……」

アリーヤはもう一度口の中で呟いてから、とても暗い笑みを浮かべた。

「平和で皆幸せに……？　絶対に無理ですね」

「無理かどうかはわからないさ」

「ふふふ。キリがいる限り、それはないですよ……。皆が幸せになるなら、あなたはキリを殺さないといけませんよ」

ファナティークはアリーヤの笑みに闇を感じ、思わず後ずさる。

「……何でだい？」

「それは、キリがあなたの思うよりもずっと……」


「なあ、いつになったら俺の部屋から出ていくんだ？」

「え？」「へ？」

この場に聞こえるはずのない声が聞こえ、アリーヤとファナティークは呆けた声を出した。

「……おーい？」

「『…………』」

声の主である祈里は、堂々と自分のベッドの上に座っていた。その手には読んでいる途中であろう一冊の本を持っている。ベッドは部屋の奥にある。扉から入ってきたなら、気づかないはずがない。

「え？　え？　キリ？　いつからそこにいたんだい？」

「いや、最初からいたぞ」

「いなかっただろう⁉　さすがにいたら気づくよ！」

「掛け布団の中にくるまっていたからな」

「いやいやいやいや、気配もなかったし」

「隠密は得意だからな」

ファナティークと祈里が問答をしている中、アリーヤは真実に気づいていた。この人、ずっと影の中で寝ていたな、と。実際その通りで、祈里は最初から掛け布団の影に寝転がっていたのだ。

「どこから聞いていたんですか？」

「いやだから、最初から」

祈里がそう言うと、ファナティークは焦り始めた。

「え、私結構恥ずかしいこと言ってなかったかい？」

「……私も同じく」

二人して羞恥に頬を染める。しかし祈里は興味なさげである。

「ほら、帰った帰った。もう夜だ。特に師匠は即刻帰れ」

「……まあ、わかったよ」

「了解です」

冷たい視線を祈里に投げかけた後、二人はそのまま部屋から出ていった。

◆◆◆

《探知》で二人が十分離れたことを確認する。まあそれでもアリーヤは隣の部屋だが。それから、さっきから《探知》で捉えていた人物に声をかけた。

「……もういなくなったぞ」

すると部屋の窓が開き、吹き込む冷たい夜風と共に一人の女性が中に入ってきた。美しい銀髪が風に舞い、月光に煌めく。チラリとエルフ特有の長い耳が見えた。

「ふふふ、気づいていたのね？　人払いしてくれてありがとう」

入ってきた女性――フルスは、艶めかしく微笑んだ。そして俺は、彼女が着ている服を目を細めて見る。

「お前その服……」

「夜這いに来たのよ？　当然じゃない」

彼女はここぞとばかりに薄い服を着ていた。透けるような、体のラインがくっきりと見えるほど薄い服だ。

俺が彼女の肢体を観察していると、彼女はそれを感じ取ったのか、自分の体を腕で抱きしめてから、微かに震えた。

「その……冷たい目、いいわね……」

「そうかい」

冷たく見ているつもりはない。むしろ情欲にまみれた視線のつもりなのだが。フルスは頬を染めて微笑みながら、俺の座っているベッドに近づいてくる。

「精霊魔法で、この部屋の音は外に漏れないようにしたわ。隣の彼女にも聞こえないわよ」

「そりゃ良いな」

何にせよ、夜の間にわざわざ自分から訪れてくれるとは、都合がいい。俺は左目を覆う眼帯を外した。

「……綺麗ね」

彼女はベッドに乗ると、俺の体にしなだれかかってくる。

「……君もな」

「あら、素直なのね……」

「据え膳は頂いておく主義なんでな」

その言葉を聞いたフルスは、細い指で俺の体を愛《いと》おしそうに撫でる。筋トレしているからか、俺の体はそこそこ引き締まっている。

俺は無言で彼女の目を見つめた。

フルスはそんな俺を見て、顔をおもむろに近づけてくる。

互いの息が頬を撫でる。

フルスの熱い吐息が感じられる距離になったところで、俺は彼女の頭の後ろに腕を回した。

彼女も俺の後ろに手を回してくる。

お互いがお互いの瞳を見つめ合いながら、まつげが当たりそうになった距離で——俺は《陣の魔眼》を発動させた。

至近距離。躱せないタイミング。逃げられないように彼女の頭は俺ががっちりホールドしている。魔眼にストックされていた「精神干渉魔法」の魔法陣が、フルスの目の前に展開される。

黄色の光を放つ魔法陣は、フルスの精神を浸食して――いかない⁉

効きにくかったとかではない。初めての、完全な失敗《ファンブル》。

馬鹿な！　何故催眠が彼女に効かない⁉

「なっ――――」

その瞬間俺の口は彼女の唇に塞がれ、俺の意識は底の底へと沈んでいった。


目を開ける。白い光が飛び込んできた。眩しさに思わず再びまぶたを閉じ、ゆっくりと見ながら視界を回復させる。

「……ここは？」

見知らぬ光景だった。

一面に草が生えているが、その一つ一つが光っている。蛍光灯やLEDのような人工的な光ではない。星の輝きを閉じ込めてそのまま解き放ったような、神秘的な光景。その眩《まばゆ》さのせいで、葉の色が緑なのかもはっきりしない。

天上からこれまた幻想的な光が降りている。青空ではない、一面真っ白な空だが、曇りというわけでもない。空が全て太陽に覆い尽くされた……と言えば少し眩しすぎるが、そう思わせるほどの光景だった。天球が光に満ちている。

周りを観察しても、ここがどこなのか全くわからない。俺がフルスに唇を塞がれてそのまま意識が闇に落ちた、というところまでは覚えている。

え、まさか誘拐ですか？　薬でも飲まされた？　ドユコト？

『ご機嫌いかが？』

いつの間にか、目の前に銀髪の美人がいた。羽衣のような服を身にまとっている。

「……誰だ？」

状況的に見て恐らくはフルスだろう。しかし、顔が何となく違う。さっきも十分美人だったのだが、今俺の目の前にいる女性は、さらに人間味がなくなったような神秘的な美しさである。

『失礼ね。といっても、この姿で会うのは初めてかしら？』

「フルス、でいいのか？」

『んー、正確には、フルスに憑いていた精霊ってところかしら』

ああ。精霊憑きってステータスにあったな。

『私はシルフ。風の最上位精霊よ』

――「鑑定」

シルフ　精霊　風の最上位階

HP 23/23　MP 9653/10291　STR 9

VIT 12　DEX 9821　AGI 7835　INT

加護　『主神の令』『神託（大）』
称号　精霊の巫女

どうやら本当に精霊らしい。すごく偏ったステータスだ。吹けば飛びそうである。風だけに。

「で？　その精霊様が俺に何の用で？」

『あら、さっきも言ったじゃない。夜這いだって』

これは夜這いの範疇では収まらないだろう。大体、目の前のこいつが精霊だってのは理解したが、ここがどこなのかは全く見当がつかん。

『仮の姿でまぐわうのもアリだけど、やっぱり最初は本当の姿で臨むのが礼儀ってものでしょう？』

「いやそういう礼儀とか知ったこっちゃないが」

『細かいことは気にしないの。それで、私が真の姿を現すために、あなたを私の精神世界に招いたわけ』

精神世界？

「『精神世界　とは』で検索」

『何を言ってるの……。精神世界ってのは、一人一人が持つもう一つの次元の世界といったところかしら』

うん。意味わからん。

「一〇文字以内で簡単に説明してくれ」

『夢のようなものよ』

「なるほど」

つまり、この世界は俺とシルフの夢を繋ぎ合わせたようなものなのか。いや、むしろシルフの夢に俺の夢が食われた感じだが。

『これで理解されても困るのだけど』

精霊さんが何か言ってるが知らん。

『とにかく、これで誰にも邪魔されることなく、いつまでも楽しむことができるわ。快感も現実とは比べものにならないはずよ？』

「いや、すまん。全く頂くつもりはないんだが？」

『あら。据え膳は頂いておく主義なんじゃなかったの？』

「道ばたに落ちている明らかに毒とわかる膳に手をつける趣味はない」

あら残念。とシルフは微笑んだ後、指をパチンと鳴らした。

『でもあなたに選択権はないわよ？』

「ガッ⁉」

シルフの指の軽やかな音が神秘的な空間に響いた瞬間、俺の体が全身釘《くぎ》付けにされたように動かなくなった。魔眼のチートを得た世界の、……マ〇オブラザーズのどちらかにかけられた「拘束の魔眼」の効果と似ているが……それよりも圧倒的に強力な支配力を受けていた。

『ここはあなたの夢ではなく、私の精神世界。あなたの体くらい、いくらでも操れるのよ』

シルフの細い指がツイっと動くのに付随して、俺の体が勝手に動く――いや、操られる。

「……攻められるのはあまり好きじゃないんだが」

『大丈夫よ。狂うくらい気持ち良くなるだけだから』

シルフは俺に近づきながら、妖しい笑みを口に浮かべた。

『服を着たままというのも乙なものだけど……折角だし脱いでもらおうかしら』

「そう言われて脱ぐわけがないだろう」

『いくらでも操れると言ったでしょう？』

パチン、とシルフが指を鳴らした瞬間、俺の上着が消滅した。

イヤン。

「……いや待て何だこれ」

『あなたの行動だけじゃない。私の精神世界の中では、物を生み出すのもなくすのも自由なの』

そういうことを聞きたいんじゃない。シルフはまた指を鳴らした。消し飛ぶパンツ。ズボンははいたままなのでス～ス～する。

『ふふふ……この下は裸なのね』

「ふふふじゃなくて。何だこれ何のプレイだ」

『プレイ？　どういうことかしら』

「俺は徐々に脱衣させられていくのを見られるのに興奮するような性癖を持ち合わせていないということだ」

何の脱衣ゲームだこれは。

『あら私は楽しいし興奮してるわよ今』

知らん。お前の性癖知らん。

『さてさて、最後にズボンを……あら、靴下は残した方がいいかしら』

「いらんそういう慈悲！　さっさと脱がすなら脱がせ！　いや脱がしてほしくはないけども！」

男の脱衣なんて需要ないんだよ。あと全裸に靴下は普通に嫌だからやめて。

またパチンと指が鳴ると、今度はズボンと靴下、あとシルフの服が消滅した。

「何故」

『あなただけ裸とか不公平じゃない？』

別にその配慮いらない。いらないけど眼福なので目の前の光景を《視の魔眼》で「映像記憶」しておく。

と、シルフはそのまま俺に密着してくる。細く冷たい指で俺の腹を柔らかく撫でながら、俺の耳元にぬるい吐息をかけた。生理的にどうしても湧く興奮と、それ以上に背筋を這い上がる嫌悪感。

「やめろ」

『やめないわよ』

シルフはまた艶やかに笑った。

『あなたの魂、私が支配してあげる』


主神は巫女、『神託』の加護を持つ者に命令を下すことができる。これはあくまで神の助言であり、直接的関与とは見なされない。主神は神という存在に最も近い精霊の、その最上位階であり『神託』の加護を持つシルフに白羽の矢を立てた。

神託の内容は、高富士祈里を殺すか、支配下に置くこと。

精霊は魔法の根元たる存在であるが、彼が八つの世界因子を持っていることから、単純に戦い殺すことは予測不可能な事態を巻き起こす可能性があった。精霊は精神体である。肉体を持って生まれた人間では、精神面において精霊に勝てる道理はない。そのためシルフは、祈里を自身の精神世界に招き入れ、そこで完全に精神を支配してしまえば任務を遂行できると考えた。ではいかにして精神世界に招き入れるか。シルフは精霊に対して強力な繋がりを得る加護を持っていたエルフに憑き、操ることで祈里に接触することに成功する。祈里は躊躇うことなく女体を舐めるように見る。また風の精霊に命令して観察すると、性欲が強いことは明らかだった。ならば簡単だ。ハニートラップが最も有効である。

事は順調に進んだ。その結果、シルフは祈里を自身の精神世界で封じ込めることに成功したのである。

(まさかあちらも同じ考えだとは思わなかったけど)

祈里が魔眼を使ってシルフの精神を支配しようとしたことに、彼女は素直に驚いた。この他に祈里が手札を持っていたならば、シルフは単純な戦闘ならば苦戦、あるいは負けていた可能性が高い。内心の焦りを押し殺し、余裕の笑みを浮かべながら、シルフは祈里に触れる。

精神世界の中で、接触している状態だと、シルフは祈里の中に奔流する感情を感じ取ることができた。その一つ一つを楽しんでいると、ふと気になるものがあった。

『……あら？　あなた、性交を嫌っているの？』

「っ！」

祈里の体がピクリと跳ねる。シルフにとってそれは意外であった。性欲を隠そうともしない祈里が、性交自体に嫌悪感を抱いているとは。

『こっちはこんなに素直なのにねぇ。本能に忠実になればいいのに』

「……理性も本能もねぇよ」

『何が怖いのかしら？　気持ちよくなることが？　繋がることが？　子供ができることが？　汚いことが？』

祈里の言葉を無視し、シルフは告げる。

『大丈夫よ。性交とは子孫を作る儀式。神だって宗教だって否定していないわ。気持ち良くなるだけだし』

シルフは祈里の耳元で、優しく話しかける。

『さあ、一緒になりましょう？』

行為に至る直前、祈里は無機質な声色で呟いた。

――――「支配」


『…………え？』

シルフは動きを止めた。それまでの興奮を忘れ、目の前の光景に目を見開く。

視線の先にあるのは、祈里の体――いや、祈里の体だったもの、と形容すべきだろうか。そもそも精神世界に肉体など存在しない。全ては夢で、あるのは二人の精神のみである。では目の前の光景は、一体何なのか。シルフが精神体であり、かつ精霊の最上位階であっても、その答えは判別がつかなかった。それまでシルフのなすがままにされていた祈里が、ゆらりとその拘束から解放され、立ち上がる。

彼の体は揺れていた。彼の体は固体とは形容し難かった。彼の体は不定形で、まるで黒い水が人の形をとっているようであった。彼の体は真っ黒だった。腕も、足も、腹も胸も肩も背中も首も、顔も。何もかもが、全ての光を吸収せんとするような、深い黒で染め尽くされていた。

『な、何なのよ……あなた』

形容し難き未知、その圧倒的な異様さ、威圧感を前にして、シルフは膝を折った状態で震えるしかなかった。

怪奇は終わらない。

真っ黒な体の足元が、まとう空気が、徐々に何かに変わっていく。

微風に揺れる美しい草は、みるみるうちに黒く染まり、血のような色の薔薇の花を咲かせる。澄み切っていた空気は淀み、黒い霧が辺りを包む。差し込んでいた光は消え、白い空は闇雲に浸食されていく。

『わたしの世界が……何……？　何なのよ……何で私の世界が侵食されているのよ……』

シルフは眼前の黒に恐怖するばかりだ。一変する世界に思考が追いついていない。

黒が神秘の世界を浸食する。闇が広がり、覆い尽くす。もう幻想的な美しい世界などない。全ての空は黒い雲に覆い尽くされ、草原は妖しい花畑となり、闇の霧が辺りを包み込む。死の世界とも形容すべき光景が広がるのみであった。

真っ黒な世界の中で、シルフは呆然《ぼうぜん》と座り込んでいた。そんな彼女に近づいてくる、絶望の足音。一歩一歩枯れ草を踏みしめ、黒い霧をまといながら、真っ黒な姿が現れる。

『いや……いや……こないで……』

シルフは泣きながら嘆願するが、黒い体はそれを無視し、シルフの頭を摑んだ。

――俺を支配しようとしたんだ。なら、お前も支配される覚悟があるはず――

祈里の声がシルフの頭に響く。

『まさか……あなた、私の世界を支配したの……？　いや、その前に、あなたはあなた自身を支配したっていうの⁉　そんな⁉　自分の魂すら掌握するなんて！　もはや神の』

——黙れ——

黒い何かが、シルフを浸食していった。

コンコン、と軽くノックがあった後に、扉が開かれる。

「イノリ、今日買った銃についてなんですが…………………え？」

呆然とするアリーヤが見たのは、裸同然の女性が祈里の体にベッドの上で覆い被さり、熱い口づけを交わしている光景だった。

「…………イ、イノリ？」

アリーヤの二度目の呟きは、夜の闇に消えていった。

第四章

視界が開ける。どうやら精神世界とやらから帰ってきたようである。

目の前にはエルフの顔がある。フルス、いや、シルフが取り憑いていたエルフだ。本来端整な顔立ちをしているのだが、今は見る影もない。白目をむき、涙や鼻水がぐちゃぐちゃになり、顔が青ざめている。時折ビクビクと痙攣《けいれん》している。……ちょっと汚い。

正直今すぐ突き放したいのだが、現在進行形で「支配」を行っているのだ。その間は接吻をやめることはできない。横目で見ると、部屋の入り口で呆然としているアリーヤを発見。俺と目が合い何かを聞きたそうにしている。だが今は手が、いや口が離せない。だから話せない。状況を把握できず驚いているところ悪いが、しばらく待っていてもらおう。というわけで手で彼女を制止した。

精神世界と自身の「支配」。あのときにできると思ったからやってみたのだが、暴走のような雰囲気になってしまった。だが個人的な感覚では制御下にあったと思う。

……今考えてみればおかしい。本来《闇魔法》の「支配」は、生物は適用外なのである。精霊は生物ではないのかもしれないが、魂がある存在であることは確かだ。生物を魂を持つ存在であると定義すると、やはり先ほどの精神世界での「支配」は矛盾している。

というかそもそも、今同じことをやれと言われてもできる気がしない。今現在シルフを「支配」しているのも同じ動作を継続しているだけであって、自分が今どうやって「支配」しているのかは定かではないのだ。

もしかしたら、精神世界だったからこそ、というものなのかもしれない。………………長くね？　何か精神世界から現実に帰ってきてから、「支配」の速度が落ちた気がする。あともう少しで終わりそうなのに、最後の一歩が出ない感覚。例えるならば、ダウンロードが九八パーセントでずっと止まっている、あのじれったい感じである。

ほら、アリーヤさんもさすがにイラついてらっしゃる。恋愛感情云々抜きにしても、異常に長いディープキスを見せつけられるとか不快であろう。片方はやたらビクついているし。

……っと、ようやく終わったようだ。俺が口を離すと、エルフの体から力が抜け、まるで抜け殻のようになって俺の体に崩れ込む。そこそこ重いし汚いので、ペイッと横に転がしておこう。

「……で、説明してくれるんですよね？」

ああ、アリーヤさん不機嫌だ。声色がいつもより低い。が、俺はまだ喋れない。口にあるものを入れているのだ。ペッと手のひらに吐き出してみると、それは唾液にまみれた黒髪のフィギュアであった。……いや、フィギュアサイズの、人間のような何かである。無機物ではなく一応生物っぽい何かだ。黒いドレスのような物を着ている。

こいつに説明させた方が楽なのだが、どうも意識を失っているらしい。ドレスの襟《えり》をつまんで持ち上げてみるが、起きる気配はない。

「何なんですか、それ」

おっとアリーヤの視線が一気に氷点下に。引かないでもらえますかね？　さすがにフィギュアを口に入れて遊ぶような趣向は持ち合わせていない。

「精霊……のはずだ。元がつくかもしれないが」

「精霊!?」

このフィギュアのような奴は、精霊シルフである。多分。白銀の髪も白い服も、今では全く真っ黒に染まっている。恐らくは俺の《闇魔法》の「支配」の影響であろう。振り子のように揺すっても起きない。埒《らち》があかないので、《性技》のスキルを発動させつつ、指で弾く。

「ひゃんっ⁉」

お、起きた。

「な、どういう……こ……」

キョロキョロと辺りを見渡していたシルフは、彼女をつまみ上げている俺を見て、体を強ばらせる。

「い、いやっ！　ごめんなさいごめんなさい謝りますから‼」

物凄い動揺の仕方である。そしてめっちゃ怯《おび》えられてる。……俺何かしただろうか？　脅しと「支配」とセクハラしかしていない気がするが（棒）。

とりあえずシルフを落ち着かせてから、彼女に状況説明を頼んだ。ついでに「精霊を『支配』するとか、理解不能なんですけど！」と騒いでいたアリーヤも落ち着かせた。

「つまり、神とやらの命令で、俺を籠絡しようとしたが、返り討ちに遭って今現在ってことか」

「端的にすぎる気もするけど、そうよ」

俺の要約にシルフが頷く。これで神とやらが明確に俺と敵対していることがわかったわけだ。神と敵対するなんてワクワクが止まらない。だがまだラスボスと戦う段階じゃないと思うんだ。勝算低すぎだろう。

さっきまで錯乱状態だったわけだが、シルフはどうもいつもの調子を取り戻したようである。

「……いい加減離しなさいよ。いつまで私を摑んでいるつもり？」

「ぬ、……離したぞ」

「ありがと。ふふっ、これで自由の身ね。予《あらかじ》め警戒しておけば、精神体の私が人間に捕まるわけがないのよ。残～念っ」

前言撤回。調子に乗っているようである。

「さっきまで捕まっていたじゃないですか」

「油断していたからよ。ほらほら、捕まえてみなさい」

「ほっ……あれ？」

アリーヤが彼女の体を掴もうとするが、立体映像のように手が空を切るだけだ。

「むぅ……、ほっ、やっ」

「ふふふっ」

アリーヤが懸命に捕まえようとするが、ことごとく空振る。シルフはそれを見て、小悪魔的な笑みを浮かべる。

「手を離してしまったことが運の尽きね、諦めなさい」

……調子に乗りすぎて、そろそろウザくなってきたな。ふわふわと空中を泳ぐ彼女の体をパシッと掴む。

「え、きゃ！　な、何で⁉」

「何でと言われても……『支配』した影響だろうか」

シルフが俺の手から逃れようとして暴れる。ちょっと掴む力を強くすると、「むきゅっ」と声を出した後、暴れるのをやめた。

「何か、黙っているとお人形さんみたいですね」

アリーヤが微笑みながらシルフの頭を撫でる。いや、「お人形さん」ってあなた……。結構可愛いもの好きなのだろうか。

「そういや、何で小さくなったんだ？」

「あら、これが精霊の元々の大きさよ……、ねぇあなた、そろそろ撫でるのやめてくれるかしら」

「あ、はい」

ふむ。元々この大きさのシルフが、エルフに取り憑いていた、というわけだ。精神世界でのあの大きさは……まあ、精神世界だからなってことで片づくだろう。何でも思い通りになる夢の世界らしいし。

どうも『精霊の巫女』というのは、「精霊に仕える、エルフの巫女」ではなく、「神に仕える、精霊の中の巫女」ということのようだ。つまりこの称号は元々シルフが持っていたもので、エルフの称号ではないわけだ。つまりこのエルフ、完全なとばっちりである。悪いな君の唇を奪ってしまって。ファーストかは知らんけども。哀れみの目で転がっているエルフを見ていると、あることに気づく。

「……このエルフ、顔変わってないか？」

「酷い表情ですから多少は誤差の範囲じゃ……あれ、本当ですね」

確かに涙と苦痛で歪みに歪みまくった表情をしていらっしゃるが、それを含めても顔立ちがさっきまでと違う気がする。ついでに胸も小さくなっているようだ。

「ああ、私が取り憑いていたからよ。私のような上級精霊が中にいたから、外見も私に引っ張られたのよ」

言われてみれば確かに、シルフの顔とこのエルフの顔を足して二で割ると、フルスの顔になりそうだ。

……「ル」と「フ」でゲシュタルト崩壊しそうだ。ややこしい。

「それだけで美女と言われるのだから、私がいかに美しいかの証明になるわね」

そう言いながらシルフはどや顔で胸を張った。ちょっとムカついたので、《性技》を発動させながら、先端を擦るように、ピピッと指で弾く。

「ヒャンっ⁉」

ピピピピピピ……。

「ぃやぁあぁあぁあぁあぁあ……」

連続で弾いてやると、シルフの口から情けない声が出る。……何か楽しいなこれ。ハマりそう。《性技》の威力を知るアリーヤは、「うわぁ」って目でドン引きしている。ま、調子に乗りすぎた罰というものだ。あくまでシルフは俺の支配下にあるのだから。

シルフの嬌声《きょうせい》をBGMに、アリーヤに質問する。

「そういやアリーヤ、俺の部屋を訪ねてきたのは、何か用があったのか？」

「あ、そうですね。ぜひ、銃を使っているところを見たくて」

アリーヤがちょっとワクワクした目でこちらを見ている。俺の知識がある程度インプットされているため、銃の威力や仕組み、歴史に関しては大まかに知っているわけだ。知っていることは、見てみたい。知的好奇心である。

「特に、イノリの《闇魔法》と銃を組み合わせたものを見てみたいです」

「んー、まあ、あまり期待するなよ。いい結果は期待できないからな」

俺はもう失敗すると思っている。だがまあ、実際にやってみて損はない。

「今夜はもう無理だから、明日の夜にでも実験するか。ついでにこいつの能力も見てみたいし」

と言いつつ、シルフに視線を戻す。シルフは気を失っていた。……そういえばいつの間にかBGMが途絶えていたな。

「うわぁ」

アリーヤがついに声を出してドン引きする。俺の手の中のシルフは、それはもうぐったりしていた。白い肌は紅に染まり、何か汗とか別の液体で濡れている。少しやりすぎたか。もう少し話をする予定だったのだが、意識を失われるとそうもいかない。

「……もう一回指で弾けば起きるかもしれん」

「やめてあげてください本気で」

アリーヤに割と必死に止められた。どうやら《性技》の威力は予想以上に凄いようである。


「この依頼でどうでしょうか」

「その場所は開けたところがない、こっちだな」

翌日、アリーヤと二人で掲示板とにらめっこ。銃の実験をするとなると、夜中に人里離れた外でやらねばならないわけで、俺は転移すれば夜中に街の外に出るなんて簡単なんだが、転移も影移動も使えないアリーヤはそうもいかない。

というわけで、野営が必要で比較的楽そうな討伐依頼や採集依頼を探している。シルフは俺の胸ポケットの中に隠れている。たまにチラッと顔を出すが、俺の服が黒であり、彼女が黒髪であることであまり目立たない。

シルフに取り憑かれていたエルフはというと、起きた直後に《陣の魔眼》の「精神干渉魔法」で催眠かけ

て、記憶を弄った上で帰らせた。簡単にかかって良かったよ。まあ起きた直後の困惑している状態で催眠かけられるなんて、たまったもんじゃないだろう。……もしかしたら、「精神干渉魔法」のかかりやすさは、対象の精神状態も影響しているのかもしれないな。

「夜明け草の採集か。最近お前が受けてたやつだな」

「一昨日に偶然群生地を見つけまして。今回の件にちょうどいいのではないかと」

夜明け草は、朝日が昇る頃にほんの一瞬だけ花が咲く草である。薬の素材となる薬草なのだが、花が咲いていない状態で採取すると薬効が格段に落ちるらしい。

「それなら時間も取れるだろうな」

「じゃあ、これを出してきますね」

アリーヤは依頼の紙を持って、冒険者ギルドの受付に向かった。帰ってくるのを待つ間、冒険者ギルドの中での噂話に耳を傾ける。やれ神官がどーの、やれどこそこの娼婦がこーの、やれモンスターがどーの、やれキリが依頼板を見ているだの、ようやく仕事をする気になっただの、黒薔薇だけが受付行っただの、結局依頼行かねーのかよあいつだの、いつも通り散漫とした噂話ばかりである。……あいつら俺のこと何だと思ってるんだ？

そうこうしているうちに、アリーヤが受付から帰ってきた。

「キリ、夜明け草の採集依頼の他に、スケルトンなどの討伐依頼をついでに受けました」

「ん。それくらいなら大丈夫だろ」

スケルトンくらいならいくらでも狩れるしな。

「とりあえず街の外で二日間は野宿することができます」

「……まあ実験に二日も要らんが、久しぶりに二人で組んでもいいか」

シルフも交えて、戦い方を改めて考えた方がいいかもしれない。そう思っていると、突然冒険者ギルドの扉が、激しく音を立てて開いた。中に数人の冒険者が転がり込んでくる。

「む、新入りか？」

「何かあったのか？」

冒険者ギルドがざわつく中、新入りの冒険者が立ち上がり、皆に向けて叫んだ。

「魔物暴走《スタンピード》だ！　魔物暴走《スタンピード》が来る！」

「はぁ？　魔物暴走《スタンピード》ぉ？」

新入りは必死な顔で訴えるが、冒険者ギルドの常連は怪訝な顔をするだけである。

「ほんとかぁ？　今年は周期じゃねぇだろ」

「法螺《ほら》吹いてんじゃねーの？」

口々に疑惑の声が上がる。ついでに俺も「やーい、ビビりめー」って言ったらアリーヤに蹴られた。そんな騒ぎを見て、冒険者ギルドの受付嬢が新入りに近寄る。

「Fランクパーティーの『境界線の覇者《ロード・オブ・ホライズン》』ですね？」

名前すげぇ。

「あなたがたの見たのが本当に魔物暴走《スタンピード》であるならば一大事です。が、皆さんが実際に見たのは、どのような種類が何匹ですか？」

「あ、あぁ、スケルトンが五匹もいたんだ。その上、周りからたくさんの気配がした。ありゃあ物凄い数の魔物が……」

「あー、何だよ」「日常茶飯事だろそのくらい」「たまにいるんだよなぁこういうの」

あらゆるところからため息交じりの台詞がこぼれる。そんな様子に新入りの冒険者は驚いている様子だ。

「申し訳ありませんが、魔物暴走《スタンピード》の可能性は低いと判断せざるを得ません」

「な、何でだよ！」

「まず、ここレギンの付近では、スケルトンが五体現れるのは日常茶飯事。周りのたくさんの気配は、おそらくコジキオオカミでしょう」

「え？」

「スケルトンは人間を殺した後、捕食せずに放置します。その死肉を狙い、スケルトンをつけ回すのがコジキオオカミです。どちらも危険性が低く、よくいる魔物なので、魔物暴走《スタンピード》の可能性は低いでしょう」

どうやらこういう事態は少なくないらしい。レギンの冒険者ギルドでは、コジキオオカミにちなんでこういう者たちを、「狼少年」と呼称しているようだ。謎の偶然である。

「さ、帰った帰った。スケルトンにビビっちゃうお子様は、家でチャンバラした方がマシだぜ」「ちげえねぇ」「「ぎゃはははははは」」

冒険者ギルドに笑い声が広がる。笑い物にされた新入り冒険者は、とぼとぼと情けなく家に帰ることとなった。

「……いつかリアルな設定考えて『スタンピードだぁ！』って喚いてみようかな」

「やめてください。本当に狼少年になるつもりですか」

武器ができるのは明日らしいので、今日はいつも通りの訓練をシスター師匠と行った。オーダーメイドで翌々日に武器ができるとか早すぎな気がしないでもないが、ファンタジー世界だし、客も少なそうだったので、とりあえず納得しておく。

そんでもって夜。アリーヤと待ち合わせをした場所に転移と影移動で向かう。もちろん銃は影空間に入れてある。待ち合わせ場所では、アリーヤが翼を開いて飛行練習を行っていた。もう随分と上手くなったようだ。宙返りも何のその、である。

「待ったか」

「いや、そうでもないです」

何か恋人同士の会話みたいだな、などと思いつつ、影空間から早速銃を取り出す。先込式なので、色々と準備が要る。

「討伐依頼は?」

「どうせならと思って、それなりの数を狩りました。場所がないので、イノリの影空間にしまってもらえますか?」

「んじゃ後でやろう」

とりあえず、《闇魔法》とかなしに撃ってみますか。買ったのは火縄銃。その他の比較的発達している銃は、火薬の点火に魔法陣と魔石を使っており、分類としては実は小規模な魔動具なのだ。火花を出すだけの非常に簡単な魔法しか使っていないため、魔力が少ない人でも使える仕様になっていた。だが、結局俺は使えない。魔動具でない銃となると、火縄銃一択となる。

まあ構造がわからないこっちの世界の銃よか、構造を理解している火縄銃の方が扱いやすい。火縄に火打ち石で着火、筒に匙《さじ》で火薬を入れ、鉛玉を込める。早合《はやごう》すらないとかどんだけ進んでないんだか。棒《カルカ》で押し込み、火皿に口薬を盛り、火蓋を閉じる。火縄を火鋏《ひばさみ》につけるっ……と。

「結構めんどくさいですね」

「めんどくさいんですよ」

ぶっちゃけ魔法の詠唱よりも時間がかかっている。俺が不慣れなのもあるだろうが、まあこりゃ銃は発達しないよな。

火縄銃といえば信長の三段撃ちが有名だが、同じようなものがこの世界にもある。魔法を戦略的に使用するに当たって、呪文詠唱だの魔法陣構築だのの時間を削減するために、魔法版三段撃ちなるものが存在する。戦争だと一般的らしい。まあ、あってしかるべきだよな。魔法を取り入れた戦争戦略というものが発達しているのがこの世界だ。銃なんて要らないいんじゃないか、というくらいに。

さて、準備ができたので撃たんとする。的は……そこにある木で良いか。どうせ当たらんし。

「じゃー撃つぞー」

「はい」

アリーヤが心なしか下がるのを確認する。ないとは思うが、暴発でもしたら洒落にならん。火蓋を切り、狙いはそこそこに、引き金を引く。

発砲音を確認。

放たれた鉛玉を《視の魔眼》で追っていくと、幹から大きく右側に逸《そ》れて着弾した。

「駄目だアリーヤ、当たらん」

「相変わらず射撃が下手すぎます」

意外にもアリーヤが乗ってくれた。この世界に来て久しくパロが通じた感覚。ちょっと嬉しい。

まあ俺の技術云々じゃなく、ライフリングもない銃身で、ただの球形の弾が狙い通りに飛んでくれるわけもない、と。

「じゃあ《闇魔法》使うか」

とりあえず鉛玉を《闇魔法》で「支配」する。これで発射後の弾の遠隔操作が可能になったわけだ。

同じ手順を繰り返す。

《武器錬成》を使えば、リボルバーの拳銃もライフルもオートマチックの拳銃も、ある程度構造は知っているため、スキルの補正で作ることが可能だろう。だがそのためには薬莢が必要なわけで、さらにそのためには雷管が必要なわけで。元素レベルの錬成ができない以上、雷管の着火薬は作れない。結局火縄銃しかないのである。もうこの時点で実用性に乏しいと思う。

二回目であることと、俺のＤＥＸ《人外ステータス》が効果を発揮し、比較的早く射撃準備が整った。

「イノリ、いっきまーす」

適当に声をかけて発射。狙いも適当である。発射後の弾を「遠隔操作」で超高速でくるくると動かしてみる。

「えーっと、上手くいってるんですか？」

おっと。アリーヤは《視の魔眼》を持っていないから、闇を見る目があろうと、夜闇を超高速で飛ぶ弾丸は捉えられないらしい。

「ほれ」

速度を落としてアリーヤの周りをくるくると。

「……何か虫みたいです」

失敬な。見られたようなので、速度を高速に戻す。ビジュアルだけ見れば、魔弾使いっぽいな。

そろそろ飛ばすのも飽きてきたので、木の幹を狙って飛ばす。

無事着弾。

弾丸は狙い通り、木の幹のど真ん中に命中した。というか外すわけがない。

「実験成功ですね」

とアリーヤが言うが、実のところそうでもない。

「いや、やっぱり失敗だな」

「そうなんですか？」

「うむ。弾の回収ができん」

木の幹にめり込んで動かせない、ということではない。

「着弾の衝撃で弾が変形するが、それが『壊れた』と見なされるらしい」

「支配」されていたものが壊れると、《闇魔法》で「遠隔操作」ができなくなる。鉛玉が潰れたことで、弾の遠隔操作ができなくなってしまった。まあ、わかっていたことである。回収できないとなると、跳弾や貫通後の弾を使ってもう一度攻撃することも、物資削減をすることもできない。いちいち使い捨てになるのだ。

コスパ悪し。ナイフでも投げていた方が良かろう。

「それなら、潰れないようにアダマンタイトで弾丸を作れば良いのでは？」

「それこそコスパ悪いし、何より威力が減るだろう」

「……そうなんですか？」

……あら？　マッシュルーミングとか、俺の知識がインプットされているなら知っていて然るべきだと思うのだが。……もしかして、俺から譲渡された知識というのは、かなり限定的なのだろうか。漫画やアニメのパロについてこれたりするから、高校レベルの知識だったり雑学だったりも譲渡されていると思っていた。

少し試してみるか。

「アリーヤ、突然ですが問題です。デデン！」

「ピンポン！　越◯製菓！」

「いやふざけてるわけじゃなくて」

そういう無駄なパロは良いんですよ。

「質問なんだが、ベンゼンって構造書けるか」

「えーっ……と？」

あらん？

……その後幾つか質問して調べたところ、アリーヤにあるのは「俺が中学生の頃に持っていた知識」だった。予想以上に限定的である。銃の仕組みとかを詳しく知ったのは、俺が高校生になってからだ。アリーヤにその知識が欠如しているのは当然と言えよう。

「じゃあ、脱線した話を元に戻すが、どっから説明すればいいだろうか……。もういい、最初から説明しようか」

「お願いします」

「銃弾は通常、着弾と同時に潰れて変形する。キノコの笠《かさ》のような形になるため、マッシュルーミング効果っていうんだが……」

銃弾が潰れることにより、運動エネルギーが衝撃に変換されて、被弾者にダメージを与える。変形せずに貫通すると、ただ小さな穴をあけただけだ。まあ当たりどころによってはこれで十分なんだが……。また別に全ての弾丸が変形するわけではなく、例えば軍用だと変形をなるべく防ぐようにできているが、装甲を貫通して人にダメージを与えることが目的だし。相手が人ならともかく、魔物だと上手くいかないだろう。逆により堅い装甲を貫通させようってときも、ただ硬い玉を飛ばせばいいわけではない。少しでも着弾の角度がずれてしまえば、跳ねて弾かれることとなる。ゆえに柔らかい装甲で弾丸を覆う徹甲弾が開発されたのだ。

まあ、現代の徹甲弾はまたコンセプトが違うのだが。

……ということをもう少し丁寧に説明する。

「どちらにせよ、弾丸は変形するものってことだ」

「なるほど……」

「他にも、銃を使うにあたっての問題点はある。一つは火薬をいちいち買わなければならないことだ。弾丸ならいくらでも《武器錬成》で作れるが、黒色火薬は元素レベルの錬成になるからな」

炭と硝石と硫黄で作れると言うが、その配分はわからないしな。自分で生産するのは現実的とは言えない。

「二つ目は、威力に限界があることだ。銃身をアダマンタイトでコーティングして、火薬の量を増やせば威力は増加する。だが、いくら俺のＳＴＲが高くても、体重が六〇キロ程度しかないのは変わらない」

そうなるとやはり、物理的な限界がある。

「上に向かって撃てば、体重は関係ないのでは？」

「『遠隔操作』で運動のベクトルは変えられないから、かなり不自由になる」

下への防御を固められた時点で詰みになるな。それはよろしくない。

「……難しいですね」

「先々まで見ると、ナイフに比べて良い点がないな。まあ、昼間のサブウェポンって感じなら、まだ使いどころはあるだろう」

今日シスター師匠にも銃を買ったことを伝えたが、やはりあくまで護身用のサブウェポンとすべきだと言われた。

「ま、とりあえず銃に関してはこんなところかな」

「あとは精霊シルフですか……先ほどから姿が見えませんが、どこに？」

「胸ポケットの中で寝てる」

「出番が来たら起こしてね」とか言って。こいつ俺の支配下のくせに自由すぎやしないか。風の精霊だからだろうか。

「ヘイ、ウェイクアップ、シルフ」

胸ポケットを軽く叩きながら呼びかける。……反応なし。未だに健やかな寝息を立てている。起きないじゃないか。「起こせ」じゃねえよふざけんな。胸ポケットからつまみ出す。宙ぶらりんの姿勢になっても起きないぞこいつ。どんだけ爆睡してんだ。

……よし。

ピピッとな。

「ひゃわ!?」

お、起きた。《性技》スキルが思いの外役立っている件。《性技》様々である。

「なっ、何するのよ！」

「だって起きないんだもんなぁ」

「変形したらどう責任取ってくれるのよ」

「責任の所在が不明だな」


「さて、とにかくお前の能力？　を把握するぞ」

　とりあえず、精霊を使った盗聴を防げることだけは聞いている。そしてやってもらっている。これで何の心配もせず、外に出ることができるようになったわけだ。

「えっと……残念なお知らせだけど、精霊魔法は使えなくなったわ」

　……まあ、それは何となく予想していた。

「精霊を従えることができない、ってことか」

「威圧して何もさせないことならできるけど、命令を聞かせるのは無理。どうもこの状態になってから、魔力と魔法がしっくりこないのよね」

　それは元々俺も覚えていた違和感だ。一昨日魔王に色々聞いて、理由は知っている。まあ魔王にしても予測の範疇でしかないようだが。

「俺の《探知》と合わせて、精霊を感知できないか？」

「多分だけど、できるわ。……ほら」

　シルフがそう言った次の瞬間、俺の《探知》に明確な違いが現れる。そうか、この感覚が精霊なのか。

「精霊との契約者なら誰でも多少はできるわよ。支配も契約のうちってことね。あとできることといえば、こんなことができるようになったわ」

シルフは虚空に手をかざした。すると、その手の先から真っ黒な煙のようなものが現れる。

「『黒風』っていうらしいわ」

「何だか、見るからに禍々《まがまが》しいですね……」

ああ、名前の由来はそれか。

シルフ　精霊　風の最上位階
HP 2300/2300　MP 11237/13700　STR 9
VIT 1200　DEX 9821　AGI 7835　INT 10291
加護『主神の反逆者』
称号　堕精霊

黒風の精霊、ということなのだろう。風を操れなくなった代わりに、黒風を操れるようになったわけだ。

ステータスはほとんどが変動なしだが、HPとVITが一〇〇倍になっている。吹けば飛ぶ、って貧弱さではなくなったようだ。……あと、大変不名誉な加護と称号がついている。別に彼女は進んで反逆したわけじゃないのになぁ。神様とやらも器が小さい。

「『黒風』の消費魔力は？」

「ほとんどないに等しいわ。生成には魔力が多少要るけど、むしろ盗聴防止に威圧する方が魔力を喰《く》ってるわね」

「『黒風』の効果は?」

「毒とかありそうですね」

アリーヤが「黒風」から一歩下がるが、シルフは首を振る。

「毒なんてないわ。それどころか、煙たくもないし重さもないの。自由に動かせるだけ」

「つまり?」

「ただの煙幕ね」

……何だそれ。完全に名前負けしているぞ。

「何というか、拍子抜けですね」

「敵の間は強いのに、味方になると途端に弱くなるあれか」

「弱くなるとか言わないでよ! 私だって好きでこんな能力になったわけじゃないのよ!?」

私だって風を操りたいのよー! と誰に向けてでもなく叫ぶシルフ。ちょっと申し訳なくなるな。まあ弱体化の責任の一端が俺にあるかと問われれば、先に喧嘩を売ったのはあっちなので、知ったこっちゃないのだが。

「なあシルフ、それ俺でも操れるか?」

「え、えぇ、できるわよ。契約なら詠唱が必要だったりするけど、私は上級だし、『支配』だから繋がりも太いから、無詠唱で自由に操れるわ」

ならやってみよう。せっかくだから、自分で「黒風」を出してみる。お、思っただけで簡単に出せたな。

……しばらく伸ばしたり、広げたり、形どらせたりしてみる。軽く操ってみた感じ、《闇魔法》の「遠隔操作」とかなり似ている。どうやらあくまでシルフが操っていることとなるので、俺の思考リソースは消費しなくても良いらしい。普通にマックスまで「遠隔操作」を同時多発展開した上で、さらに「黒風」も扱えるということだ。流動体を「支配」して「遠隔操作」するには、普通は思考のリソースが足りなくなるが、「黒風」は別ということだ。

うん。実体もないし、空中に影を作る感覚って感じだ。……いや、ちょっと待て。

「もしかしてこんなことも……できるのか」

「え？」

「な、何をやったんですか！」

黒い霧のような「黒風」の中から、俺の手にナイフが落ちてきた。「影空間」から取り出す感じでやったら、できてしまった。

「この『黒風』は、俺の《闇魔法》の影と同じ扱いらしいな」

「黒風」は「影空間」の窓口として使えるということだ。今まで地面や壁の影を窓口に使うしかなかったのが、空中に自由に窓口を作れるようになったのだ。これは大分戦略の幅が広がるぞ。

「でも、使いどころあるんですかね」

「何を言うか、物凄く有用だぞ。シルフさんに即刻謝りたまえ」

「うわ、超速手のひら返し」

「今からそれを証明しに行くぞ」

早速一つ、有効な使い方を思いついた。俺はアリーヤの方を向いて、言う。

「討伐と採集は後回しだ。まずは、大きな岩を集めに行くぞ」

「は？」「え？」

二人の声を無視して、《探知》で岩を探す。もしかしたらこれで、俺の欠点の一つである「火力不足」を補える攻撃手段を手に入れることができるかもしれない。


岩集めの夜が明け、翌日。今日は、執事風の老人に注文しといた武器を受け取る日である。で、前回行ったときの道を思い出しながら歩いているわけだが。

「へー、こんなところにあるんだね」

……シスター師匠がついてきています。

今日、アリーヤは外で依頼を受けていることになっているので、前回みたく出歩けない。シスター師匠に言って、一人で行こうとしたのだが、「私も行くよ！　師匠だからね」とか言ってついてきたのだ。師匠っていうかストーカー並みになっている気がするが。

「お、あったあった」

視線を前に向けると、一昨日の記憶通りに例の武器屋があった。相変わらず武器屋とは思えないが。

「うわ、本当にあったよ……。この道何度も通ったはずなんだけどねぇ、こんな建物なかったと思うんだけど」

シスター師匠が首をかしげて言う。

「まあ、一見して倉庫だからな。認識していなくてもしょうがないだろう」

「あとそれに、ここ物凄く入り難い雰囲気なんだけど」

「そうか？」

物凄く汚いという感じでもないし、入る分には問題ないと思うが……。まあ、印象の受け方は人それぞれってことで。ちょっと腰が引け気味の彼女を押して、店内に入る。

「こんちーっす」

「いらっしゃいませ。キリ様、お待ちしておりました」

入ると同時に老執事に挨拶される。一回の注文で顔と名前を覚えられているとか、本当にこの店俺しか客がいないんじゃなかろうか。

「品を受け取りに来た」

「少々お待ちください」

と言って、老執事は店裏に入っていく。そしてほとんど間を置かず、布に包まれたそれを持ってきた。

「こちらで御座います」

老執事は机の上に置き、包みをほどく。中から現れたのは、鈍色《にびいろ》に光る重厚で無骨なロングソードだった。

「ふむ」

鑑定結果も文句なし。俺は手に取って確認してみる。異常なほどに手に馴染むな。

その後、老執事に言われて軽く素振りしてみる。老執事に剣を返すと、何かしらの調整をして、再び俺の手に戻した。

「おぉ？」

返された剣は、手に馴染むというレベルではなかった。まるで剣の中にまで神経が通っているようである。

人間の感覚というものは、持っていたものの先まで延長されることがあるという。まさにそれだ。

「いい仕事ぶりだ。金は？」

「こちらの代金で御座います」

金額が書かれた紙を渡してくる。うん。思ったよか安いな。今持っている分で足りる。

「キリ……そのお金は？」

「……アリーのだが」

実際は俺のだが、建前上はアリーヤの金となっている。

「駄目だよ、元々私が払うつもりだったんだから」

「は？　いいのか？」

「師匠だからね」

……まあ、払ってくれるならそれでいいや。礼は言ってやらんが。シスター師匠が勝手にやったことだしな。

「あ、あとお爺《じい》さん、良かったら私の武器も作ってくれないかな」

ついでとばかりにシスター師匠がお願いする。この剣といい、この老執事の能力は文句のつけようがない。シスター師匠が注文しようとするのもわかる。

だが、老執事はシスター師匠の言葉に首を振った。

「実はそろそろこの店ごと別の街に引っ越そうと考えておりまして、もう準備をしてしまったのです。それゆえ、キリ様が最後のお客様となります」

この街では上手くいってないようだがな。外装を変えなければ、他の街でも上手くいかないと思うが。

「そっかぁ、残念だよ」

シスター師匠は多少渋ったが、すぐに諦めたようである。老執事の声を後に俺たちは店を出た。

「それで、実戦訓練だったか?」

元々武器を買うというのは、街の外で実戦訓練をするためであったはずだ。だからすぐに街の外に繰り出すのかと思えば、シスター師匠は首を横に振る。

「慣れない武器でいきなり実戦なんて自殺行為だよ。まずはいつも通り、私と修行して新しい剣に慣れてね」

はいはいりょーかい。あぁねむい。


「……そろそろ、何故岩を集めているのかを教えてくれても良いと思うんですが」

「そうしてやりたいところなんだが……」

はっきり言おう、実験対象がない。ほとんど成功すると確信しているのだが、この攻撃は範囲攻撃かつ高威力攻撃であるため、並みの的だと練習台にもならんのだ。

今は昨日と同じく岩集め中である。

《探知》で見つけた岩をアリーヤと二人で掘り出し、「支配」しつつ《武器錬成》で圧縮しつつ紡錘《ぼうすい》状にして、先端をアダマンタイトでコーティング。終わったら影空間に放り込み、次の岩を《探知》で探す。

「もう大分集めましたよ?」

「あるだけあった方がいい。……お、あっちに岩があるぞ」

「はぁ」

と言ってそちらに歩いていくと、アリーヤも渋々ながらついてくる。ちなみにシルフは俺の頭に座っている。いたたた髪引っ張るな。

「ほい、じゃあ掘り出し……」

『主、主！』

さあ掘り出そうと言うところで、眷属《けんぞく》である黒狼の一匹が俺を呼びながら駆け寄ってくる。黒狼たちには、俺の《探知》が届かない範囲の森の警戒を任せていた。

「どうした」

『どうやら、主の言う通りだったようだ』

「ほう」

『魔物のようなものが、あちらの平原で一面に広がっている』

「ま、まさか！　魔物暴走《スタンピード》!?」

昨日の昼間、新入り冒険者が「魔物暴走《スタンピード》だ！」とか言っていたので、黒狼にそれらしき影がないか探させていたのだ。

「──フェンリル」

『我が主ぃぃ……そこまで運べばいいのかぁぁ？』

「わかっているじゃないか」

影空間から現れた、巨大な狼──フェンリルの背中に飛び乗り、アリーヤに手を差し出す。

「ほら、さっさと乗れ。現場に急行するぞ」

「え、えぇ」

アリーヤは戸惑いながらも俺の手を掴む。アリーヤの体を引っ張って持ち上げ、フェンリルの背中に乗せた。アリーヤの手を俺の体に回させ、俺の背中に抱きつかせる。

「よし行け」

『了解したぁぁ』

フェンリルは森の障害物などものともせず、地を駆ける。フェンリルの背中はかなり揺れるが、乗り心地は悪くない。何かのアトラクションに乗っている気分だ。

「あ、あの、イノリ？」

後ろで俺の背中から抱きついていたアリーヤが、恐る恐るといった感じで声をかけてくる。ちなみにアリーヤの胸部は俺の背中で潰れている。フェンリルの背中はかなり揺れるので、俺は背中でアリーヤのそれの感触を楽しむことができる。うん。フェンリルの乗り心地はやはり悪くないな。むしろ最高だ。

「何だ？」

「何故魔物暴走《スタンピード》が起こるってわかったんですか？」

「ふむ。突然冒険者ギルドで魔物暴走《スタンピード》の話が出ると、その街は魔物暴走《スタンピード》に襲われる可能性が高いのだ」

「……それって、フィクションの話ですよね？」

「そうだな」

「つまり？」

「ただの勘だ」

俺の答えに、アリーヤは呆れたようなため息をこぼした。良いじゃないか、勘でも結果としては当たったのだから。ていうか耳元でため息つかないで。こそばゆい。

一応勘にも勘なりの理由はある。あるのだが……まあ今は黙っておこう。まだその理由に確証は全くないしな。あくまで妄想の範囲内だ。

『我が主ぃぃ……見えてきたぞぉぉ』

フェンリルの声に視線を前に戻す。確かに森の切れ間の先で、平原が真っ赤に染まっている。それぞれが少しずつ動いていることから、一つ一つが魔物なのだろうと予測できた。

「そんな……本当に魔物暴走《スタンピード》が起こるなんて」

アリーヤが驚き、呆然とした声を出す。周期にはない予想外の魔物暴走《スタンピード》。まぁ、確かに町の人から見たら絶望でしかないのだろうが。

「俺たちは、街を守る必要なんてない。あの魔物たちは黒狼の報告によれば、脇目もふらずレギンに向かっているらしい。つまり、ちょっかいをかけるだけかけて、飽きたら離脱して逃げても良いわけだ」

別にレギンが襲われてめちゃくちゃになったところで、正直どうだっていい。

「つまりあれは魔物暴走《スタンピード》ではなく、魔物暴走《ボーナスステージ》だ」

魔物の群れの、進行方向真正面に陣取る。フェンリルと黒狼は全て集結させ、アリーヤにも戦闘態勢を取らせた。群れを構成する魔物の外見は、デカい虫である。キショい。百足《むかで》とかヤスデとか蜘蛛《くも》とかダンゴムシとか……あれ昆虫いねぇ。多足類ばかりなんだが。よりキショい。

No name
虫系魔物　バーサクワーム

HP 4367/4367 MP 1080/1080 STR 741
VIT 5532 DEX 12 AGI 213 INT 5
加護『魔王の加護』
称号 なし

凄く加護が気になる。おっさんが命令したのか？　……いや、そんなことしたらおっさんが死ぬ。ならばどういうことだろう。あ、おっさんの話の中にあったな、この加護。魔王の配下にもたらされる加護で、魔王の強さに応じて能力が上がるとか。やめろマジで。あの魔王の強さに応じられたら困る。

虫はどうやらVIT特化らしい。固くて滅茶苦茶多い敵とか、厄介にもほどがあるだろう。大体他の種類の虫も同じような感じのステータスだった。

「さて諸君。奴らは固い。ヒジョーに固い。そして無茶苦茶数が多い。こんな敵と相対する機会は、中々ない」

フェンリルら黒狼と、アリーヤに話しかける。

「つまりこれは貴重な実験だ。多対多戦闘の実戦訓練である。フェンリル、お前が黒狼を指揮せよ」

『ハハァァ』

「おそらく簡単に殺せる敵ではない。それを考慮し、戦略を組み、配下の黒狼と連携し、効率良く敵を倒せ」

『了解したぁぁ』

「んで、アリーヤ」

「はいっ」

俺がまじめな口調だからか、それとも張り切っているからかはわからんが、アリーヤがやたらはきはきと返事をする。

「お前は単独で戦え。一対多戦闘の訓練をせよ。実戦は訓練に勝る。お前ら、この経験を糧にしろ」

『『『「ハッ」』』』

何か俺今指揮官っぽいことしてる。こんなロープレも中々楽しいな。

「俺も多少戦闘に関わるが、少しそれ以外の用事があるから、基本的に不干渉だ」

砂埃《すなぼこり》を上げながら向かってくる魔物の群れは、もう随分と近くまで来ていた。

「よーし、行け！」

俺の号令に、全員が一斉に駆け出す。俺たち――特にフェンリルには、戦略的に行動する経験が足りない。それをこの機会に培ってもらおう。

「んじゃ、俺も行きますかね」

と言いつつ、影空間からロングソードを取り出す。既に《闇魔法》で「支配」済みだが、《武器錬成》すると材質すら変わってしまうため、やめておいた。昼間も使う用なんでな。

片刃ロングソード（作者　セバスチャン）

品質　A　値段　一万四五〇〇デル
鉈のようなロングソード。分厚い刃と無骨な見た目が特徴。

品質Aとは。やはりあの老執事はいい仕事をする。ロングソードを片手に、虫の魔物の群れに突っ込む。

「キシャァァア」「ウジュルゥゥゥ」「ブジュブジュブジュ……」

うるせぇキショい。虫の魔物の大きさは、大体人間サイズだ。デカい。キショい。その体表は赤黒い艶のある殻に包まれていて、月明かりを反射して光る。キショい。ただ単に多足類を大きくしただけではないようだ。口元になまこのような触手があり、粘液が垂れている。キショいキショいキショい。

「おぉらぁ！」

とりあえずロングソードをダンゴムシにぶち込んでみる。

「キシャァァア」

うーむ、殻は凹《へこ》んだが、斬ることはできなかった。ロングソードを受けたダンゴムシは、まだまだ元気にのたうち回っている。致命傷にはできていない？　ＨＰは減ってはいるが、それでも五〇〇程度のダメージしか与えられないらしい。これはかなりつらいな。

「ブジュゥゥ！」

「うるせぇ！」

背後から飛びかかってきた百足にロングソードを叩き込む。百足はくの字になって吹っ飛んだが、着地してまた元気に動き始めた。防御特化、厄介すぎるな。火力がない俺だと難しい。

「くっ！　魔法が効きません！」

アリーヤの声が聞こえる。どうもこの赤黒い殻は、特に魔法に耐性があるようだ。アリーヤを見れば、彼女は絶断黒太刀で虫を切り刻んでいるが、魔法で吹き飛ばすことができないため、囲まれている。それに、イージアナと比べるとまだまだ絶断黒太刀の扱いが悪い。魔力消費が多すぎる。このままだといずれ尽きるだろう。……魔法は防がれるのに、絶断黒太刀なら斬れるのか。さすが古代兵器《アーティファクト》、といったところか。

と、アリーヤが斬り飛ばした虫の死体に食らいつく。《吸血》で魔力回復を図っているわけか。すっごく嫌そうな顔をしていらっしゃる。そしてまずそうだ。だがこの作戦なら、MPが尽きることもないだろう。というかアリーヤ、あれを喰うとか度胸あるなぁ。

さて、糸を虫の足に絡ませれば、多足類故かどんどん絡まって動けなくなる。そして動けなくなった虫を、ロングソードで徹底的に叩く。ふむ。どうも殻は固いが、節々の間は比較的柔らかいらしい。では、落ち着いたところで「支配した」ロングソードの扱い方を色々と試してみる。

チラッとフェンリルの戦っている場所を見た。フェンリルはいとも簡単に虫を蹴散らしている。嚙み砕き、踏み潰せば、簡単に虫を破壊できるようだ。まあ奴のSTRは一万超えてるもんな。だが、遠距離射撃だと即死にはできないらしい。せいぜい殻に傷を付ける程度。そのため、遠距離射撃と黒狼の陣形で虫を誘導し、フェンリルがひたすらに叩き潰している。効率良し。今回は知能が低い敵だから、初歩としては打ってつけの実戦だろう。

「イーノーリー」

色々俺も試していると、シルフが声をかけてきた。あらかじめシルフには、仕事を頼んでおいたのだ。

「見つけたのか？」

「見つけたわ」

「よくやった。場所は？」

「あの崖の上ね」

シルフの小さな指が差した先に、確かに小さな崖がある。よし、急襲するぜ。

俺は《陣の魔眼》で、崖の上に転移した。


「――お前さん、こんな場所で何してんの？」

「な⁉」

シルフの見つけた奴はこいつらしい。周りに人影はなし。崖の上にいたのは黒ローブを着た茶髪の女性だった。おそらく美人の部類に入るだろう。そして、その額に小さな角が生えていた。

突然俺に声をかけられた彼女は、杖を向けて身構える。

「あなた！　いつからいたの⁉」

「偶然通りがかっただけだ」

「……何それ、信じられないわ」

「まあいいだろう。それでだね、そこに凄い大きな魔物の群れがあって、レギンの街の方に向かっているみたいなんだが……」

俺は崖の先、平原に視線を送る。巨大な魔物の群れの、全貌が見渡せる。

「それをこんな高台から見ているなんて、俺は疑り深くてね、あなたが怪しくてしょうがない」

「ふん！　最初からわかっているくせして、白々しい」

そう吐き捨てながら、彼女は持っている杖を掲げた。

「そうよ、あの魔物たちは私が召喚したの」

クリス・カマセル　魔族　魔人（催眠契約下）
HP 57/57　MP 5023/15300　STR 1020
VIT 980　DEX 870　AGI 58　INT 5900
加護　《魔王の加護》
称号　召喚術士　復讐者

魔族、魔人ですか。初めて見たよ、俺以外の魔族。

……というかこの名前と称号、もしかしなくとも教会で見かけた黒ローブか。確かに同じ服だが、こんなに血色良くはなかったし角も生えていなかったはずだ。ステータス上の種族表記が人間から魔人に変わっているのがその理由の一つだろう。向こうは俺のことを覚えているのだろうか。反応からは読み取れないが……まあ覚えていないよな。シスター師匠の方はどうか知らないが。

「それで？　あなたはどうするのかしら。私をレギンの教会に突き出すの？」

俺は右手に持っていたロングソードを、右斜め上に振ってから構える。

「それともまさか、ここで私を殺すつもり？　……でも残念」

召喚術士の声と共に、魔法陣が展開される。紫の光が辺りを包み、魔法陣が消えた頃には、俺の周りに大量の虫魔物が召喚されていた。

「あなたはここで死ぬのよ。まさかもう召喚できないと思ってた？　即発動の予備魔法陣くらい用意しているわよ」

召喚術士は口に手を当て、笑みを浮かべる。

「まあ、武器を捨てて投降するなら、命だけは見逃しても良いけど。でもどちらにせよ、私の邪魔はさせないわ」

彼女は俺を睨みつける。周りの虫がキシャァァアと声を上げながら、俺の体に徐々に近づいてきた。キショい。

「まさかこの状況で勝てる、なんて思ってないでしょうね」

「……チッ」

俺は舌打ちして、苦い顔をする。演技ですけど。

「彼我の戦力差くらい理解できる。……降伏する」

「察しが良くて助かるわ。さぁ、さっさと武器を捨てなさい」

捨てろと言われたので、ロングソードを放り投げる。……彼女の方に。

「ちょっと！　何でこっちに投げるのよ‼」

「わりぃ、手が滑った」

ロングソードは召喚術士の少し左に落ちた。召喚術士はロングソードを一瞥《いちべつ》してから、俺を見る。

「潔いのは評価するわ。でも、知られたからには殺すしかないのよね。騙してごめんなさいね」

いきなり前言撤回かよ。

「せめて苦しまずに逝かせてあげるわ」

「約束を破るのか？」

「私にはやらなきゃいけないことがあるのよ。あなたなんかに構っている余裕なんて……」

「なら、俺も約束を破らせてもらおう」

「は？」

さて、実際に試してみたかった方法を使わせてもらおう。顔をしかめた彼女の前で、指を鳴らす。その瞬間、召喚術士の足元に落ちていた俺のロングソードが突然跳ね上がるように彼女を襲った。ロングソードは召喚術士の足首を容易に叩き斬る。両足を斬られた彼女の体は崩れ落ちた。まだ状況を理解できていないのか唖然とした表情である。その間に動かない周りの虫の魔物たちを糸で縛り上げ、動きを封じる。足が絡まり動けなくなれば、もう脅威ではない。

先ほどロングソードが跳ね上がったのは、《闇魔法》の使い方の一つだ。予め剣を振っておき、その運動ベクトルを保存したまま《闇魔法》「遠隔操作」でまるで何もなかったかのように見せかける。そして「遠隔操作」を解けば、俺が剣を振った方向に跳ね上がるのだ。ナイフのホバリングの応用技術である。

あ、指を鳴らしたのはただの演出です。特に意味はない。

「へ？　わ、わたしの足が？　私の足がぁぁ!!」

「騒ぐな。みっともない」

召喚術士の元に跳び、その肩を踏みつける。

「さて、あんたの魔物はもう動けない。そして……チェックメイトだ」

手袋の甲を見てストックを入れ替え、《陣の魔眼》で「精神干渉魔法」を発動させる。催眠してしまおうと思ったのだが、上手くいかずに弾かれた。最近催眠が上手くいかないなぁ。ほんと信用できない能力だ。

……そういえば、鑑定で（催眠契約下）って出てたな。もしかして催眠状態の奴は催眠にかからないってあれだろうか？　それにこいつ、この状況でもどうもまだ諦めていないようだ。

「……まだ、まだ終わってないわよ！　私にはまだやらなきゃいけないことがあるの！　あの子のためにも……奴らを……」

召喚術師は俺に抑えつけられながらも、鋭い視線で俺を見る。足を斬られているのに大したものだ。あるいは魔人になると痛覚が鈍くなったりするのだろうか。

「あの子のために、か……。お前の目的は、教会への復讐か？」

「……」

図星か。復讐者という称号。教会ですれ違ったときの彼女の様子。シスター師匠に対する「何も知らないで」という発言。やはり教会とこの街の魔物暴走《スタンピード》には、何か裏がある。

「離しなさい。私の邪魔はさせないわ。止めさせない」

「お前の復讐を止めるつもりはあまりないが……悪いが邪魔させてもらおう。俺の都合のためにな」

「あなた……覚悟しなさいよ」

いよいよブチ切れ寸前という様子。この状況でそんな態度ができるなんて、見上げた復讐心だ。中々面白いかもしれない。

「あの大群をこちらに差し向けることだってできるのよ……そうしたらあなたはただじゃ済まない。私が死んだとしてもあの虫は暴走を続けるわ。わかったらさっさと離しなさい！」

違った。まだ逆転の目があると思っているのだ。あの虫魔物の大群があれば何とかなると考えているわけだ。正直甘い考えだと思うが、怒りに目が眩《くら》んでいるのか、本当に馬鹿なのか。さっさと諦めてしまえばいいのに。

……ではちょうどいいので、「精神干渉魔法」のかかりやすさが対象の精神状態に関係しているという仮説を試してみよう。糸で彼女を縛り、吊《つる》し上げる。

「きゃっ！　な、何を!!」

やかましいが無視だ無視。虫だけに。これで平原――魔物暴走《スタンピード》がよく見えることだろう。

『――フェンリル、即戦闘から離脱し、群れから距離を取れ』

『むぅう、良いところなのだがぁぁ、仕方がないぃぃ。了解したぁぁ』

『アリーヤにも伝えといてくれ』

《王の器》の「意志疎通」は、仲間内でのみ使えるテレパシーのようなものだ。といってもアリーヤは使えず、フェンリルの配下にある黒狼たちとしか行えないのだが。

《視の魔眼》の「遠見」で確認すると、アリーヤ含めフェンリルたちは群れから距離を取ったようだ。よーしよし。

「んじゃシルフ、やるぞ」

「どんな風になるかしらね」

シルフが軽い調子で返してくる。シルフもちょっと楽しみらしい。

「な、何をするつもり……？」

吊し上げられた召喚術士が、声を震わせながら聞いてくる。俺は口元に笑みを浮かべて言った。

「絶望を見せてあげようと思ってな」

「絶望？」

「お前の復讐心が本物か、確かめてやるのさ。……なあ、雨がどうして痛くないか知っているか？　遥《はる》か上空から落ちてきているのに」

彼女の呟きには答えず俺は話を始める。疑問形だが元々答えさせるつもりはない。

「答えは空気抵抗だ。そのせいで終端速度以上に速くなることはできない」

この理屈を彼女が理解できる気はしない。ただ漠然とヤバいことがわかればいいのだ。あとついでにロープレ的楽しみがある。

「だが俺の《闇魔法》は空気抵抗を無視できる。これが意味することは？　遥か上空、高度一〇〇〇キロメートルの位置から空気抵抗を無視して約六トンの岩が落ちてきたら？」

一〇〇〇キロメートルを落下する間、余すことなく重力加速度を受けた岩が、着地時点で達する速度を計算。難しくはない。中学生の理科の問題だ。

「重力加速度を一〇として計算すれば、着地時点での速度は約四四七二・一三五八メートル毎秒。時速にして一万六一〇〇キロメートル、約マッハ一三！」

マッハがあるかは知らんが、この世界の単位は基本的に地球と同じだ。大体何を言っているかは彼女もわかっているようだが、何故俺がこんな話を今しているのかはわからないかもしれない。

そんな俺たちの前で、上空から、おぞましい速度で「何か」が落ちてきた。それも大量に。ああ、鳥肌が立つ。

降ってきたのは紡錘型の岩だ。それも一つ一つの重さが六トンはある巨石である。それが、夜闇の中、音もなく、魔物の群れに降り注ぐ。

破壊だ。

その岩の雨は全てを破壊する。

頑丈さが取り柄の虫魔物も、岩が落ちればあっけなく数匹まとめて爆散する。そこかしこで粉塵《ふんじん》が張り裂け、幾多のクレーターが現れる。

「はは……ハハハ……ハハハハハハ!!!」

気づけば俺は笑っていた。火力が足りないなどと言いながら、この威力は何だ。軽く虫けらなど吹っ飛ばしているではないか。現代兵器も真っ青だ。オーバーキルにもほどがある。

やったことは簡単な話。「黒風」を上空一〇〇〇キロメートルに配置して、そこで影空間から岩を取り出し、落としただけ。多少「遠隔操作」で軌道修正してもほとんど労力を費やさず、この威力を可能とする。唯一の懸念は上空で岩を落としてから著弾まで五分以上かかることだ。今回はだいぶ前に始めていた。

衝突音がここまで聞こえてくる。重低音の連鎖が腹に響いて喉を震わせる。

素晴らしきかな「黒風」。シルフを「支配」できて心の底から良かったと思う。

「その運動量実に二六八三万二八一四・八キログラムメートル毎秒。その力は三〇〇〇トン。もはや隕石《いんせき》。隕石群だな」

《暗算》スキルがよく働いてくれる。その数字を具体化させるだけでこうも実感を持って恐ろしさを把握できるとは。

深い笑みを浮かべながら、召喚術士を見やる。彼女は震えながら、その光景を見ようとはしていなかった。瞳を潤ませ青い顔をしている彼女の髪を掴み、視線を向けさせる。

「ほら、顔を上げろ。目を開け。よく見ろよ。お前の自慢の虫けらどもが弾け飛んでいく様を」

「い、いやぁ」

「泣くなよ、見ろ。素晴らしい光景だろう？　どうした、体が震えているぞ。復讐はどうした。『あの子』のために、何かしてやるんじゃないのか？」

「いやぁぁぁぁ！」

彼女は泣き叫ぶ。声が言葉になっていない。……今ならいけるか。「精神干渉魔法」を発動させる。ちょっとした引っかかりがあるが、ごり押せるな。

——よし、かかった。

絶望が怨恨を上回っていたようだ。催眠状態になった彼女は泣き腫らして酷い顔のまま、瞳から光を失う。目の焦点が合っていない。完璧だな。「精神干渉魔法」のかかりやすさは、やはり対象の精神状態に依存するようだ。隕石群もどきといいロングソードといい、良い実験ができた。

「もう止めても良いんじゃない？　魔物なんて生き残ってないでしょう」

「そうだな。シルフ、あの辺りに黒風を展開して、岩と魔物の死骸を全部回収するぞ」

「はーい。……ほんと凄いわね。死屍《しし》累々ってレベルじゃないわよ。アリーヤたち、大丈夫かしら」

「ま、まあ、大丈夫なんじゃないか？」

距離は取ってたし、空気抵抗は無視しているから爆発も起きていないはずだ。だが多少衝撃波は届いているかも……やばいだろうか。……きっとアリーヤが魔法で何とかしてくれるさ、大丈夫大丈夫。

そんな自問自答を繰り返している間に、魔物の死骸と岩の回収が終わった。どうやら攻撃に使った岩は、ほとんどが壊れているようだ。

「繰り返し使えないのか……迂闊《うかつ》に使うわけにはいかない……か……な………？」

「え？　イノリ⁉」

シルフの声が遠く聞こえる。

ヤバイ、意識を保てない。

体がぐらつき、地平線が垂直に……ってこれ、倒れてるのか。

さっきからシルフが何か叫んでいるが、ほとんど聞こえなくなっている。

魔力切れ？　そんなわけがない。そもそもほとんど使っていない。

自分で意識を失うというよりかは、無理矢理魂を持っていかれる、あの感覚。まるで精神世界に連れて行かれた、あのときのようだ。

逆らおうとしても逆らえない。

これは……まさか、神とやらの仕業か？　くそ、直接手を出してくるとは……

悔しさに唇を嚙みながら、俺の意識は底へと吸い込まれていった。


――Ｌｖ.15に到達しました。魔族爵位が男爵から子爵に変更されました。

――スキル《男爵級権限》がスキル《子爵級権限》に進化しました。

――これに伴い、全てのスキル、能力を進化させます。

――「転魂の女神」により、「高富士祈里」の魂を「転魂の間」へと強制転移させます。


……オイ女神さん。あんたかよ。


『――目が覚めた？　久し振りね……ンゴフッ!?』

目を開けると女神様の顔があったので、とりあえず腹に一発。鳩尾《みずおち》にいいのを食らい、腹を押さえてうずくまっている女神様を見て一言。

「残念、俺は男女平等主義者なんだ」

『な、何……で、何？　私あなたに何かした？』

「伊達ジャスティスを俺にけしかけただろ」

忘れたとは言わせんぞ。しばらく思い出そうと唸《うな》っていた女神は、数秒後にようやく思い出したようである。

『あ、もしかしてあれのこと？　根に持ってたの？』

「当たり前だ。俺は初志貫徹なんだ」

辺りを見渡すと、見覚えのある白い空間だ。どこまでも清涼な空気が広がっている。

「で、ここに喚んだってことは何か用があるのか？」

『あなたに伝えたい用があるんじゃなくて、用事を果たすためにあなたを喚ぶ必要があったのよ』

と言いながら、女神様は何かしらの作業を手元で始めた。

「用事？　男爵級から子爵級になったことか？」

『そ。あくまであなたが吸血鬼になった世界のルールだし、他のスキルとかを底上げしないといけないから、自動でお任せってわけにはいかないのよ』

話を聞くに、元々魔族の爵位とやらを上げるには幾つかルールがあるらしい。曰く、一つ上の爵位の魔族を数人倒すか、二つ上の爵位を一人倒すか、という感じだ。その他にもあらゆるルールがあるようだが、そもそも爵位なんてルールは俺が今いる世界にはないわけで、女神様がレベルに応じて上がるように調整してくれたらしい。ただ、爵位が上がると全ての能力が上がるのだが、さすがに他の七つのチートも全て上げるとなると調整が利かないとか。

それで、魂だけ直接この場所に喚んで、女神様直々に調整してくれるらしい。

「何というか、そこまでしてもらって良いのか？」

『私が始めたことだしね』

「女神って暇なのか」

『暇じゃないわよ』

と頬を膨らませて怒る女神。相変わらず可愛いです。つつきたい。

「できれば希望を聞いてほしいのだが」

『残念だけど、どうスキルが進化するのかは私もわからないの。だけど、希望があればおまけとして、ちょっとしたスキルを上げることはできるわ』

それは素晴らしい。

「ちょっとしたってのは、どの程度なんだ？」

『例えば、ステータス表記のフォントが変わるとかかしら』

思いの外ちょっとしてた。

「……もう少し役に立つものが欲しいんだが」

『しょうがないじゃない。召喚のシステムじゃなくて、私個人の権限を使った加護なんだもの』

どうも神様の世界にも色々あるらしい。そうだな……じゃあこうしよう。

「なら、アナウンスとかログが欲しいな」

『それって？』

「俺がこの空間に喚ばれるときにアナウンスがあったんだ。あれをスキルアップとかレベルアップ、スキル獲得のときとかにも教えてくれるようにしてほしい。できればオンオフを切り替えられるように」

『あー、あなたの世界のゲームみたいな感じかしら。わかったわ』

女神様はまたちょちょいと作業する。そのすぐ後に、俺の体が薄く光った。

『はい、これで《アナウンス》のスキルを獲得したはずよ』

「おお」

何故か今はステータスを開けないので、後で確認しようか。

『調整作業もだいたい終わっちゃったんだけど、結構時間に余裕を持たせて喚んだから、半端に時間が余っちゃったわね』

どうする？　雑談でもする？　と女神様が聞いてくる。

「なら、少し聞きたいことがあるのだが」

『何？』

「俺が今いる世界の、神とやらについてだ」

と言うと、女神様はあからさまに苦い顔をした。

『ああ、それねぇ。神界でも結構問題になっててね。まあ詳しく話すわけにはいかないんだけど』

「例えば、神は下界に過干渉してはいけない、なんてルールはあるのか？」

『一応あるわ』

「その場合、あの世界の神とやらは？」

『多分やりすぎよねぇ』

「多分？」

俺が聞くと女神様は一瞬答えに迷ってから、言う。

『あんまり聞かせちゃいけない話なんだけど、あの世界って他の世界との関わりをことごとく拒んでるのよ。他の世界への過干渉も厳禁だから、こっちもあの世界をちゃんと把握できてないのよねぇ』

それ本当に喋ってはいけないのではないか。そう思い問うと、まああなたなら大丈夫でしょ、というよくわからん答えが返ってきた。それから幾つか質問しているうちに、俺の意識が遠くなっていく。

『あ、そろそろ時間ね。頑張ってらっしゃい』

「うぃーっす」

適当に返事して、俺はあっちに戻ることになった。

『最後までお礼なかったな……。彼らしいけど、ちょっと寂しいわね』


音もなく、何かが降ってくる。

その速度は速すぎて、強化されたアリーヤの動体視力でも捉えることはできない。ただ、今行われているこれが、祈里の攻撃であり、岩集めの結果であることは直感でわかった。

着弾と共に、周囲に衝撃波が撒き散らされる。それも連続的に。アリーヤは本能的に危機を感じ取り、すぐさま防御魔法を構築した。フェンリルや黒狼たちも、影空間に入ってやり過ごす。祈里に距離を取れと言われて、彼らは十分な距離を取ったはずであった。しかしそれでも、アリーヤの防御魔法は幾つか破壊されたのである。それはこの攻撃のただただ圧倒的な破壊力を物語っていた。

それまで所狭しとひしめき合っていた虫たちが、踏み潰される蟻《あり》のように四肢をもがれ、殻を砕かれ、体液が飛び散り微塵となる。音がやみ、ようやく防御魔法を解除したアリーヤの前には、おぞましい光景が広がっていた。平原に生えていた草は見る影もなく、地面はひっくり返っている。虫の残骸は原形をとどめておらず、どれがどの個体の物であるかの判別もつかない。

惨状だ。まさにそれが広がっていた。

アリーヤは今になって、自分が腰を抜かして地面にへたり込んでいるのを認識した。膝が震えて、今も立ち上がれそうにない。

『これがぁぁ……主の力かぁぁ……』

いつの間にか地上に出ていたフェンリルが、毛を逆立てて構えている。もうそこに敵などいないのに。だが腰を抜かしていない分、アリーヤよりかはマシである。

アリーヤは音や威力にビビって腰を抜かしたのではない。それも多少の要因ではあるが、主な原因は違った。背後の祈里を庇い、斬られて倒れる。騎士を全滅させた祈里が、アリーヤの血を吸った。それから目が覚めると、いつの間にか自分の家とも言える城は燃えさかっており、クーデターの黒幕や人類最強も死んでいた。王城が、騎士たちがたった一人に全滅させられ、破壊されたことは知っていた。そして祈里がそれを実行したのだという事実も当人から聞いた。理屈では納得できていても、アリーヤは心では納得できていなかったのだろう。その理由は、普段の祈里の姿からは想像もつかないことと、それを実行するだけの実力を目の当たりにしていなかったことだ。これまではライジングサン王国の一連の事件と、祈里をうまく結びつけられなかったのだ。だからこそ、あなたを越えるなどという下克上じみた発言ができた。その力を、アリーヤは実感できていなかったのだから。

だが、今の光景は、アリーヤの祈里に対するイメージを一変させた。祈里はそれだけの力を持っていた。時期が違う、この攻撃法を当時は持っていなかった、相手が人間じゃなく魔物だ、などと反論を並べても変わらない。この男はそれができる存在なのだと、強制的に本能で理解させられた。

アリーヤは初めて祈里に大きな恐怖を覚えた。膝が笑い、立てないのはそのせいである。

アリーヤは、彼を越えることの難しさ、そして重さを実感した。心が沈む。諦めるわけではないけれども、目の前の霧が晴れて、目的地までの膨大な道のりが見えたような感覚。

アリーヤは、興奮していた。このような惨劇を目の当たりにしながら、祈里に対して憧れとも言える感情を持っている自分に、アリーヤは困惑した。

——そんなの、自分が一番よくわかってるじゃないの？

（……うるさい）

アリーヤは幻聴を唾棄する。

（私はあんなのとは違います）

だがその心の呟きは、幻聴が彼女にとって図星であるのを意味している。

どこから湧いたのか、黒い霧が一帯を覆う。「黒風」は祈里の影空間に繋がっており、虫の死骸や岩の破片が呑み込まれるように収納されていく。霧が晴れた頃には、虫の体液の一滴すら残っておらず、ただ凄惨たるクレーターの数々が残るばかりであった。

『……む？』

しばらく呆然としていたアリーヤは、フェンリルが何か呟いたことで、意識を現実に戻した。

『これはぁ……』

「どうしました？」

アリーヤがフェンリルに近づきながら疑問を投げかけると、フェンリルは苦い顔をしてアリーヤに言う。

『我が主との接続が切れたぁ』

「それは……」

『我が主にぃぃ、何かあったのやもしれぬぅ』

先ほどまでの内心の困惑はどこへやら、アリーヤはすぐに祈里の心配に思考を奪われる。死んでも死なぬ存在ではあるにしても、まさかの事態があるかもしれない。そう思っているのは彼女だけではなく、フェンリルも少々忙《せわ》しなく体を揺すっている。早々に駆けつけたいところであるが、姿を消した祈里がどこへ行ったのか、フェンリルとアリーヤには見当がつかなかった。

そこへ黒い服を着た妖精のような女が飛んでくる。

「アリーヤー」

「シルフですか？　イノリがどこへ行ったか知りませんか？」

「あそこの崖の上よ。突然倒れちゃったの」

それを聞くが早いか、フェンリルとアリーヤはシルフの後を追って、祈里が倒れているという崖の上に辿り着いた。シルフに聞いた通り、確かに祈里が倒れており、その横には意識を失った状態で吊されている女の姿もある。

「イノリ⁉　しっかりしてください！　あ、脳震盪《のうしんとう》だったら揺らしたら駄目ですね……えっと、気道を確保でしたっけ？　回復体位ってどんなんでしたっけ……」

ぶつぶつと呟きながら、アリーヤは慌てた様子で祈里から受け取った知識を引っ張り出し、応急手当てを始める。それを端から見ていたシルフは、落ち着きなさい、とアリーヤに言う。

「どこにも怪我はないし、至って健康だわ」

「じゃあ何で倒れたんですか⁉」

「わからないわね……」

シルフに唯一の懸念があるとすれば、祈里の体の中に魂の存在を感じることができない点であった。

（でも体に問題はない……いや、健康状態で保持されているのかしら？　時間凍結のようにも……）

だが健康状態が保持されている以上、今ここで祈里が死ぬという可能性はなかった。ここで魂がないなどと言えば、場が混乱するだけだとシルフは思考する。そもそも魂の問題なら、アリーヤやフェンリルにはどうすることもできないのだ。

「ど、どうすればいいんでしょうか……」

「健康ではあるから、時期に目を覚ますと思うわ。膝枕でもしてあげれば？」

「ひざっ⁉」

時期に目を覚ますと言われ、安堵の様子を見せたアリーヤだが、続くシルフの言葉に硬直する。

「あら、別に変なことでもないでしょう？」

「そ、そうですね……」

落ち着きがない様子で、アリーヤは祈里の頭を膝に乗せる。

「……これはあくまで応急処置……回復体位のため……決して役得とかじゃ……」

「聞こえてるわよ」

「ひえっ⁉」

『ならば我はぁぁ、周囲の警戒を行うぅぅ』

フェンリルが配下の黒狼を連れて森へ消え、アリーヤは顔を赤くしながら祈里の頭を膝の上から下ろす気配がなかった。目の前にある祈里の寝顔は、いつもの印象とはうって変わって穏やかで、元々童顔っぽかったためか愛らしかった。アリーヤは彼の髪を撫でながら、ふと思う。

（そういえば、外に出てからはずっとイノリと一緒だったんですよね……）

祈里は彼女にとって、理解し難い人物であり、理不尽な存在で、越えなければならない壁であった。そして、自分が思っている以上に、彼女にとって大きな存在になっていたことに、今更ながら気づいた。

（ちょっと悔しいですけど、本当に私は、この人に恋慕の情を抱いているのかもしれませんね……）

アリーヤの様子を見ていたシルフ、はたと気づく。

「もしかして今って逃げるチャンスなんじゃ……」

「何考えているんですか⁉」

目が覚めると、シルフが「逃げ出すチャンスなんじゃ……」とかほざいている。

「逃げんなコラ」

「へぶっ」

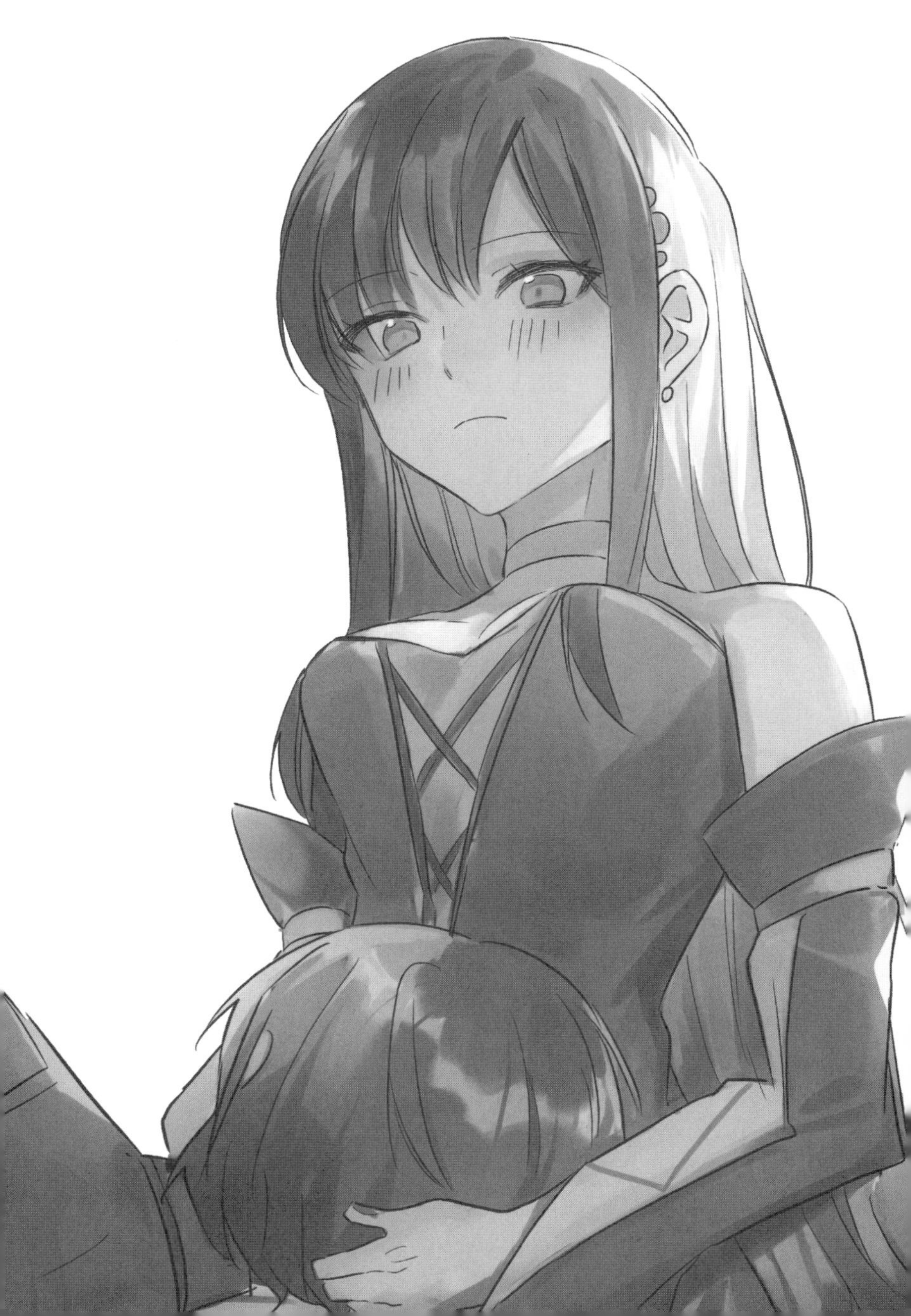

飛び去ろうとしていたシルフに一言。

「乳弾きの刑だ」

「え、ちょっと待ってそれだけはぃいやぁぁああ」

ピピピピピッと。

手の中のシルフを弄りながら、現在の状況を把握する。俺は寝かされており、後頭部に柔らかい感触がある。見上げれば、至近距離にアリーヤの顔があった。

「……これは、別に、あくまで回復体位のためで……」

頬を染めながらアリーヤは言う。ここで「膝枕は回復体位じゃない」と無粋なことを言うべきだろうか。まあいいか。しばらく後頭部の感触を楽しむとしようか。

「このままで頼む」

「えっと、わかりました」

「……イノリ？　気を失っていた間は状態が保持されているから体に問題はないはんひゃあぁあぁぁあっ！」

余計なことを口走りそうになったシルフに《性技》の力で制裁を下す。ひとまず落ち着いたところで、早速ログとやらを確認しようか。ステータスと同じく、念じれば現れるようだ。

（アナウンス・ログ）

《爵位の変更が完了しました。これに伴い、全てのスキルの能力を向上させます》

《《成長度向上》の効果が二倍になりました》

《獲得経験値5倍》が《獲得経験値10倍》に向上しました》
《必要経験値半減》が《必要経験値四半》に向上しました》
《視の魔眼》の「千里眼」の範囲が拡大しました》
《陣の魔眼》の必要MPが半減しました》
《太陽神の嫌悪》のステータス低下が五分の一になりました》
《吸血》の速度が向上しました》
《男爵級権限》が《子爵級権限》に向上しました》
《スキル強奪》の強奪可能スキルが確立で二つに増加しました》
《闇魔法・真》の「支配」速度が増加しました》
《武器錬成》に「原子錬成」の効果が付加されました》
《探知》の範囲が拡大しました》
《レベルアップ》の効率が二倍になりました》
《スキル習得》の効率が二倍になりました》
《王の器》の配下のステータスが上昇しました》
《武術・極》に経験蓄積、自己進化の能力が付加されました》
《剣術》のレベルが向上しました》
《隠密術》のレベルが向上しました》
《投擲術》のレベルが向上しました》
《短剣術》のレベルが向上しました》

・・・

……うん。そっからはもういいや。一般スキルのレベルが向上しましたってのが続いているだけだし。とりあえず既にツッコミどころ満載なのだが、ステータスを鑑定しながらゆっくりやることにしよう。ということでステータスを開こう――

「――なっ⁉」

《探知》に突然、強大な反応が現れた。探知できる範囲ギリギリに現れたんじゃない。すぐそこの茂み、非常に近距離に突然だ。まるで瞬間移動でもしたかのように。寝ている場合ではない。すぐさま飛び起き、臨戦態勢をとる。

「ッ⁉」

それを見て、アリーヤもすぐに立ち上がる。さすが頭の回転が早いだけはある。察しがいい。ちなみにシルフは未だに俺の手の中でぐったりしている。邪魔だ。その辺に放り投げておく。

「むきゃっ⁉」

悲鳴を上げているが、無視だ無視。反応がある茂みの周辺を睨みながら、俺は誰何《すいか》した。

「そこにいるのは誰だ」

「ん？　俺」

すぐに強大な気配が、人並みの反応に落ち着く。そして間の抜けた、聞き覚えのある声が聞こえた。……

何だ、おっさんかよ。

「うっす。楽しそうなことしてるじゃねえか」

「突然現れるな。驚くだろうが」

茂みから軽い調子で現れたのは、エルフの耳、魔族の角、獣耳にドワーフの髭、竜人のウロコを持つ、現魔王ことイグノア。つまりおっさんだった。なるほど。確かにおっさんなら俺が何かしてることくらいわかるだろうし、テレポートだって可能だろう。

「えっと……知り合いですか？」

アリーヤがおずおずと聞いてくる。

「あー、もう言ってもいいか」

ギルドで会ったとき不自然な対応をしないようにアリーヤには言っていなかったが、もう今更か。

「自己紹介よろしく」

「先々代魔王で、現魔王のイグノアですよろしく」

「えー……っと？　アリーヤです、よろしくお願いします？」

ああ、この娘《こ》わかってない。

「そんな自己紹介じゃわからんだろうが」

「だがこれ以外に説明しようがないというか」

「魔王って、あの魔王ですか？」

「あー、アリーヤ。後で説明する」

未だに頭上に疑問符を浮かべているアリーヤを置いて、おっさんに聞く。

「で、何の用だ」

「いや、音が聞こえてきてな。何かと思えばお前が面白そうなことしてるからよ」

「つまり野次馬ってことか」

「そんなところ。まあ他にも理由はあるがな」

と言いながら、おっさんは崖の下を指差した。

「あの惨状、どうするつもりなんだ?」

「む?」

おっさんの指の先に視線をやると、幾多のクレーターが重なり合って、地面が捲れ上がった平原……というか荒野が広がっていた。

「街にも音が聞こえてたからな。ここに人が来るのは時間の問題だぜ? まあ大半が雷だと思ってたから、あまり大騒ぎにはなってないが」

街からかなり離れていても、先ほどの轟音《ごうおん》は聞こえていたようだ。まあ元々どれほど威力が出るかわからない攻撃だったので、これほどの効果が出るのは想定外なのだ。よってこっから先はノープランである。

「だがこんなところまで深夜に調査に来るか? 冒険者ギルドに調査依頼が出るのが明日、その日のうちにチームを組んでも、ここに調査隊が来るのは明後日ってとこだろう」

「冒険者ギルドはそうだな。だが、教会は別だ。奴らは早々にチームを組んで、今にも出発しそうな勢いだったぜ」

「へー、教会が」

「まるで今夜何かが起こるってことを知ってるみたいにな」

「ほー」

また教会か。ますます、きな臭い。

「だがそれは確かに問題だ」

「証拠はなるべく消しておきたいだろう？」

「あぁ」

「そこで俺の出番だ。俺なら魔法でパパッと直せる」

まあ確かにおっさんなら可能だろう。俺も落とし穴を作ることにすれば《武器錬成》で表面上は直せるかもしれないが、結果大量の落とし穴がこの平原に生まれることになる。ここで何かがあったと、ますます怪しまれることだろう。

「頼めるか？」

「問題ない。大した労力じゃないからな」

「じゃよろしく」

「あいよ。お前さんは先に帰ってな」

随分と気を使ってくれるものだ。まあここで俺が教会に怪しまれて行動が制限されるよりは、自由に動いて色々やらかしてくれる方がこいつにとっても有益なんだろう。

「何か、仲いいですね」

「ん？　そうか？」

今まで後ろに下がって黙っていたアリーヤが、話の切れ目に聞いてくる。俺が曖昧な返事をすると、おっさんが逆にアリーヤに聞いた。

「俺からすればあんたもやたら祈里と仲がいいように思えるが？　まさか恋人か？」

「こい……⁉」

「んにゃ違う」

アリーヤが硬直したので、代わりに答えてやる。ジト目を向けてくるが、実際違うでしょう？

「……一応、イノリの下僕です」

「下僕？　こいつの？　マジか」

やたらおっさんは驚いている。どこに驚く要素があるのか。未だに地べたに放置していたシルフを回収し、ポケットに入れ、おっさんに手を振った。

「おっさん、俺は帰るぞ」

「あー、ちょい待ち。そこの嬢さん置いていってくれ」

「は？」

おっさんがアリーヤを置いていけという。アリーヤを気に入ったのだろうか。ん？　正気か？　場合によっては敵対することになるぞ？

「おい待ておっさん。こいつは俺の物だ」

「待て待て睨むな。別にお前さんのお気に入りを取って食おうなんて思っちゃいねえよ。少しばかり聞きたいことがあるだけだ」

何でこいつはアリーヤに執着するのか。というか俺がいちゃまずいんだろうか。そして当の本人であるアリーヤは、「俺の物」発言に赤くなってる。さっきから反応が初《うぶ》すぎるぞ。

「誓って何もしねえ。俺としてもお前と敵対するのは避けたいからな。それくらいわかるだろ」

「……まあ、そうだな。ちゃんと返してくれよ。ついでに詳細な自己紹介もよろしく」

そう言い残し、未だに戸惑っているアリーヤを置いて、俺は街に戻ることにした。まあおっさんは嘘なんかつく意味ないだろうし、アリーヤが欲しいならいつでも奪える。別に大して問題はないだろう。

シルフをポケットに入れたまま転移することはできない。よって走って帰らねばならないわけだ。門のところで起こして、透明になってもらおうか。面倒臭いものである。

◆◆◆

アリーヤはこの場を後にした、祈里の背中を見つめていた。「俺の物だ」などという刺激的な発言は、確かにアリーヤの心を乱した。だがその後の会話を聞くにつれて、アリーヤはある一つの疑問を払拭できずにいた。

――自分と祈里には、決定的な齟齬《そご》があるのではないか――

薄い根拠しかない、勘のようなものだが、その疑問が心にこびりついて落とせない。そんな事実にアリーヤは目を背けたくなる。まともに直視すると、背筋に冷たい汗が流れる。何かが壊れてしまう気がした。

「すまんがちょいと待っててくれな」

「あ、はい」

後ろからかかってきた声に、アリーヤはとっさに反応する。アリーヤは未だにこの男の正体が摑めていなかった。むさい中年男性の顔に、ドワーフ、エルフ、獣人などの特徴を盛り合わせたような、アンバランスな風貌。決して一目では強いと判断できず、むしろ気味悪さが先に立つ。だが、次の瞬間アリーヤの彼への評価は一変する。

「よっと」

軽い調子のかけ声と共に、地響きがアリーヤの足元から伝わってくる。イグノアと名乗った男は片手を荒野に向けており、その先ではあり得ない光景が広がっていた。次々と捲れ上がった地面がクレーターを埋め、時間を巻き戻したように修復される。非常に広範囲に渡り、しかもこんな遠距離から完璧な制御をもって魔法を行使する。そんなことは人間では不可能。いや、魔王ですらできるかは怪しい。

「まだ時間がかかるから、詳細な自己紹介をしようか」

呆然としているアリーヤに背を向けたまま、イグノアは三日前に祈里に話した内容を、大まかに繰り返した。アリーヤは修復される地面に気を取られているが、彼の説明は何故か理解することができた。

先々代魔王イグノアは誰もが知る絶望の象徴である。それの生まれ変わりが目の前の男であるという話は、特にその教育を幼少から刷り込まれてきたアリーヤには信じ難い話であった。だが、眼下に広がる奇々怪々な現象は、イグノアの力をもってしないと説明が付かないようにも思えたのである。この高度な魔法制御と豊潤な魔力こそが、目の前の男がイグノアであることの裏付けであった。

一通り説明が終わったとき、クレーターで穴だらけだった荒野は、元の草が生い茂る平原へと修復されていた。先ほどの惨劇が、胡蝶《こちょう》の夢であったようである。破壊する者が理不尽であるならば、修復する者もまた理不尽の塊であった。

「さて、アリーヤと言ったか。祈里の下僕という話は本当か？」

唐突な質問にアリーヤはしばらく答えられなかったが、数秒後にハッと取り直し、ええ、と答えた。

「下僕というのは？」

「奴隷のようなもの、でしょうか」

「経緯は？」

どこまで話して良いものか、とアリーヤは考える。先ほどの祈里とイグノアの会話から判断するに、二人はある程度親しいが警戒は解けない関係、というのはわかる。なるべくスキルの性質や、スキルの存在は知らせないことと祈里には言われていた。最優先で守る情報をスキル、次に種族とし、アリーヤは答える。

「私の命を助ける代わりに、イノリの下僕になることを条件に出されたので、私が了承した形です」

「詳しいことは言えない、か。まあそれでいい」

頷いたイグノアに、アリーヤは内心ホッと息をついた。先ほどの魔法を見るに、おそらく主人であるイノリでもかないはしない。主導権があちらにある以上、嘘はつかず最低限守りたい情報を隠す形で会話を続ければいい。

「しかし、あいつから引き込んだとは。やはり君はあいつにとってお気に入りらしい」

「お気に入り、ですか？」

「ああ。奴の性根なら、安易に他人と行動を共にする選択はしない。よほど気に入られたんだな」

お気に入り、と言われても、アリーヤにはピンと来なかった。自身の体に目を向けられたり性器を弄られたことは数多いが、性交を求められたり優しくされたりしたことはほとんど記憶にはない。

「それで、何か私に用ですか？」

「いや、元々あいつの側にいる君が気になっただけだ。さっきの話を聞いて、より興味は強くなったな」

そう言いながら、イグノアはドカッと腰を下ろし、あぐらをかく。手でアリーヤに座るようジェスチャーした。アリーヤは育ちの良さ故、少々地べたに直接腰を下ろすことに躊躇したが、最終的には多少足を崩して座り込んだ。

「あいつのお気に入りってのは、別に性的な欲の対象とか、そういうものじゃない。普通の人間ならそういう存在だろうが、まずあいつを普通の人間と同じ尺度で測ることは間違っているからな」

「まあ、それはわかりますが」

事実、祈里の人外じみた力をつい先ほど感じたばかりのアリーヤは、素直に頷く。だがイグノアは、少し違うと首を振った。

「能力とか強さの話じゃない。今どんな力を得ているのかは知らんが、結局あいつの最も恐ろしいところは、その魂、精神、思想だ」

「……」

それも、アリーヤには心当たりがあった。冷徹でもなく、かといって感情的でもない。だが他人とは何かが違う。あるいは「狂っている」と言い換えてもいい。確かに常軌を逸した何かがあるのは一目でわかる。

「過去に何かがあったわけじゃないんだろう。先天的な問題だ。サイコパスと言っても良い。まあ一般的なサイコパスとも違うが」

「具体的には、どう狂ってるというんですか？」

「んー、具体的に、なあ」

一瞬の後、イグノアは返答した。

「あいつはね、『敵対する』のが好きなんだ」

「それは、戦闘狂ってことでしょうか」

「いや。似ているようで全く別物だ」

首をかしげるアリーヤに対し、イグノアは具体的な例を挙げた。

「恋仲である、男と女の二人組がいたとしよう。男は気が強く手練れだ。例えば義を重んじる武人なら、男に正々堂々決闘を挑むだろう。戦闘狂なら、女を人質にとり男を本気にさせて戦う。加虐志向をもつ奴なら、男の目の前で女を犯し苦しめて殺す」

対して、とイグノアは続けた。

「あいつは、女を人質にとって男を本気にして、敵対した瞬間に女を殺し、男を絶望させた状態であっさり殺すだろう」

「…………は？」

「いや、変に思うかもしれんが、敵対するのが好きで、敵対したら手段を問わず破壊するのがあいつなんだ」

苦笑するイグノアに、アリーヤは訝しげな目を向けた。

「……それで、私の話とどう繋がるんですか？」

「ん、ああ。あいつはな、究極的には世界を三つに分類して見ているんだ」

と言いながら、イグノアは三本の指を立て、一つ一つ折りながら説明した。

「一つは『自分』、一つは『敵』、最後の一つは『物』だ」

「……へ？」

理解できないわけではない。ただアリーヤが惚けた声を出したのは、一つ疑問に思ったことがあったからである。すなわち、ならば自分はどれなのか、ということだ。その疑問に答えるように、イグノアは残酷に告げた。

「君は『物』だ。結局のところ、あいつは君を自分の所有物としてしか見ていない」

「所有……物……」

イグノアと祈里の会話における「俺の物」という発言。それは比喩でも何でもなく、ただの彼の認識であった。何かの罅《ひび》が入った音がした。アリーヤが彼と過ごした日々は、いわゆる日常とはかけ離れていたが、それでも彼女なりに楽しく過ごしていたつもりだった。見方が変わるだけでこうも違う。

「まあ『物』には『障害物』と『所有物』があるから、あくまで究極的に三つってだけだ」

息が詰まったように黙り込むアリーヤをよそに、イグノアは話を続ける。

「この話を聞きゃわかるだろう。あいつが誰かと一緒に行動している異常な現状が。たとえ所有物であっても、絶対支配下にない奴と共に行動するなんて、奴の思想じゃ考えられない」

イグノアはアリーヤをまじまじと見た。その内心、内面、そしてさらに奥にある本質を見通さんとするかのように。

「あいつにとっての『お気に入り』は、恐らく自分と同類の匂いがするってことだ。だからこそ自分の手元にいることを許している。つまり、多分だが……」

アリーヤはまともにイグノアの話を聞くことができていなかった。音は拾えても、その内容を脳内で噛み砕くことはできていない。だが、次のイグノアの発言だけは妙に鮮明に聞こえた。罅の入った心に、ドロリと流し込まれるように。

「君も奴と同じく、どこか狂ってる、ってことだろう」

「……私、が？」

「それ以外には思いつかない。表面上は随分まともに見えるが、少なくともある程度は、あいつと共に過ごせたんだろ？　そんな君が『まともなわけがない』」

喉元を粘着質のある液体が流れ落ちていく。嫌な物が身体中に染み渡っていく。認めたくない、目を逸らしてきた事実と向き合わされる。良薬口に苦しといえど、アリーヤにとってそれは毒薬だった。

「あなたに彼の何がわかると……？　付き合いも長くないはずなのに……」

ようやく絞り出せたのは、そんな逃げるような言葉だけだった。だがイグノアは即答する。

「少なくとも目を逸らし続ける君よりはわかってるつもりだ」

「っ！」

「まあ、別に君を陥れたいわけじゃない。このままなあなあにズルズル行けば、取り返しがつかなくなるかもしれないっていう忠告だ。それに、狂ってるとは言っても、それは一般人基準ではあるからね。別に悪いことだけじゃない」

現に、とイグノアは続けた。

「祈里は、人間としては致命的な欠陥品だが、生物――個の存在としては、完成形に近い」

◆◆◆

そういえば、女召喚術士を催眠して木の枝にぶら下げたまま放置していた件。街に戻る前に気づいたので、走って引き返すことにした。

「んあ？　戻ってきたのか？」

「忘れ物してた。邪魔して悪いな」

「いや、もう一通り話し終わったところだ」

崖の下の平原を見ると、まるで何もなかったかのように元通りである。こいつも大概規格外だな。

「じゃあ、アリーヤは返してもらうぞ」

「あいよ」

「……」

何故かアリーヤは、俺の台詞に体を硬直させた。顔色は随分と暗い。

「……おいおっさん、アリーヤに何かしたか？」

「ちょっと話をしただけだって」

……確かにアリーヤを「鑑定」しても、状態異常は見られない。となると、こいつがアリーヤに話した内容か。まあそれはアリーヤから後で聞き出せばいいか。吊り下げていた女召喚術士を回収して肩に担ぎ、アリーヤに言う。

「アリーヤ、戻るぞ」

「あ、その」

歯切れが悪いながらも、アリーヤは俺に言った。

「依頼では今夜まで外にいることになっています。私は一人で大丈夫ですから、イノリは先に帰ってもらえますか？」

「む」

そういや確かに、アリーヤは冒険者ギルドの依頼で外に出ているから、今夜街に戻るのは不自然だ。逆に俺は宿屋に泊まっていることになっているので、街に戻らなければならない。そう考えれば無難な選択肢に思えるが……

「まるで今夜は一人にしておいてくれ、とでも言っているようだな」

「っ」

俺の言葉に、アリーヤは息を呑む。あるいはまだおっさんと話したいことがあるのかもしれないが、おっさんに目配せすると、おっさんは首を振った。おっさんにもう話すことはないらしい。アリーヤを見れば、彼女は気まずそうな、それでいて不安げで何かを思い詰めているような表情で沈黙している。……彼女の精神衛生上、無理矢理に連れていくのもよろしくなさそうだ。

「わかった。今夜は好きにして良い。明日の夕方には宿屋に来て俺と合流しろ」

「……わかりました」

アリーヤはどこか安堵したような表情で、俺の言葉に頷いた。

肩に担いだ女召喚術士から少々情報を聞き出しつつ、街に戻る。犯行に至った動機、魔人と魔族の関係、加害者と容疑者の背景など、まるで取り調べでもしているようだが、大体状況を把握できた。その途中で、彼女の服をまさぐり、一つの魔動具を手にする。

「これか」

《探知》などのこの世界の索敵能力に対抗する、いわばジャミングの魔動具だ。ちなみにかなり希少らしい。このせいで《探知》に反応しなかったのだが、シルフなどの精霊から見れば違和感バリバリらしい。まあ使えそうなのでもらっておくが。また今後も彼女も使えそうなので、人目に付かないところに置いておきたい。街の中は論外なので、街の外、森の中で目印になりそうな木を探す。

「……あれでいいか」

うろが特徴的な木を発見。道順は映像記憶できているため、迷うことはないだろう。木の根元に地下室を作り出す。迎撃装置さえつけておけば基地として《武器錬成》できる。もう何でもありだな。この《武器錬成》、どうも新しい機能が付け加えられたみたいだが、効果のほどは確認できていないため今回は使わなかった。

必要最低限の地下室ができたら、一日分の水と食料と共に女を放り込んでおく。催眠状態を維持しておけば逃げられる心配もない。人権無視どころの騒ぎじゃないことやっているが、あれだ。バレなきゃ犯罪じゃないんですよ。


クリスには妹がいた。彼女たちはレギンの教会の横にある孤児院で育った。親がいないことが、幼い彼女たちの人格形成に影響を及ぼさなかったとは言えない。ただ彼女たちなりに、平穏に日々を過ごしていた。

ある日、クリスに闇魔法の適性があることがわかった。この世界において闇魔法とは悪《あ》しき魔族の魔法。人族から忌み嫌われる属性だ。クリスも穢《けが》れた女として、半ば監禁に近い扱いを受けるようになる。幸いにも妹にはそのような適性はなく、クリスは妹の幸せを願う日々を送るようになる。

またある日、教会の神官騎士を名乗る男が現れた。彼は少女であったクリスに会うと、まず暴力による屈服を試みた。意味もなく振るわれる暴行に、彼女はただ泣いた。男の拳は痛かった。骨まで響いた。肌に斑点のように青痣《あおあざ》が残るのが常となった。

しばらくして、男はクリスにある命令をした。首を振ると殴られた。しかし彼女は、もう甘んじてその暴力を受け入れた。痛みはなくなっていた。憤慨した男は、今度は彼女を性的に犯し始めた。それでも彼女は首を縦に振らなかった。特に命令を拒否する理由もない。というか、もはや命令に従う気力すらなかっただけだ。彼女には何もない。命令があるとかないとか、どうでも良かった。

痛覚どころか、触覚すら怪しくなっていった。味覚はとうに消え失せている。鼻は……いつも自分の体臭を嗅いでいて馬鹿になっていた。無事だったのは鼓膜くらいだろうか。

またいつものように男が訪ねてきた。いつもと違うのは、苛立っている様子がなく、変な笑みを浮かべていることだけだっただろうか。

「妹がどうなってもいいのか」

彼は無慈悲にそう言った。妹、という言葉がクリスの目に光を戻した。かつての記憶を蘇《よみがえ》らせた。……あるいは死んだ目のままであった方が、彼女にとっては幾らか幸せだったのかもしれない。

妹のため、クリスは男の命令を聞くようになった。まずは闇魔法の基礎練習をさせられた。最初のうちは失敗すると叩かれていたが、暴力に効果がないと気づいた男はことあるごとに「妹」と口にした。クリスは死に物狂いで魔法を覚えた。

やがてクリスは召喚術師として育てられるようになった。ある程度ものになったところで、男は彼女に大量の魔物を用意して、魔物暴走《スタンピード》を恣意的に起こすように言ってきた。その仕事を終えて街に帰ると、男は人々から英雄と崇められていた。

それから彼女は教会に管理されるようになった。男の行動がどうやら教会に容認されていることに彼女は気づいたが、だからといってどうでも良かった。しかし妹まで教会に管理されていることに気づき、クリスは激昂した。教会は約三年ごとに魔物暴走《スタンピード》を起こすように言ってきた。そうすれば妹の安全は保証してやると。端的に言えば人質であった。男一人だったのが、教会に変わっただけだ。せめて妹が平和に暮らせるならと、クリスは教会に従った。

妹とクリスは隔離されていた。何度か様子を見る機会があるものの、基本顔を合わせることはできず、様子を見るにしても部屋の外から姿を見ることが許されるだけで、話すこともできない。辛うじて許されるのは文通であった。楽しげな妹の報告が、クリスの地獄のような人生で唯一の楽しみであった。妹はクリスに天才的な魔法の才能があり、神官騎士としてスカウトされたのだと思い込まされていた。少なくともクリスはそう聞かされていて、それで良いとすら思っていた。妹には何も知らずに人生を送ってほしいと考えていた。

今から数日前のことである。妹が死んでいると報告された。わけがわからなかった。クリスは妹が無事だと思い込んでいたが、ただの見せかけだった。妹も「穢れた女の妹」として暴行を受けており、元々病弱であった彼女は、ついふた月前に息絶えたという。妹の文通は全て教会によって書かされていたものであった。だがさすがに教会も死んだことは誤魔化せなかったのである。

クリスは男を問い詰めた。男は平然とした様子で、あるいは誇らしげに見えるほどに語ってみせた。妹が教会の連中の慰み者になっていたことは、彼の口から聞かされた。

彼女の中で、何かが終わった。空っぽになった腹の中で、黒い炎だけが燃えていた。必ず奴らを死に至らしめる。復讐。それだけにクリスは支配された。

そうなって初めて、彼女は自身の今までの行動や、教会の異常性に気がついた。自分たちが救いようのない人生を送ってきたことも、教会が糞だめのような連中であることも、彼女自身がいかに憤怒に呑まれているかも。だが関係がない。世界が見えたところで、彼女にはもう復讐しかない。だが現実的な手段がなかった。この街の教会はこの一〇年で強くなってしまった。彼女たった一人で復讐するには、実力が足りなかった。かといって仲間を集めるなんてできやしない。誰かに頼る。そんな発想を彼女に求めるのは酷な話だ。

そんなときに甘言を囁《ささや》いたのが、ネオンと名乗る魔族であった。

「ククク……私と同じ召喚術師ですか。ちょうどいいですねぇ」

魔族は、魔人として魔王の配下に下る代わり、強大な力をくれてやろうとそそのかした。結果として召喚術士は魔族と催眠契約をし、魔人となった。全ては教会への復讐のために。

だが彼女の小さな復讐の炎は、いとも容易《たやす》く、虫けらのように踏み潰された。彼女に魔法を教え込ませた男よりも、全てを壊した教会よりも、力を与えた魔族よりも、彼は恐ろしかった。

クリスは目を開ける。

自分が拘束され、暗い部屋に閉じ込められているのがわかった。その状況がどうにも懐かしく、不思議と彼女の動揺は収まってしまう。そんな自分をクリスは自嘲した。

拘束といっても足枷《あしかせ》がついているだけだ。彼女の両手は自由に動く。かといって足枷が外せるようには思えなかった。部屋の床には皿があり、食べ物が置かれていた。まるで動物の餌付け用であるが、孤児院のときよりはよほどいい。少なくとも人間の食べ物が用意されているのだから。しかし、かといって腹が空《す》いているわけでもなく、彼女はしばらくボーッと時間が過ぎるのを待った。

そうしているうちに、段々と記憶がはっきりしてくる。クリスはあの青年により催眠されたのだ。おそらくはそうなのだろうと彼女は考える。そしてそれからの記憶も、曖昧だが思い出してきた。彼はクリスに彼女の過去を聞いていたのだ。催眠中の彼女は自白剤でも飲まされたかのように淡々と全て答えていた。

「……逃げ出さないのか」

突然部屋の隅から声が聞こえ、クリスはビクリと体を震わす。その声の主は、クリスに絶望を植え付けた張本人であった。体の芯から恐怖が這い上がってくる。答えようと思っても口が動かない。

そんな彼女の様子を見てか、祈里は一つ指を鳴らした。不思議なことに、クリスの体から恐怖が消えていく。少なくとも会話ができる程度には収まった。まるで今も夢を見ているような、ふわふわとした感覚である。

「逃げても、やることがないから」

「復讐するんじゃなかったのか」

「不思議ね。ついさっきまでそれしか考えられなかったのに、今は何も感じない。教会の連中を恨んではいるけど、何かをする気力がなくなったのかしら……」

祈里は頭を掻《か》いた。

「お前の復讐心はその程度だったのか？」

「その程度だった、ということなのでしょう？　きっと。私は空っぽだったから。それ以外にすることがなかったから、細い糸を掴んでいただけ。糸が切れたらそれまでよ。何より私は、もう妹の声を覚えていない。顔もおぼろげなの。私には弱い炎しかなかった。それを頼りにしていただけ」

「……俺はいつかお前を殺す。長期的に見ると生かしておく意味がないからだ。利用できるだけ利用した後は捨てる。お前はそれでもいいのか」

「空っぽな心を恐怖が覆い尽くしたら、もう生きることも復讐も、諦めてしまうのよ」

ふわふわとした感覚のまま彼女の口から紡がれる言葉は、そのまま形の摑めない抽象的なものであった。

それでも何かが通じたのか、祈里はため息をつく。

「実に残念だ。面白くもない。お前の過去生を聞いてまさかと思い意思を解放してみたが、無駄骨だったようだ」

「ごめんなさいね。ご期待に添えなくて。できればまた催眠してくれると嬉しいわ。今は何も考えたくないの」

「お前に言われなくともそうする」

祈里はゆっくりと立ち上がった。自分のはめた手袋を見ると、左目が淡く光る。またあの目から魔法陣が現れるのかと、クリスには予想がついた。

「……やっぱり、少し待ってもらっていい？」

「今度は何だ。前言撤回が得意だなお前は」

「私を利用すると言ってたわよね、さっき。それってもしかして、教会と関係があったりする？」

「まあな」

それを聞いて、クリスは笑った。

「だったらついでに私を利用して教会の連中を一人でも殺してくれないかしら。別に意思はなくてもいいわ。そっちの方が都合がいいでしょう？」

「……端からそういうつもりだが、何だ？　どういうつもりだ」

「いえ。それならいいの。きっと昔の私もそれで報われると思うから」

そう言うと彼女は安心したようにまた笑顔を見せる。

「下らないな。何より今を生きているのは今のお前だ。昔のお前はもういない。そんな復讐に何の意味がある。理解できないな」

「あなたにとっては理解できなくても、私にとっては意味あることなのよ。ちっぽけな細い人生だったから、そこに一つ意味があるだけで私は報われる」

祈里は彼女に正対し、その淀んだ目を見つめた。

「……安心しろ。お前を使って教会の奴らを皆殺しにしてやる」

「ありがとう……お陰でクソみたいな人生を終えられるわ」

何も答えず、祈里は《陣の魔眼》の「精神干渉魔法」を発動した。

閑話

顔がほんのりと暖かい。小鳥のさえずりが、遠くの方から聞こえる。そうか、もう日が昇ったのか。異世界召喚の失敗から五日、期限を過ぎた私の体は一気に老け込み、もう目も見えなくなった。体を動かすのもまともにできず、昨日から何も食べていない。これが孤独死というものだろうか。もう明日には、この体は餓死してしまうだろう。自分の体にかかっている布団すら、今は重くて苦しくてしょうがない。せめて、弟子か助手の一人くらいは作っておけば良かったと、今更ながらに思う。作れたら、の話だが。

ああ、今でも考えてしまうのだ。あの異世界人が、ここにいてくれたらと。彼に私の全ての知識、経験を教え、同じ志を持って、僅かな余生を過ごす。そんな穏やかな生活を、少しでも夢見た自分が情けない。そうだ、異世界召喚は失敗してしまったのだ。もうどうしようもない。そんな仮定の夢を思うと、今がより惨めに思えてくるから、もう何も考えない方がいい。

もう、これで終わりなのか、私の人生は。

人のためとひたすらに研究して、やっとのことで掴んだのに、結局何の役にも立たずに、終わるのか。何のために生きていたのだろう、私は。ただ人里離れた小屋で、研究をしていただけではないか。思えば人生を歩んできたとも言いづらい。私は魔法学校を途中でやめてから、ずっと研究をしていた。家族との触れ合いなどない。友達とのお茶会などない。近所付き合いなど一つもしたことがない。時間の無駄だと思っていたからだ。

夫など、彼氏などいたことはない。それどころか、恋の相手すら一人もいない。思い人と手を繋いだこともない。女としての喜びなどかけらも知らない。子供も当然いなかった。不要なものだと思っていたからだ。

家族と過ごすこともなかった。育った子を見守ることもなかった。私は生きていたと言えるのか？　他人を救うなんて、大きな目標を掲げて、結局私が救われてないじゃないか。

空腹と喉の渇きが、消化器官と全身を締め付ける。どう考えてもこの人生は終わりだった。あの異世界召喚さえしなければ、あとひと月生きていけたかもしれない。その間に、仲のいい男か、気の知れた女など作れば良かった。まあ、随分と人から離れ、魔女と言われて嫌われた私がそんなことできようはずもないが。

もっと闇魔法が、嫌われていなければ。仲の良い研究員と、楽しく研究できたかもしれない。だが、嫌われているからこそ、私は研究したのだ。

何だ、結局、私の人生は空っぽじゃないか。こんな価値のない人生など、もう放っておいて、来世に期待しようか。さっさと死んでしまえばいい。こんなババア。


「…………生きたい……」


「お、まだギリギリ生きていたな」

……………もう死んでしまったのだろうか。これは夢か？　こんな小屋を訪ねてくる人間など、それも男など、私は知らない。扉を軋ませて入ってきたのは男の声であった。目は見えないから、その姿はわからない。

「いや、生きてるのか？　本当にギリギリだな……あの人め……、っと、まあ良いか。おい、まだ耳は聞こえているか？」

「……ええ……あなたは誰？」

絞り出すような声を出して返事をする。

「俺はある人から教えられてここに来たんだが、シーナさん、だったか？　何も成し遂げられずに人生を閉じる感想はどうだ？」

「意地悪なのね……あなた。これから死ぬ人間をいじめたいの？」

「いいや、そんなつもりはない。とにかくあんたの意志を知りたいんだ。人生に思い残すことはないか？」

人生に未練？　あるに決まっているじゃない。むしろ未練で人生ができているようなものだわ。

「質問を簡単にしよう。君はこのまま死にたいか？　それともすがりついてでも生きたいか？」

「どういう意味……？　それじゃあまるで……」

「生きさせる方法を俺が持ってるって？　当たり前さ。だからここまで来たんだ」

だが、と男は続ける。

「君を長生きさせるには、幾つか条件がある」

「……条件？」

「そうだ。さすがにタダでは治さない。まず、条件の一つ目だ。確かめるために一応聞いておこう」

一つ咳払いして、彼は言う。

「君は処女か？」

な、何その質問……

「……それ、私みたいな、おばあちゃんにするセリフじゃないわよ……、情けないことに、その通りだけど」

「じゃあ二つ目だ。君は助かった場合、一切の人間の尊厳を捨て、俺に従属することになる」

「従属？」

「より簡潔に言ってしまえば、君は俺の奴隷になる。人として生きることは許されない。もちろん、君の人生における未練が叶《かな》わない可能性もある」

奴隷、ね。それに処女か？　って質問。何となく察しはつくわ。

「……あなた、私を性奴隷にでもするつもり？　私みたいなおばあちゃんを抱いても楽しいことなんてないでしょ？」

「いや、助けた場合、君は若返る。そして半永久的な若さを手に入れるだろう」

「それってつまり、……半永久的に抱かれ続けるってこと？」

「どう解釈しても構わない」

なるほどね。つまり、今すぐ死んで地獄に落ちるか、生き地獄に遭うかってこと。

「何で私を助けるの？　……性奴隷にしたいだけ？　私、そんなに美人じゃないと思うけど……」

「いや十分美人だが……まあそれはいい。俺は君にお礼をしたいのだ」

「お礼？」

「なに、君の闇魔法で、助けられた人間もいるってことだ。そして、これから助かる人間も、世界も」

男は一息ついて、真剣な声で言った。

「あまり時間もないだろう。決めてくれ。君は何を選択する？」

今すぐ死ぬか、生きながら女の尊厳を奪われ続けるか……正直怖い部分もある。何より、何故私がこの男の話を素直に聞いているのかがわからない。お礼をされるあてもないし。目の前の男の容姿もわからない。

命の恩人だとしても、正直脂汗が浮く肥満の中年に抱かれたいとは思わない。けど…………

「……生かして、私を。私に何をしたっていいわ」

「くくっ……ここまで失敗して、自分の未練さえ叶わないとわかっているのに、生に執着するか。……いい心構えだ」

男は愉快そうに笑う。

「当たり前よ。……死んだら何もかも終わりだけど、生きている限りチャンスはあるわ。何をしたって、この世界に闇魔法を広めてみせる。……たとえあなたのような、悪魔に魂を売ってもね」

「……悪魔ってのは酷くないか？」

「こんなボロボロの人間を生きさせるなんて、人間の所業じゃないわ」

「悪魔よりか、神とか、天使に近い存在なんだが……」

男はため息交じりに呟いた後、動き始めた。

「んじゃ、さっさと終わらすぞ。俺の隣人となれ、シーナ」

男の吐息が近づき、僅かに彼の体温を感じた。姿なんて見たこともないし、会って数分だが、何となく私はその感覚に安心感を持った。

書き下ろし「アリーヤと猫」

普段使い用の武器を探して三千里。一つ目の店で銃やら短剣を買った後。次の店を目指して、アリーヤと並んで街をぶらつく。

「アリー……その短剣、しまわないか？」

「別にいいじゃないですか。街で武器を携帯するくらい、冒険者なら普通でしょう」

「それはそうなんだけどね？　大事そうに胸に抱いてるのはちょっとね？」

ミスリル混じりの銀の短剣を、アリーヤは胸の前に両手で抱えて持ち運んでいる。周りの視線が痛いし、俺の心臓も別の意味で痛い。

俺がそう言うと、アリーヤは跳ねるような反応をして、短剣を後ろに隠した。

「別に大事そうになんてしてませんから！」

「あ、うん。そう？」

顔を赤くして俺を睨むアリーヤ。彼女のスイッチがわからん。

まあこれで周りの視線もマシになったが……しかし未だに通行人からチラチラと見られる。どうやら黒薔薇《アリーヤ》の噂は、冒険者たちの外にまで流れているようだ。ついでに俺の悪評もひとり歩きしている。

さて、適当に看板眺めて武器屋を見つけようというところだが、武器屋以外の商店も普通に気になる。そもそもシスター師匠と知り合うまでは、アリーヤは冒険者として成り上がるのに忙しかったし、俺も情報収集で忙しかった。……忙しかったのだ。嘘じゃない。

とにかく、シスター師匠と出会ってからは言うまでもなく日中訓練漬けだったわけだ。俺もアリーヤも、ゆっくりこうして街を歩くのは初めてとすらいえる。だからこそ、武器屋以外の商店を見て回っても良いのではないだろうか。いわゆるショッピングである。今まで俺たちよく頑張ってきたよね。少しくらい自分への褒美で休日を謳歌してもいいのではなかろうか。いいよね。

言い訳完了。俺はそこの屋台の焼き串が食いたい。先程から実にうまそうな匂いが街路を横断して流れている。罪の香りだ。焼け爆ぜる肉の脂、照り付くタレ。炭火焼きの香ばしき空気が鼻腔をくすぐる。もう我慢できない。いや我慢しなくていいはずだ。言い訳はすでに完了している。

「アリー。焼き串を食いたくはないか」

「焼き串ですか？　ああ、そこの屋台の。私は別に……」

「食いたいよな」

「え」

「食いたいはずだ」

「あ、はい。いただきます」

アリーヤも同士だったようだ。宜しい。では二人分買ってきてやろう。俺はすぐに屋台に行き、店主に焼き串を二つ注文する。店主は気前よく返事をしてきた。

「おう、後ろの嬢ちゃんとデートかい？　妬けるねぇ」

どうやらこの店主は俺とアリーヤのことを知らないらしい。あるいは知った上でこの対応なのか。どちらにせよ気持ちのいい笑い方をするオヤジだ。

「ああ。羨ましいだろ。ということで一本分サービスしてくれないか？」

「おめぇさん、そこは男として器のデカさを見せねぇとよぉ」

「値切りで器量の良さを見せつけようと思って」

「うまいこと言うねぇ。一本取られたわ。一本だけにもう一本サービスだぁ！」

「でも二本分の料金は貰うのか……別にいいけど」

　結局二本とおまけでもう一本もらった。五切れの焼いた肉の串だ。一つずつ俺とアリーヤで分けるとして、もう一本はどうしようか。まあ俺が買ったんだから俺が食っても良かろう。ということで一つ口に咥えながらアリーヤのもとに戻る。

「ふぉ？　い、ふぉろっはほ（おーい、戻ったぞ）」

　そう声をかけるが反応がない。アリーヤは脇の路地に向かってしゃがみこんでいた。何をやっているのだろうか。口に出して聞きたいところだが、口が塞がっていてまともに発音できない。

　俺は口に咥えている焼き串を《闇魔法》で「支配」して、空中に浮かせるようにした。これで話せるようになった。傍から見れば丸焦げの串を咥えているように見えるだろう。

「何やってんだアリー」

「あ、キリ………無駄に器用なことしてますね。普通に手で持てばいいのでは」

　タバコやら串を咥えながら喋る漫画的表現を実践してみたかっただけじゃい。

「これ一つやる」

「それでキリの分は二本ですか。別にいいですけど」

「半分欲しいならやるが？　今ちょうど口に咥えている方半分くらい食ったとこだし。残りいる？」

「いりません！」

ならやはり俺が二本貰おう。

「で？　一体何見てんだ？」

「この子なんですけど……」

と、アリーヤは目の前に倒れている小動物に目を向ける。

それは猫だった。少し太った、大きめの茶色い猫だ。

「ふむ。生きてはいるみたいだな」

倒れてはいるが、ステータスを見るにＨＰは大して減っていない。寝ているだけの可能性もある。

「でも寝てるって感じでも……ここ日陰ですし」

アリーヤがそう言って、何気なく焼き串を持った手で撫でようとすると、猫はのそりと顔を上げた。そのまま鼻をひくひくと動かす。

「……もしかして腹が減っているだけでは」

「この焼き串あげても大丈夫でしょうか」

「あー」

この太った体型を見るに、別に栄養失調というわけではないのだろう。だから白湯から……という気遣いはいらないかもしれない。しかしこのタレまみれの串もどうかと思う。タレの材料にネギ類が入っていたらアウトだろう。

「それちょっと貸せ」

アリーヤの持っていた串を受け取り、《闇魔法》で「支配」。タレを「遠隔操作」で剝ぎ取り、「影空間」に収納する。下味の塩とかはまだ残ってるかもしれないが、まあこれで純粋な肉といえるだろう。「支配」

解除。

「ほい」

「また無駄に器用なことを……」

アリーヤは串から肉を取って、猫の前に置いた。猫は警戒することもなく、すぐに飛びついて食べ始める。一切の野生がないな。猫は次から次に置かれた肉を食っていく。結果アリーヤの串には一つも肉は残らなかった。

とりあえず猫は元気になったようだ。どっしりと座って、アリーヤを見つめている。残念だがアリーヤの肉はもうないぞ。

「この子飼い猫みたいですね？」

「首輪してるしな」

倒れているときは毛に隠れて見えにくかったが、赤い首輪をしているようだ。まあ今も厚めの贅肉に隠れて見にくいが。

「ブニャ」

凄い鳴き声。

「この子、どこの子でしょう？」

「さあ？　だが普通に考えればこの辺の家の飼い猫だろう？　別に飼い猫が路地をうろついていても不思議ではない」

日本でも猫は家の外に勝手に出ていく奴も多かった。外飼いという奴だ。今だと控える場合もあるみたいだが、昔は一般的だったと聞く。この世界でも町中だと外飼いの猫を路上で見かけることはままあるようだ。

飼い猫の数自体は日本よりもだいぶ少ないから、遭遇率も低いが。

「でもお腹が減って倒れていたんですよ？　もしかしたら迷子なのかもしれません」

「どうだかな。俺には判断がつかん」

猫語でも話せれば分かるのだが。残念ながら異世界語翻訳機能は猫未対応です。

アリーヤは何を思ったのか、猫の脇に手を入れて、立たせるように体を持ち上げる。

「ブギャ」

「君？　自分のお家わかるかな？」

「ギニャァ」

「なんていう名前なのかな。ん？」

「ウー」

……こういうのに気まずいって思うの俺だけだろうか。まさに猫なで声といった調子で、普段より数段柔らかい声をかけるアリーヤ。口調もゆるくなっている。背中を向けているのでこちらからは分からないが、きっと顔も緩んでいることだろう。「ん？」という声とともに首を傾げたりしている。悔しいことにとても可愛らしいが、同時にとてつもない気まずさだ。見ちゃいけない一面を見ているような、そんな感じ。

というか、猫好きだったんだなアリーヤ。個人的にはその猫そんなに可愛いか？　って思ってしまうぞアリーヤ。

手持ち無沙汰になりよそ見していると、アリーヤが振り返ってきた。とても困ったような表情だ。

「どうしましょう。この子の言ってることがわからないです」

「わかったと言われたら正気を疑っていたところだ」

なぜそんな真面目な顔作れるんだアリーヤ。いつの間にこんなにポンコツになってしまったんだアリーヤ。

「まあ、この辺の飼い猫なら近所の人間にも知られていることだろう。これから店を回るついでに、店の人にこの猫の飼い主を知っているか尋ねていけばどうだ？　それで近所の猫だと分かったら、ここに戻せばいいだろう」

「わかりました。そうします」

「ゥニャァァ」

アリーヤは猫を持って立ち上げると、胸に抱きかかえた。猫はなされるがままである。とことん野生を失っていやがる。

「あ、キリ。私の分の串はこの子に上げてしまったので、もう一本貰えませんか？」

「ふぇ？（へ？）」

「すでに二本目に突入していたんですか！？」

「ありえない」という目で見てくるアリーヤ。しかしお前の分を猫にあげたのだから仕方ないだろう。しかしそんな物欲しそうな目で見てくるならしょうがないな。俺は食いかけの焼き串をアリーヤに差し出した。

「いる？」

「いりません！」

欲しがったりいらないと言ったり優柔不断な奴だ。

「そういえばアリー、お前猫好きなのな」

「んー？　いえ、猫が好きというか、まあ、犬も好きですし」

いや猫派か犬派かという話ではなく。

「昔は飼ってなかったのか?」

「第一……妹が突然この動物が飼いたいと言ったり、すぐに飽きて捨ててしまったりという感じでしたので、自然と私が我慢する形に……」

なるほど。あの第一王女らしいといえばらしいが。俺たちがいた時は飽きて捨てたフェーズだったのだろうか。

「キリはどうなんですか?」

「何が?」

「猫、可愛くないですか? キリは猫好きですか?」

「ブニャ」

アリーヤは顔の前に猫を持ってきて聞いてくる。俺はまるまる太った猫の腹を見つめながら言った。

「猫の味は知らないなぁ……旨いのかな?」

「ひっ!?」

猫を隠すように抱きかかえるアリーヤ。俺に背を向け、少し涙目になって睨んでくる。

「ウニャッ」

「ブニャちゃん、この人怖いから近づかないようにしようね」

「いや食うとは言ってないだろ。隠すな。庇うな。睨むな。離れるな。あと勝手に名前をつけるなお前の猫じゃないだろ」

そしてネーミングが安直すぎるだろ。犬の(血の)味は知っているが、猫は知らないなぁとふと思っただけだ。ちなみに犬というのはフェンリルなので厳密には狼だが。

それからアリーヤが警戒して近づいてこないので、焼き串を買って機嫌を直してもらうことにする。

「おめぇさん、流石にあれはねぇよ」

屋台の店主が呆れた目で俺を見てくる。知らんがな。あ、タレ抜きで。


「あらやだぁ。かわいぃねこちゃん！」

ケバい化粧をした中年男性が腰をくねりながら近づいてくる地獄。

「……可愛いか？　ブサイクの間違いでは」

「両立するのよん！　ブサカワよブサカワ」

ああ。あれね、知ってる知ってる。キモカワと対を成すやつ。

さて、ここは二店目の武器屋である。オカマ店主が基本一人で切り盛りしている、一店目よりも小さめの武器屋だ。しかしこのオカマ店主も、俺やアリーヤを見て特段奇異な目線を向けることはなかった。そういう意味では人間ができている店主だろう。なにか致命的な部分が欠落しているのかもしれないが。

「この子名前なんていうのぉ？」

「ブニャちゃ」「それお前がつけた名前だろ」

俺の言葉にアリーヤはむっと頬を膨らます。いやいやいや。

「名前は分からないんです。首輪をしているので飼い猫だと思うのですが……店主さんはこの子のことご存知じゃないですか？」

「ん？、ごめんなさい。見かけたことないわねぇ。こんな特徴的な子、見かけたら覚えてると思うんだけどぉ」

オカマ店主は顎に手を当てて思い出そうとしているが、やはり心当たりはなさそうだ。……するとこの辺りの飼い猫ではないのか？　本当に迷子の可能性が出てきたな。

「そうですか……」

「力になれなくてごめんなさいねぇ。ところであなたたち、武器は見ていくかしら」

「ああ」

一応そっちが本来の目的なので。まあ探すよりオカマ店主に直接聞くのが早いか。

「すまん。俺は体質上魔動具を使えないんだが、魔動具じゃない武器ってあるか？　できれば剣がいいんだが」

「あらぁ。なるほどねぇ」

オカマ店主は何か納得した様子だった。ということはやはり、俺のことは知ってるくさいな。まあ別に魔動具が使えないからサボってるわけでもないのだが。

「本当にごめんなさいねぇ。うち魔動具専門店なのぉ」

「そうか。いや、こちらこそすまなかった。アリーヤは何か買ってくか？」

「いえ。既に私は一つ買ってもらったので」

そういうアリーヤの手には短剣が一つ……ではなく焼き串が握られていた。肉はまだ三切れ残っている。一切れ自分で食べ、もう一切れは猫に食べさせ、という配分である。食べるの遅くない？

その後、オカマ店主にもう一度挨拶して店を出た。ああ……キャラが濃かった。

「ねこー？」

「そうです。この子なんですけど、見覚えありますか？」

「ない！」

元気に否定してくる子供。今度はパン屋だ。多分店主はどこかに行っていて、代わりに番をさせているのだろう。

オカマ店主の記憶を信じれば、この猫が迷子である可能性が高くなった。よって武器屋だけではなく、手当たり次第店で聞いてみている。

ちなみにアリーヤの串はようやくまた一切れ減ったところだ。やはり食べるのが遅い。猫を抱えつつ焼き串を上品に食べるその技術には感服するが、もう少し品を削って速さをとってほしいところ。

「ほいほいどいたどいた」

少し太めの声が聞こえ、恰幅のいい中年女性が俺たちと子供の間に割り込んでくる。エプロンを見につけている感じからいって、このパン屋の店主だろうか。ということは、子供は彼女の息子か。

「ほれカイ、店番は終わりだよ。さっさと裏に入んな」

「えー？」

「えーじゃないっ」

放り投げるように子供を裏に隠す店主。よほど俺たちと子供を引き離したいらしい。まあ息子が心配な気持ちもわかるけど。そして彼女は振り返ると、俺たちに厳しい目線を向ける。

「さぁ、あんたらも用事がないなら帰んな！」

……随分と俺たちの噂を知っていそうな様子だ。アリーヤは困った顔をしているが、最後にと彼女に聞く。

「すみません、この猫を見たことはありませんか？」

「ないよ！　この辺りで猫を飼ってる人はいないしね。ほらさっさと帰った帰った！」

かなりキツイ対応だ。俺たちあなたに何かしましたかね？

「食料品店の中に猫を入れるんじゃないよ！　毛がついたらどうすんのさ！」

……まっこと申し訳ない。完全に配慮が足りなかった俺たちのせいでした。アリーヤと二人、逃げるように店を出た。


それからしばらく、武器屋で武器を探しつつあらゆる店で猫の情報を聞いて回ったが、武器も猫情報もなかった。

「このまま飼い主が見つからなかったらどうしましょうね」

「どうしましょうって……もとの場所に返し」「うちの猫になっちゃいますか？　ブニャちゃん」

それはない。というかその場合俺は問答無用でそのブニャちゃんとやらを吸血して眷属にするがよろしいか。そのもふもふの茶猫が黒猫になるがよろしいか。

「ブニャァ」

相変わらず鳴き声凄い。そして全く感情が読めん。

「ふふー、ご飯はどうしましょうねぇ。籠とか作ったほうが良いですかね」

そういうのを取らぬ狸の皮算用というのだ。

結局この大通りのどの店に聞いても、猫に心当たりは無かったようだ。大通りの端まで辿り着く。ここは街の入り口に程近く、行商人が出入りしていたり敷物を敷いて商売をしている辺りだ。ある意味一番活気のある場所である。

「ここなら魚とか売ってますかね」

そしてもう飼う気満々のアリーヤである。

「ふふー、ブニャちゃんはどんな魚が好きなんですかねー」

「ウゥー」

「アァァア!!」

凄い鳴き声だ。勿論猫のものではない。人間の鳴き声だ。奇声を上げて、頭にターバンを巻いた男性がこちらに走り寄ってくる。恐らく行商人の一人だろう。もしかしなくても飼い主だろうか。

「エカテリーナ!」

……待て。ちょっと待て。それはまさかこの猫の名前か？　え？

俺の内心の同様をよそに、行商人はアリーヤの抱えていた猫に飛びつく。

「エカテリーナ！　またお前は！　一体どこで餌をねだってたんだぁ！」

アリーヤから猫をふんだくると、くるくると喜びの舞を踊り始める行商人。その回転とともにターバンも解けていく。凄い光景だ。

というかあのブサイクな猫がエカテリーナ？　マジで？

名前に衝撃を受け固まる俺。猫をふんだくられたアリーヤも、手を胸の前に上げた状態で固まっている。

アリーヤが手に持っている、残り一切れの肉が刺さった串が虚しい。というかさっさと食えや。

それからしばらく喜びの舞を見させられたあと、行商人は俺たちに気づいたのか、一つ咳払いをする。そしてさっきまでとは逆回転で回り始めた。その回転とともに頭に巻き上げられていくターバン。待て待てキャラが濃いキャラが濃い。

「いやぁ！　どなたか存じ上げませんがありがとうございました」

「いえいえ」

固まっているアリーヤの代わりに俺が返事をする。

「どうせまた、その辺で倒れていたのでしょう？」

「あぁそうだ。『また』ということは、いつもそうなのか？　その……エカテリーナは」

「ええ。見てのとおりこの体型ですから、ご飯は控え目にしているのですよ。しかし私の目を盗んで街に繰り出し、路地裏で倒れた振りをするんです。通行人が見兼ねて餌をくれるのを待っているんですね。それで満腹になって帰ってくるんです」

中々狡猾な猫だった。

「しかし私たちは行商でこの街には初めて来たものですから、この子も餌をねだりに出たはいいが、帰り道が分からなくなっていたのでしょう」

頭がいいのか悪いのか分からん猫だ。

お礼ということで、いくつか品物を無料で譲ってもらった。そして愉快な行商人と狡猾な猫と別れるまで、アリーヤは固まったままだった。

「……ブニャちゃん」

「エカテリーナだっつの」

諦めなさい。

ある日の夜。

何らかのロスが積み重なったのかアリーヤは宿屋の部屋で突然、小さくなったフェンリルを撫で始めた。

「ブニャちゃん……」

ブニャちゃんじゃなくてエカテリーナだしお前が撫でているのはフェンリルだ。

『我が主ぃぃ……』

困った顔で俺に助けを求めてくるフェンリル。すまんがしばらくそのままでいてくれ。

さてデブ猫騒動から数日。どうやらアリーヤはあれからエカテリーナの元に通っていたみたいだが、あの行商人はレギンの街にはついでに寄っただけらしい。もう昨日には目的の街に繰り出してしまった。そしてこのアリーヤの現状である。仕方がない。俺は影空間からとあるアイテムを取り出した。それを、フェンリルを撫でているアリーヤの頭につける。

「へ？」

アリーヤは頭につけられたものを手で触って確認する。それは、猫耳カチューシャ的なアイテムであった——。

「な、なんですかこれ⁉」

「あの行商人からお礼として貰ったものの一つだ。アリーヤ、猫好きなんだろう？」

「猫を飼いたいだけで猫になりたいわけじゃありません！」

猫耳をつけたまま俺に憤慨するアリーヤ。どれだけ怒っても猫耳つけた状態だと可愛いだけだぞっ☆

「……名案を思いつきました」

「ほ？」

「祈里がこれをつけてください！　そうすれば癖の強い猫を飼っている感じになれるはずです！」

「どうやら大分頭が茹だっているようだな！」

猫耳つけた俺とか癖が強いどころではないが。ブサカワなのか？　キモカワなのか？

それから俺とアリーヤで繰り広げられた猫耳の攻防の後、折衷案でフェンリルに猫耳をつけることになった。撫でられているフェンリルが、泣きそうな目で俺を見てくる。

『我が主ぃぃ……』

「なんだ」

『我、元々耳があるのだがぁぁ……』

獣耳？４でおかしな頭になっているが、アリーヤが満足そうなので良いのである。

めっちゃ召喚された件２／完

あとがき

さいとうさ

おかげさまで、無事に二巻を刊行することができました！　レーベルのマッグガーデン・ノベルズ様、イラストレーターのツグトク様、デザイナー様、担当編集のO様、そして一巻をご購入して頂いた読者の皆様、二巻をお手に取ってくださった皆様、本当にありがとうございました。

また、この度コミカライズが決定いたしました！　ＭＡＧＣＯＭＩ《マグコミ》様、漫画家の六甲島カモメ様、ウェブ版を含めここまで支えてくださった読者の皆様、本当にありがとうございます。

さらに、ウェブ版では第三章まで書き切ることができました。これからも鋭意執筆していきたい所存です。小説家になろう様。及びウェブ版を読んで応援してくださった読者の皆様。この場を借りてお礼申し上げます。ありがとうございました。これからもどうぞよろしくお願いします。

そして今日、また一日を無事に過ごすことができました。中高と私を導いてくださった母校の先生方。発売したら本を頂戴と言われていたのに忙しさを理由に全く訪ねることのできていない先生方。ここまで育ててくれた両親。受験中に裏で隠れて小説を書いていたことがバレても激怒くらいで抑えてくれた両親。今まで縁のあった全ての皆様。ありがとうございました。

最後に。人間という生物の一種としてこの瞬間瞬間を過ごすことができています。ほとんどの物質がコーラに置き換わっているだろう私の肉体。麺類も過度なカフェインもしつこい脂も一切消化してくれない私の臓物。栄養という形で私を生きながらえさせてくれている、タンパク質、炭水化物、脂質、及びビタミン各種ミネラル他その他の皆様。体組織を構成してくださっている水三五リットル、炭素二〇キログラム、アンモニア四リットル、石灰一・五キログラム、リン八〇〇グラム、塩分二五〇グラム、硝石一〇〇グラム、硫黄八〇グラム、フッ素七・五グラム、鉄五グラム、珪素三グラム、その他少量の一五の元素の皆様。私という形を作り記録してくださったデオキシリボース、リン酸、塩基を代表するＤＮＡを構成する皆様方。呼吸によりエネルギーを生産、そしてエネルギーを運用してくださる酸素分子及びアデノシン三リン酸の皆様。酸素分子及び我々の生命活動に必要な物質を生産してくださる独立栄養生物の皆様。生態系の物質循環に携わってくださる分解者の皆様。生命という奇跡を生み出した地球様。地球を生み出してくださった太陽様。太陽系の位置する天の川銀河様。銀河系の属する局部銀河群の皆様。そしてそれらを包含して代表していただく広大なる宇宙様。この場を借りてお礼申し上げます。ありがとうございました。

MAG Garden NOVELS

めっちゃ召喚された件②

発行日　2020年3月25日 初版発行

著者 さいとうさ　イラスト ツグトク

©さいとうさ

発行人　保坂嘉弘

発行所　株式会社マッグガーデン
〒102-8019 東京都千代田区五番町6-2
ホーマットホライゾンビル5F
編集 TEL：03-3515-3872　FAX：03-3262-5557
営業 TEL：03-3515-3871　FAX：03-3262-3436

印刷所　株式会社廣済堂

装　幀　坂本知大

本書は、「小説家になろう」(https://syosetu.com/) 作品に、加筆と修正を入れて書籍化したものです。


本書の一部または全部を無断で複製、転載、複写、デジタル化、上演、放送、公衆送信等を行うことは、著作権法上での例外を除き法律で禁じられています。

落丁本・乱丁本はお取り替えいたします(着払いにて弊社営業部までお送りください)。

但し古書店でご購入されたものについてはお取り替えすることはできません。


ISBN978-4-8000-0944-9 C0093

著者へのファンレター・感想等は弊社編集部書籍課「さいとうさ先生」係、「ツグトク先生」係までお送りください。

本作品はフィクションです。実在の人物・団体・事件等には一切関係ありません。